翼の翼

朝比奈あすか

装幀　泉沢光雄
装画　escocse

目次

第一章　八歳

　どこからか舞い降りてきた茶色い木の葉が、ブーツの先でくるくる回った。トレンチコートに包まれた体を縮め、有泉円佳《ありいずみまどか》は足元を眺めている。

　今朝見たニュース番組は、夜にも雪が降るだろうと報じていた。桜のつぼみがふっくらと育ち始めたこの時期に雪だなんて、

「ありえない」

　つい呟《つぶや》いてしまったけど、ありえない自然災害が毎年のように起こる世の中だ。氷の粒を含んだかのような風が、今も繊維の隙間をすりぬけ、肌を直接刺してくる。きっと今夜は雪が降る。

　顔をあげると、いつの間にか建物の周囲で待つ人たちが増えていた。

男たち、女たち。それはつまりは父親たちと母親たちであった。祖父母とおぼしき年代に見える人もいる。黙ったまま空《くう》を見ていたり、スマホをいじっていたり、あるいは時おり腕時計に目をやっては建物の入り口を確認したりと、多くは時間の経過をただ静かに見送っている。

中にはお喋《しゃべ》りしている人たちもいる。

円佳のすぐ後ろのグループは、最初はさわさわとした小声で話していたのだが、だんだん盛り上がってきたようで、今やそのボリュームが上がるのをおさえられなくなっていた。

「……それでねえ、その子、一月にハネミナをお試し受験したらしいんだけど、模試では八十パーで余裕だったはずが」

芝居がかった声で「まさかの不合格！」と、ひとりが語尾を弾ませると、「うわあ……」「ショック！」残りふたりが呼応した。

「そこからガタガタいっちゃって、二月も全滅だって。結局、一回も見学したことないような残念校に進学するはめになっちゃったみたい」

「ヤダこわい」

「かわいそうに」

品が悪いと思いながらも、円佳はつい聞き耳をたててしまう。ハネミナ……八十パー……残念校……。漏れ聞こえてくる言葉は円佳にとっては馴染《なじ》みのないものだ。しかし、ここにいない誰かにどんなことが起こったかはだいたい想像がつく。話している女たちは、「かわいそうに」などと言いながらも、声に滲《にじ》むはしゃぎを隠せない。

「そういえば、滝川《たきがわ》さんとこのお兄ちゃんって、どうだったのかしら。心配。何か聞いてる？」

ひとりが訊《たず》ねた。おそらく全員が首を振ったのだろう、数秒の間があく。

「わたし、このあいだ、まるじゅうで滝川さんに会っちゃった。マスク姿で、顔隠して、めっちゃピリピリしてた」

別の誰かが言った。

「そっかあ。こっちからは訊《き》けないもんねえ」

「訊けない、訊けない。挨拶だけして、さっさと行っちゃったし」

「あそこのお兄ちゃん、プレ小からエイチ通いのガチ勢だったもんね」

「城王大《じようおうだい》附属を受けるらしいって、うちの子が弟くんから聞いてきたけど……」

「えっ、城王？　意外。かなりデキルって聞いてたから、ニシアサとかだと思ってた」

あ、とそこで誰かが短く声をあげた。

建物の入り口のガラス戸が開き、中からリュックを背負った男の子が出てきた。集まっていた親たちは、その子の背格好から学年を想像する。建物の中には他の学年の子たちもいるはずで、テストの終了時間が重なっていた。

男の子の後ろから、別の男の子や女の子たちがわらわらと現れ出した。テストの問題用紙を片手に持っている子もいる。そこに「新三年生」と書かれているのを見て、息子の翼《つばさ》と同学年だと分かったから、円佳はさらに目を開き、我が子の姿を探す。何やら楽しげにお喋りをしている子たち、眼鏡《めがね》をかけた真面目そうな女の子、携帯電話で話しながら歩いている男の子。分厚い本を読みながら歩いている少年の、その後ろに……。

「つーちゃん！」

我が子を見つけたとたん、円佳は我知らず大きな声を出してしまい、自分の声に耳を赤くした。スポーツブランドのマークのついた濃紺のベンチコートに黒リュックの翼が、こちらを見つけて、ぱっと顔を輝かせる。

「ママ！」

駆け寄ってきた翼に、手袋をしていない手を差し出すと、強く握り返してきた。そのちいさな手は寒風の中、まだあたたかく湿っている。

つーちゃん、この手でずっと鉛筆を握っていたんだね。

そう思ったら、熱く震える感情が円佳の心に流れこんだ。

さきほど受けた保護者説明会で、校舎長の加藤《かとう》という男に言われた言葉を思い出す。

――まだ小学校二年生のお坊ちゃま、お嬢さまですから、生まれて初めてこうした本格的な塾のテストを受けたという方も多いと思います。

翼はまさに、そうだった。学校以外の場所で、こんなふうにテストを受けるなんて初めての体験だ。さぞや緊張しただろうと、円佳は握りしめた息子のちいさな手をいじらしく思う。

ひと月前、馴染みのテレビアニメを見ていたら、コマーシャルに変わり、くりっとした目の可愛《かわい》い少年が出てきた。きれいに整えられた明るい居間で、何やら一生懸命に勉強をしているその少年は、鉛筆を置いて、「できたー！」と大きな笑顔を見せる。「すごいなあ」「頑張ってるね」パパとママに口々に言われた少年は「ぼく、もっと競争したいなあ……」と呟く。そこに、どこからか「君も挑戦してみないか⁉」そんな呼び声が聞こえ、「挑戦したい！」と少年は元気な声で応えるのだ。ジャーン！　画面いっぱいに現れる「全国一斉実力テスト」の文字。「ライバルたちと『イッセイ』で会おう！」と吹き出しが飛び出る。

——つーちゃん、こういうの、受けてみたい？

あの日、コマーシャルを見た円佳がさりげなく訊いてみると、ふたたび始まったアニメに夢中の翼は、いいよ、と横顔で答えた。

コマーシャルに出ていた目のくりくりした少年のように、「挑戦したい！」と身を乗り出すような、そんな意気込みではなかったのが少し残念な気もしたが、円佳には、ある予感があった。

さっそくノートパソコンを開き、検索サイトに「全国一斉実力テスト」と入れてみると、すぐに公式サイトが見つかった。申し込みは始まっていた。

会場は全国くまなくあるようだ。自宅マンションからバスで十分の最寄り駅前にも試験会場になっている大日《だいにち》ゼミナールという大手塾があったのだが、円佳はそこを避けた。駅からさらに電車で十分ほど行った先に、私鉄と乗り換えもできる花岡寺《はなおかでら》駅がある。この地域では最も大きいターミナル駅だ。花岡寺駅周辺には三か所も会場となっている大手塾がある。

その中で、この「ホールマーク進学塾」、略して「エイチ」を会場に選んだのは、翼の通う幼稚園に派遣されて来ていたピアノ教師の息子が通っていたからだ。

——先生のお子さん、エイチでチュウジュしてナカキタに受かったのよ。

同じ幼稚園に通わせている母親の言葉は、最初、暗号のように聞こえた。エイチ？　ナカキタ？　中学受験を中受《チュウジュ》と略すのも初めて聞いた。しかし、そうした文言よりも、それらを告げた母親の目の奥に、控えめな野心の欠片《かけら》が見え隠れしていたことのほうが印象的だった。

円佳は進学塾にも中学受験にも縁のない育ちである。

夏は蒸し風呂、冬は冷蔵庫の底になる内陸県のベッドタウンで、県庁に勤める父親と、栄養士として隣町の盥《たらい》工場の食堂で働いていた母親のもと、公立小中から地元で二番手と言われる県立高校、そこから指定校推薦で東京の寮付きの女子大へと人生の駒を着実に進めてきた。ずば抜けてというほどでもないが、いずれの時も成績は良く、「真面目な子」として大人たちに評価されていた。土地柄、周りに中学受験をする子はひとりもいなかった。小学生が塾に通って勉強をするような世界があることを知らなかった。

しかし円佳は、子どもを産んだことで、自分が子どもの教育に興味を持つタイプの人間だということを知る。

産院で妊娠が確定した帰り道、円佳がまっさきに向かった先は書店だった。立ち読みしながらさんざん迷い、妊娠中の過ごし方についてのガイドブックを買うと、数日かけて読みふけった。新しい世界を知るのは楽しかった。通勤中に妊婦向けの役立ち動画を見たり、寝る前に産院のホームページを見比べたり、先輩母たちの育児SNSを読み漁《あさ》ったり、空いた時間は図書館で借りた胎教や栄養学や読み聞かせの効能に関するページをめくった。翼が生まれてしばらくはさすがに情報収集に励む余裕もなくぼさぼさ髪で生きるしかなかったが、落ち着きを取り戻すと、有名人の育児エッセイや男の子の育て方をあれやこれや指南する本など読むようになった。

その後、仕事に復帰してから辞めるまでの数年間は、心身ともに疲労し、本など読む余裕もなかったが、保育園からの編入先の幼稚園を決める時、円佳の中の教育熱はふたたび芽吹く。家から程近い「かもめのその幼稚園」に行かず、隣町の私立大学の敷地内にある「聖芽園《せいがえん》」を選んだのがその証《あかし》だ。

両幼稚園の説明会に足を運び、双方の生活見学に参加し、ネットのクチコミなどもくまなく見て回り、こちらに決めたのだ。園庭の広さと外遊びの時間の長さが特徴のかもめのその幼稚園に比べ、聖芽園はモンテッソーリ教育をうたい、放課後に英語やピアノなど、様々な教室を設けていた。

聖芽園の一員になると、自然と教育熱心な母親たちと交流してゆくことになる。彼女たちの情報網は素晴らしく、例の「エイチでチュウジュしてナカキタに……」と暗号的文章を発した母親をはじめ、多くの人が近隣の教育関係の情報を、次々ともたらした。

特に小学校選びは彼女たちの最大のテーマであった。聖芽園大学の附属小学校は女子校なのである。男児は外部の私立小学校を受験するか、地元の公立小学校に入学するかを選ばなければならない。熱心なママ友たちに流されるように、円佳も翼を連れて小学校受験の塾をいくつか巡り、体験授業を受けさせた。入園テストや面接や、外部の機関がやっているというIQを調べる検査を受けたりもした。結果、しっかり準備すれば難関と言われる小学校に合格できる可能性も十分ある子だと言われ、おおいに誇らしかったものである。

しかし結局のところ、小学校受験に本腰を入れることはなかった。小学校受験の塾が合格実績として掲げていた私立小学校に通えることになった場合、東京西郊のベッドタウンからは、電車やバスを利用して通わなければならない。一時間かけて通っているお子さんもいますよ、と塾の先生は言ったけれど、さすがにそれはちいさな背中の小学校一年生にはかわいそうな気がした。

もうひとつの大きな理由は、義母の意見である。都内にある夫の真治《しんじ》の実家を訪ねた時に、翼がぽろっとお受験準備塾で体験したことを話すと、義母はすかさず小学校受験をさせるのかと円佳に訊いた。そして、男の子は小学校受験よりも中学受験をしたほうが良いと、突然主張してきたのである。

彼女は、いくつかの中高一貫男子校の具体名を挙げて、こういうところを目指したらと気の早い話までした。やや面食らった円佳だったが、たしかに小学校受験組の母親たちの熱意や垣間《かいま》見える財力に恐れをなしていた節もあり、義母いわくの「運や縁で決まる小学校受験」よりも「実力勝負の中学受験」のほうが翼には向いているかもしれないと考えた。

地元の公立小学校進学を決めると、自然と同じ進路を選ぶ母親たちと話す機会が増えた。「公立組」とはいえ、聖芽園の母親たちは世間一般よりははるかに教育熱心に思えた。レゴブロック教室、フラッシュ暗算塾、プログラミングクラブ、速読講座……といった特殊技能のような習い事がお茶会の中で自然と挙がる。彼女たちの口からこぼれる単語を、後からスマホでチェックしたりして、円佳はこっそり知見を深めた。多くの進学塾の中で、エイチが最大手で、入塾テストがたいそう難しく、極めて優秀な子が集まっており、難関校への実績が非常に良い進学塾だということを知るまでに時間はかからなかった。いつしか、花岡寺に買い物に来るたびに看板やポスターの「ＨＭ」という赤と青のロゴを──『星波《ほしなみ》に行くならＨＭ』『四天王を目指すならＨＭ』といった、中学受験と関わる家族にしか通じない暗号のような宣伝文を、何とはなしに視界の片隅で確認するようになっていた。

そのエイチの会場で、鉛筆を握り、今まさに手のひらをしめらせてテストと戦ってきたばかりの翼の表情が明るいことは、彼女をおおいに満足させる。

やっぱり、わたしの予感は当たったのだ！

息子の様子を見て、つい喉までこみ上げてくる質問を、だけども必死に円佳は堪《こら》えた。エイチの加藤に言われた言葉を思い出したのだ。

──テストを終えて出てきたお子さんに、まっさきに「どうだった？」なんて、訊かないでくださいよ。

加藤は、テスト時間の一部を使って開かれた保護者説明会でそう言った。

保護者たちはそれを聞いて、くすくすとやわらかいさざ波を作り出すように笑った。

——おや皆さん。わたしのことじゃないわって顔してますけど？　いやいや、放っておいたらほぼ全員が訊いてしまうんですよ。今か今かと待ち受けて、出てきた我が子をつかまえるなり、『どうだったの？　あら、あんた、こんな問題、なんで間違えたの⁉　あら、これもできてないじゃないの！』って。

そこで円佳も含め保護者たちは一斉に爆笑したのだった。

——「どうだった？」と訊かれたら、お子さんは、「よくできた」と答えるものなんです。

加藤は言った。

笑いにあふれていた教室の空気がふっと引き締まり、沈黙に包まれる。

——多くのお子さんたちを見てきて、わたしはいつも感じます。ああ、この子たちは、どうにかして親御さんの期待に応えたいのだなあ、と。小学生は、まだそういう時期です。親に反抗してやろう。親に思い知らせてやろう。そんな気持ちはまだありません。皆さんが思う以上に、お子さんたちは純粋です。低学年のうちは、特に。中学受験をすることの意味も分かっていません。この時期に、親御さんが結果ばかりを気にすると、この先の受験勉強は子どもたちにとって、お母さんお父さんを喜ばせるための努力になってしまいます。

それはとても危険なことなんです、と加藤が怖い顔をして言った時、教室は、水を打ったように静まり返っていた。

そこで加藤はにこやかに頬を緩ませた。

——さあさあ皆さん、お子さんはまだ二年生なんですから。可愛い盛りじゃないですか。はい、気楽に。気楽に。

保護者たちの空気がふわあっと緩む。

——皆さん肩の力を抜いてください。こんなテストの結果なんて、どーってもいいんです。ほんと、どーっでも。

進学塾に縁のなかった円佳にとって、加藤は初めて見る「塾の先生」だった。

こんなに話すのがうまい人を見るのは初めてだと、円佳は思った。

——今日のところは、お休みの日にここにきて、頑張ってテストを受けたことを、全力で褒《ほ》めてあげてください。だって、小学二年生ですよ。生まれてきてまだ七年、八年のお子さんがちっちゃな手で鉛筆を握って勉強してきたんだから、立派なもんじゃないですか。よく頑張ったねーって、保護者様があったかい心で出迎えてくれると、お子さんたちにとって勉強が、テストが、お母さんお父さんのためのものじゃなく、自分自身で頑張りたいものになるんです。

そこまで聞いて、円佳の目頭は熱くなった。

ちっちゃな手で鉛筆を握って……。

うん、そうだよね。そうだよね。八歳になったばかりの子どもに、お母さんを喜ばせるために「よくできた」なんて言わせちゃいけない。

お休みの日に、遊びに行かず、塾でテストを受けた。それだけで、すごく、すっごく、えらいことなんだ。

結果は問わない
お休みの日に頑張った

保護者会資料の隅に、円佳はそうメモをしたのだ。

その自分の文字を思い出しながら、

「つーちゃん、よく頑張ったね」

加藤に言われた通り、円佳は息子に努めて優しい声をかけた。

結果なんて今後いっさい問うまいと思った。その瞬間は本当にそう思っていたのだ。

しかし翼が顔をあげて、

「ママ。簡単だったよ」

と言ったことで、心にちいさな泡が立つ。

「え。簡単だったの？」

訊ねる声がかすかに跳ねた。

「算数は、学《がっ》Qでやってたことがかなり出たからさー」

「ほんと？」

「ほんと、ほんと」

得意げな息子の表情を見た円佳の心いっぱい、甘い炭酸水を振った時のような泡がしゅわしゅわっと満ちた。

円佳が、こんなに可愛らしい、愉《たの》しい泡を味わえるのは、いつだって翼のことなのだ。

予感は当たった。このテストを受けさせようとした時、円佳は思ったのだ。この子はできる、と。エイチでもどこでも、ぐんぐん伸びてゆくだろう、と。

学年のはじめに教科書が配布されると、国語の教科書の中の物語を最初の日に読み終えてしまう子がいる。問題集を買ってきてやると、苦もなく解き進める子がいる。翼はまさにそういう子だった。五月生まれと、誕生月が同学年の中で早めということもあるとは思うが、それにしても幼少期からこの子は呑み込みが早かった。口に出して言ったことはないが、翼があたりの子たちよりずっと賢いことに円佳は早くから気づいていたし、聖芽園の母親たちからもそのように評されていた。「学Q」という、今通っている計算や漢字のプリントを進めてゆく塾でも、すでに何学年も上の子たちの勉強をすらすらと追い越している。学校の公開授業を見ていても、翼は明らかに持てあましているのだ。最初の一問を答えてしまったら、その後いくら手を挙げても、先生は翼をもう指してくれない。すらすらと正答してしまうことを知っているからである。

この子にはもっとハイレベルな授業と、刺激的なライバルが必要だ。「ぼく、もっと競争したいなあ……」のコマーシャルを見る前から、円佳は思っていた。早くこの子に勝負をさせてみたい、と。

「あ、そうだ。国語のこれ、面白かったから、続き読みたい」

楽しそうな顔で、翼は言う。

「どんな話?」

「なんかね、女の子が、噓《うそ》ばっかり言って、みんながそれを信じるんだけど、引っ越してきた子がいてさ、その子も噓ばっかりつくからさ……」

話しながら翼はクックッと思い出し笑いをし、その横顔は思わず頰ずりしたくなるくらいに愛らしい。

「ふたりで嘘つき競争するみたいな感じになってくんだよー！」

興奮して、声が大きくなる。みずみずしい瞳、紅潮した頬。テストを楽しんできたんだ。差し出した手を握り返してくれるわたしのちいさな男の子。

円佳が田舎の小学生だった頃、勉強ができる男の子は、勉強しかできなかった。「がり勉」だとか「オタク」だとか呼ばれていた。

翼は違う。クラスの中ではたぶん一番計算が速いし、漢字テストも満点ばかりで、「勉強ができる男の子」なのだけど、スイミングが得意だし、ピアノも弾けるし、何より友達が多く、潑溂《はつらつ》としている。「がり勉」でも「オタク」でもない。そこが円佳は誇らしい。習い事のない日や、学Qの帰り道などに、近所に住む酒井《さかい》翔太《しょうた》や大橋《おおはし》理樹《りき》、中村《なかむら》颯太郎《そうたろう》といった仲良しと、足が濡《ぬ》れるのも気にせず公園の小川で遊んでいる姿を見ると、円佳はまるで自分がその輪の中心にいるような浮き浮きとした気分になるのだ。

「へえ。面白そうね。ママも読んでみたいな」

訊ねると、繫《つな》いでいた手を翼が離した。待ち切れないとばかりに道の途中で立ち止まり、リュックを足のあいだに置いて、しゃがみ込む。ごそごそと開けて、今受けてきたばかりのテスト用紙を取り出す。何かを自分に伝えようとしてくれている、がむしゃらな息子のちいさなつむじを見下ろす、こんな幸せが他にあるだろうか。そして翼は、

「これ！」

円佳に見てもらいたいとばかりに勢いよく問題用紙を差し出すのだ。

どうしてだろう、しかしそれを見た時、円佳の心に一筋の靄《もや》がかかる。何かが心の中を斜めに過《よぎ》ったような。そのちいさな影は、止めようもなく、すっくと立ち上った。

「ねえ、つーちゃん。試験を解く時にはね、後で答え合わせしやすいように、何を選んだのか選択肢に丸をつけておくといいんだよ」

今言わなくてもいいことだと頭の中では分かっているのに、口に出さずにいられなかった。なぜなら差し出された問題用紙は、書き込みがなく、皺《しわ》もなく、つるりときれいなままだったから。

「ママ、見て！」

翼は聞いておらず、興奮したように声を弾ませる。

文章題の最後に作者名と題名が記されていたが、円佳はすでにそんなことはどうでもよくなっている。

「この本、全部読みたい！」

「ねえ、聞いてる？　つーちゃん。試験問題を解く時は、後で見直しをしやすいように、自分が何を選んだのかを、問題文のとこに書いておいたほうがいいのよ」

「大丈夫、大丈夫」

軽薄に答える翼に、心がざわついた。

こういうことは、今ちゃんと教えておかないといけない。次にテストを受ける時のためにも……。

「でもね。何を答えたか、時間が経《た》ったら、忘れちゃうでしょう」

「いいよ、そんなの」

これが、のちに何度となく知ることになる感情だった。獣のように膨れ上がっていき、自分でもおさえ切れない恐ろしいばかりに喉の奥から噴出してゆくことになる、その始まりの粒がいつ生まれたのかといえば、おそらくはこの瞬間だった。

「良くないわよ」

と、円佳は言った。

結果は問わない
お休みの日に頑張った

「つーちゃん。あそこのエンジェルズで答え合わせしようか。書いた答えを思い出せなくなっちゃう前に」

「なんで?」

「何点取れたか、確認しないと。つーちゃんも落ち着かないでしょう?」

「え、今から?」

「そうよ。解答もらったんでしょう?」

頭では分かっている。テストを受けただけですごいことなのだ。あの塾の先生もそう言った。今日はテストを受けただけでいいのだ。

問題用紙をリュックに戻し、翼はもう一度、母の手を握る。

「美味《おい》しいパフェ、食べようね」

「やったあ!」

褒美をぶら下げ、ふたりはファミリーレストランへ向かって行った。

その日の夜、予告通り、東京には雪が降った。雨のように細い、さらさらとした雪だった。積もらないといいな、と思う一方で、どうせ降るなら明日の学校がお休みになるくらいどっさり降って、真っ白い世界を翼に見せてあげたいとも、円佳は思った。今年は、ひどく寒い日も多かったわりに、きちんと積もる雪はなかった。公園で翔太たちと雪合戦をしたら、きっと楽しいだろう。

いつものようにタブレットを縦型に固定し、指先を滑らせながら、スカイプを接続する。

聞き慣れた電子音とともに、画面の向こうに真治が現れた。

「真ちゃん、聞いて。今日、つーちゃんが、全国テストを受けたんだよ」

真治と話すのは、だいたいいつもこの時間と決まっている。毎日のことだから、いつからか挨拶などは省略し、要点からストレートに報告に入るようになった。

「全国テスト?」

海を挟んで離れていても、ほとんどリアルタイムで会話ができるから、別居している感覚は薄い。

真治は去年の辞令で中国内陸部の大都市へ赴任した。

「そう。テレビのCMでやってて、つーちゃんが受けたいって言うから」

中学受験の経験があり、私立の中高一貫校に通っていた真治のことだから、この報告を聞いたら喜ぶのではないかと思ったのだが、

「まだ低学年なのに、早いんじゃないか」

と、真治は言った。

「そうかな……。受けてた子、たくさんいたけど」

「低学年の子どもなんかさあ、野山を駆け回って遊んでればいいんだよ。俺なんかその頃、なぁんもやってなかったぜ。毎日、悪ガキ連中とつるんで、市営グラウンドで遅くなるまでドロケイやってたもんなあ」

懐かしそうに、そして得意げに目を細めていて、機嫌がよい。

「たしかにちょっと早かったかな。わたしも小学生の頃なんて、なんにもしてなかったし」

「だろ？」

「でも、真ちゃんは中学受験したんだよね」

「まあ、でも、受験っていっても、俺が塾に通い出したのは小五の夏からだったしな。昔の中学受験はそんな感じで、もっとゆったりしていたんだよな。今は、親が焦りがちで、早期教育産業が儲《もう》かってるって、大石《おおいし》が言ってた。大石んとこは去年受験して晃《あきら》ヶ丘《がおか》に行ったんだけど、俺たちの時より中学受験が熾烈《しれつ》になって、進学塾の生徒数とか、すごいことになってるって」

大石というのは真治の中高の同級生で銀行マンだ。結婚式で挨拶をしてもらった。

「そうだよね。なんか、早すぎた気してきた」

円佳は言ったが、

「で？　どうだったんだ？　結果は」

なんだかんだ言ってもそこは気になるらしく、真治が訊いてくる。

「あ、うん。けっこう良かったんじゃないかな。算数は、真ちゃんに言われたように、早くから学Qに入れてたのが良かったみたい。後ろのほうの難しい問題はちょっとできなかったんだけど、計算問題とか、文章題とか、そういうのはわりと合ってた。計算間違いもあったけどね」

「そんなの、いい、いい。中学受験をするんだったら、目先の計算力より、文章題を解く力だ。算数は結局、パターン化された問題より、どれだけ思考力があるかってところに集約されてくからな」

なるほど、と円佳は思った。さすが中学受験の経験者らしく、真治の言うことには深みがある。

そういえば、小学校入学と同時に学Qに入るよう勧めたのも真治だ。学Qは古くからある塾で、真治も幼い頃から通っていたと言っていた。それを思うと、「俺なんかその頃、なぁんもやってなかったぜ」はちょっと謙遜が過ぎる気もする。あの義母が、息子に何もやらせていなかったはずがない。

「問題を見てみたら、最後のほうとか、けっこう難しくてびっくりしたし。サイコロを何回振って、出た目の数を足したらどうのこうのとか。ちょっと、わたしも分かんないくらい」

思い出して、円佳は苦笑する。

翼の受けてきた新三年生向けの算数のテストを、自分が果たして満点を取れるかといえば、全く自信がないほどに、意外にも後半は難問揃《ぞろ》いなのだった。

「で？　あいつ算数、何点取れたの」

真治が言った。

え、と円佳は思った。訊くんだ、と。

「あ、えーとね、点数。まだはっきりとは分からないんだけど、本人が自己採点してみた感じだと、たぶん、百五十点満点で、百点くらいは取れてたと思う」

「六割超か……」

百五十点満点中の百点をすぐさま「六割超」と言い換えた真治に感心しながら、

「でも、毎年、そのテストの平均点て八十点くらいだって」

何のための「でも」か分からないまま、円佳は慌てて付け加えている。

「そっか。そんなもんか。まあ、何もやってこなかったら、そんなもんだよな」

明らかに落胆した声で、真治が言う。

「国語はすごかったんだよ。三つしか間違えなかったの。長い文章だったけど、すごく頑張って読んで、いっぱい考えて解いたみたい。自己採点だけど百三十点以上できてたと思う」

「そりゃすごいな。あいつ、やるな」

真治の声が少し上向き、円佳はほっとした。

「テストに出てきたお話をね、読みたいって言うから、図書館で借りようと思って調べたんだけど、雑誌に載ったお話で、本じゃなかったの。だから、その雑誌、アマゾンで買っちゃった。八百円くらいだったかな」

「ああ、いいね。そういうのはどんどん読ませてやったらいいよ。読解力をつけるには、本をたくさん読むのが一番大事だし、語彙も増えるからな」

「テストを受けた塾の保護者会で、そこの一番トップの先生が、今一番大切なことは、たくさんの本を読むことだって言ってた」

「どこの塾」

「ホールマーク進学塾ってところ」

「ああ、『エイチ』か」

「真ちゃん、エイチ、知ってるの」

「知ってるも何も、俺が通ってたTOP《トップ》の先生たちが何年も前に独立して作った塾だよ」

「へえ……」

「円佳は知らなかったんだ。まあ、そうだよな。地方出身だし、東京にいたとしても、中学受験の経験がなかったら、ふつうそんなこと知らないよな」

なぜか嬉《うれ》しそうに、真治は言う。

「大石も俺も、TOP出身なんだよ。言ってなかったっけ」

「うん。知らなかった」

「あいつとは、TOPの校舎は違ったけどな。中学に入学したばかりの時って、どこの塾だったかっていう話で異様に盛り上がるんだよ。当時は、TOPはわりと少数派っていうか、少数精鋭？　朝日《あさひ》学習会《がくしゅうかい》が大手だったから、周りのほとんどがそっちの出身で、大石とは、おお！　TOPか！　って手ぇ取り合う感じ。そっから意気投合したんだぜ」

「少数精鋭って、すごいね」

「入塾テストでけっこう切るとこだったからね、TOPは。だけど今は、TOPから派生したエイチが最大手で、朝日はどんどんシェアを奪われて、大日ゼミナールや城王《じょうおう》アカデミーにも負けて、都立受験塾に転向したって言ってたな」

やたら饒舌《じょうぜつ》に真治は語る。

「真ちゃん、詳しいんだね。それより今日から視察週間だったよね。どうだった？」

なんとなく話を変えたい気分になった。

真治もそのことを話したかったのか、すぐに乗ってくる。

「どうもこうも、ぐったりだよ。本部にとっちゃ、観光付きのお気楽ツアーだけど、こっちは準備から手配から、ふた月前から動いてんだよ。現地の負担が重すぎる。増島《ますじま》さんが明日から寝込んじゃっても知らないよ」

増島というのは真治の上司だ。直接話したことはないが、気持ちの穏やかな人らしい。真治も可愛がってもらっているようだ。

「だよねえ。悪習だね、あれは」

本社と子会社の上級取締役を海外視察に送り出す制度だ。同じ会社に勤めていたことがあるから、こういう時に真治の気持ちをすぐ分かってあげられる。

「先もない連中が、海の向こうの工場なんか見て回って何になるんだよ。明日はゴルフコンペだってさ。こんなんやってるから外資に負けるんだよな。俺がいつか実権取ったら、まっさきに撤廃する制度だな。派遣するなら入社四、五年目のやつらにする。若手にもっと海外を見てもらったほうが、よっぽど役に立つぜ。それでなくても、俺たちの頃に比べて海外駐在希望するやつが減ってきてるんだから……」

と、そこから真治は自社の海外展開についての考えを話し出す。

こんなふうに将来の展望を語る姿に惹《ひ》かれたのだったなと、円佳は思い出す。

円佳はかつて真治と同じ家電メーカーで働いていた。年次でいうと真治は円佳のひとつ上だが、彼は修士課程まで出ているので年齢は三つ上になる。もとは別の部署で働いていたが、若手が集うランチ会や飲み会で意気投合し、交際に至った。

夫婦で勤め続ける前例も少なくない社風で、円佳も結婚して辞める気はなかった。将来のことを考えれば円佳の収入も貴重である。しかし、いざ育児休暇を終えて職場に復帰してみたら、くたくたになってしまった。なんとなく忘れていたのだが、もともと円佳は体力があまりない。中高生の頃も朝礼のあいだに貧血を起こすことが何度かあった。

皆がらくらくやっているように見える仕事と家庭の両立が、こんなに体力が要ることだとは思わなかった。職場でも家でも、やることが尽きなかった。子どもの送迎、仕事、買い出し、三食準備、片付け、洗濯、掃除、加えて何かの嫌がらせのように、買って間もないマンションの管理組合役員に当選してしまった。さらに、翼が保育園にうまくなじめず、行き渋る日があり、夜尿もあり……、あの数年間は思い出したくないくらいだ。毎日ストレスをため込んではちきれそうな風船のような心で通勤していた。食卓に総菜が並び、部屋が荒れてくると、真治は不機嫌になってくる。円佳が大変なことを分かっているから、料理や掃除を強いることこそなかったが、自らが負う気もないようで、我慢比べに負けたほうが家事をするような状態だった。そして、負けるのはたいてい円佳であった。「いつ辞めたっていいんだよ、生活に困っているわけじゃないし」と言ってくれた真治を「優しい」と、その時の円佳は感じた。

いよいよ体調を崩して倒れ、続けざまに有休を取った時も、すぐに退職はしなかった。

いずれ正社員に戻してもらえる口約束をもとに時短契約社員に身を移してまで働き続けたあの頃の自分のがむしゃらな頑張りが、今となってはとても遠く思える。ただ、働き続けることにこだわっていた。母から言われた「定年まで働ける会社を選びなさい」、大学教授が授業で語った「女性が仕事を手放すことは自ら自由を手放すことと同義です」、会社の同期が新人研修中の飲み会で放った「ダンナの稼ぎからランチ代払う主婦なんて終わってる」。そうした言葉たちが円佳をぎりぎりまで職場に繋ぎとめた。しかし、午後の忙しい時間帯に保育園からの発熱呼び出しの電話を受けて後輩社員に残りの作業を依頼しぺこぺこしながら早帰りする時、あるいは会社から保育園に向かうまでのカウントダウンの中駆け込んだスーパーでレジの行列が自分のところだけ遅々として進まず苛立《いらだ》ちが爆発しそうになった時、円佳は自分の心が音をたててすり減っている最中なのを感じた。そして、そのような自分の健康状態と精神状態がダイレクトに影響を及ぼす対象は、最も大事に思う存在なのだった。

辞めたら負け。辞めなくても負け。

出口の塞がれた脱出ゲームに参加させられているような状態が何年も続いた。

最終的に円佳は仕事を辞めて専業主婦になるのだが、きっかけは、見知らぬちいさな子どもの不幸であった。

翼が四歳になった秋口に、遠い街で、小学一年生の男の子が誘拐された。学校の帰りに、どこかに連れ去られたらしい。じきに犯人は見つかったが、男の子はもう戻ることがなかった。

痛ましい事件は世界のどこかに存在し続け、これまでにも何度か見聞きしていたように思う。

しかし、自転車の前に買い物袋、後ろに翼を乗せ、いつものように保育園から帰ってきたその夜、つけたテレビでそのニュースを見た円佳の心は張り裂けた。親が公開した、幼児期のお遊戯会でのその子の生前の姿を見た瞬間に、両目から涙があふれたのである。

翼が通うことになる小学校の学童保育は、子どもを夕方六時までしか預かってくれない。時短勤務の円佳が五時に仕事を終えても、そこから小学校へのお迎えには間に合わない。だから、円佳が同じ仕事を続ける限り、必然的に翼はひとりで帰宅することになる。

翼を動揺させないように、円佳は涙を隠し、すぐに台所に向かった。冷凍食品のシュウマイを電子レンジでチンし、皿に並べていた。カウンターの向こうに、華奢《きゃしゃ》な指先で絵本をめくる翼がいた。涙はもう一度あふれた。

世界で一番大切な存在は翼だ。自分の命よりも大事だ。

こんなちいさな子、大人がその気になれば、ひょいと抱えて、ミニバンの後ろに放り込めてしまう。やろうと思う人間がいれば、それはできてしまうのだ。

仕事を辞める。

その時、円佳は決めた。

仕事を手放すなと、あらゆる言葉で円佳を怯《おび》えさせた人たちが、では育児と家事と仕事に追われてふらふらになっている円佳を助けてくれたかといえば、そんなことはなかったのだ。疲れ果て、食べさせるものは冷凍食品か総菜ばかり。円佳はもう、自分たちを焚《た》きつけた大学教授の顔も忘れてしまったし、別の部署に配属されてからそれほど連絡を取ることのなくなったあの同期女子ともすっかり疎遠だ。盥工場の閉鎖とともに地元の給食センターに転職していた栄養士の実母は、仕事のみならず祖母の介護に追われ、とても円佳を助ける余裕はない。都内に住んでいる義母は、一時はちょくちょく遊びに来て幼い翼を可愛がりはしたものの、泣きぐずったらすぐに円佳を呼ぶし、おむつ替えや離乳食をあげるといったこまごまとした実際の仕事はしたがらない。義父にいたっては、翼を抱き上げることもない人だった。

仕事を辞めた円佳がまず感じたのは、体が楽になったということだ。慢性の疲労や寝不足から解放され、空がすみずみまで青く見えた。マンションの育児サークルに仲間入りし、幼稚園にママ友もできた。お菓子作りをしてみたり、園で使う布袋をちくちく縫ったりもした。そうした手作業は、円佳の心を癒した。経済的な理由で働かざるを得ない女性たちも少なくない中、なんと自分は恵まれているのかと夫に感謝さえした。翼が小学校に入った年に、彼に中国への赴任辞令が出た時も、会社が単身赴任を奨励しているからひとりで行かなければいけないと言われた時も、地元に友達ができていたからこそ、それほど動揺せずに済んだのだ。

離れていても、真治とはタブレットで互いを見ながら話すことができる。中国の駐在員は規制や何やでSNSができない、アプリを通じた会話にも制限があるなどと聞いていたが、前任者も日本の家族とオンライン通話をしていたようで、そのやり方を引き継いだ。夜の、だいたいこのくらいの時間にオンラインで会話をしようと決めていた。いつもイライラしていた共働きの時期よりも、向き合って話すようになった今のほうが、心の距離は近くなった気もする。

「で？　結果はいつ出るの」

真治に言われて、

「結果？」

一瞬何のことかと思ったが、いつの間にか話題が翼のテストに戻っていた。今は野山を駆け回って遊ぶべき年齢だなどと言いながら、息子の試験結果は気になるらしい。円佳はくすっとちいさく笑って、

「いつだったかな。個別に連絡しますって言ってた気がする。ねえ、それより真ちゃん、明日も仕事でしょう」

今日はいつもより長く話している。食器の片付けも残っているし、もうそろそろ終わりにする頃合かなと思ったのだが、

「返却時に営業かけようっていう肚《はら》だな」

真治が言った。

「円佳、もしエイチが必死に営業をかけてきても、その気になって翼を入塾させたりするなよ。あっちは少子化で焦ってるんだから。バカなガキの親をおだてあげて、この子は賢いから中学受験させたほうがいいって言ってくるらしいぜ」

「なんか、ひどーい」

笑いながら、円佳は言う。

「だいたい全国テストなんて、まだそんな歳《とし》じゃないだろ。円佳もすっかり教育ママだな」

面白がるように真治は言う。円佳はもう一度時計を見る。

「翼が全国模試なんてなあ」

まだ言ってる。

「テレビのCMでやってて、翼が受けたがったのよ」

「親子でそういうのにつられてる」

「何万人もがつられてるのよ」

笑顔で言い訳しながら、真ちゃんて塾や受験の話がこんなに好きだったのね、と円佳は思った。


翌々日、街に光が射《さ》した。一昨日《おととい》の雪は、あっという間にとけてしまい、アスファルトが朝の日をつやつやと弾《はじ》き返している。

結局街の風景は変わらなかった。気まぐれな寒気がどこかに行ってしまうと、強い風が吹きぬけて、街は春を呼んでいる。

三学期の日程も、残り少なくなっている。学習課程はほぼ終わり、今日子どもたちは午前中をまるまる使って六年生のお別れ会と、学期総まとめの学級会をしているはずだ。

その日、円佳は小学校のＰＴＡが開催する定例会へ足を運んだ。今年度最後の定例会なので、「月の報告」に加えて、新旧役員の挨拶もあった。そのため、いつもより二十分ほどオーバーして、会は終了した。

ＰＴＡ定例会は、普段子どもたちの遊び場や作業場として使われる多目的ルームを借りているため、終了後はコの字形に設置した机とパイプ椅子を折りたたんで仕舞わなければならない。円佳はこの作業が好きだった。これを今から片付けるのかと一見うんざりするような数のパイプ椅子と机が設置されているのに、皆で手分けすればあっという間に片付いてしまう。部屋をすっきりさせることには達成感があった。床が広がり、春の光が射しこむ。

「ついに終わったねえ」

最後のパイプ椅子を片付けて戻ると、一年間一緒に書記をやっていた酒井貴子《たかこ》に声をかけられた。

「終わったねえ」

感慨深く、円佳も返した。

貴子は円佳と同じマンションに住むママ友だ。マンションでは少数派の聖芽園出身組でもあり、ここ数年の付き合いで、彼女がさっぱりした公平な性格だということも知っている。小学校六年間の中で子どもひとりにつき一度は役員をと要請された時、それならば早いうちに引き受けてしまおうと貴子に誘われ、一緒に手を挙げた。

一年間の仕事を終え、清々《すがすが》しい気分で今日を迎えた。これでもう、卒業までPTA役員を決める会で気まずい思いをしなくて済むという解放感もあるが、何より貴子とともに活動した一年間は素直に楽しかった。だから、

「円佳ちゃん。このあとの引継ぎだけど、エンジェルズでお茶しながらしない？　そのまま、ランチまでどう？」

と、貴子に訊かれた時、

「わ、いいね、それ！」

返す声が子どもみたいに弾んだ。時計を見ると、十一時を少し回っている。まだ時間はたっぷりあった。

「あの、この後引継ぎですよね……？」

「よろしくお願いします」

四月から書記を務めるふたりの母親が、貴子と円佳のもとに近づいてきて言った。彼女たちのほうが子どもの学年は上だが、PTA役員は初めてと見え、少し不安そうな表情である。

貴子が朗らかな調子で、一緒にランチどうですかとふたりを誘う。彼女は誰とでも軽やかに距離を縮められる人だ。てきぱきと話を進める貴子の横で、円佳はふたりの名前を思い出せなくて、黙っている。たしか、ひとりが小四のお母さんで、もうひとりは小五のお母さんだった。昨年の選出会の場で円佳たちが立候補したのに対し、今回の書記はふたりともじゃんけんに負けたらしくて渋い顔で引き受けていたが、やるとなったらきちんと引継ぎにも応じてくれる人たちのようだ。中には、完全に連絡を絶って雲隠れしてしまうような信じられない保護者もいると聞いていたから、ひとまず後任が

まともな人たちだったことにほっとした。

小学校からエンジェルズへ自転車で移動した。エンジェルズは小学校から程近いところにあるファミリーレストランだ。駅から距離がある上、席数が多いため、よほどのことがなければ座れるから、この町の主婦はお茶会に重宝している。

「楠田《くすだ》さんと林《はやし》さんは?」

自分の注文の前に、さりげなく貴子がふたりに声をかけて名前を言ってくれた。楠田さんと林さん。忘れないようにしなきゃ、と円佳は思った。濃紺のタートルネックセーターでショートカットの楠田さん。てろりとした素材のシャンパンピンクのブラウスで髪にゆるいパーマをかけているのが林さん。

「改めまして、今年一年書記をやった酒井貴子です。こちらは一緒に務めた有泉円佳ちゃん」

貴子は円佳のことを「円佳ちゃん」と呼ぶ。円佳は「貴子さん」と呼ぶ。貴子は他の母親たちのことも、親しくなってくるといつからか「ちゃん」付けで呼びだすが、円佳はなかなか大人に「ちゃん」を付けて呼ぶことができない。

「で、えーと、まずは書記の仕事の概要説明なんですけど……」

引継ぎ用の資料をもとに、生真面目《きまじめ》な顔つきで切り出した貴子にかぶせるように、

「わたし、今日は仕事のお休み取ってきたんです」

と、楠田が言った。

「選出会の時にも申し上げたんですが、定例会って、毎回火曜日なのだとか。それだとわたし、ちょっと出るのが厳しいんですよね」

にこやかだがきっぱりと話す楠田に、円佳は気圧《けお》される。

しかし貴子は全く動じず、

「そういうことなら、大丈夫ですよ。定例会に書記さんはひとりいればいいんで、おふたりのうち、どちらかが参加するっていうふうに決めていただければいいんです。もしおふたりとも難しい日は、会計さんに定例会を録音しておいてもらって、音声データの書き起こしをご自宅でしていただければいいですから」

「あの……わたし、不定期でクラフトサロンやってはいますけど、平日なら調整して出られると思いますから、よろしくお願いします」

林に言われ、楠田も納得したように頷《うなず》いた。

一年間、毎月定例会に参加し、議事をまとめた「PTA便り」を作成し、副会長に校正してもらい、会長の許可を取ってから、印刷をして全校生徒に配布していた。連絡などの雑務を含めた作業量は膨大で、引き受ける前に想像していたより大変な仕事だったが、引継ぎ資料のデータをふたりのスマホに転送すると、付け加える解説はそれほどなかった。引継ぎ自体は、あっという間に終わった。

「これ、ペーパーレス化できないんですかね」

楠田が言った。

「ペーパーレス化……」

林が不安そうな顔をし、

「わたし、パソコンが苦手で」

と言った。

「そうですねえ……。いずれはそうなるかもしれないですが……」

貴子も語尾を濁した。

「ふうん」

と楠田がちいさく息をつく。

「楠田さんはフルタイムでお仕事されているんですよね。平日は相談とか、ほとんど無理って感じですか」

林が話を変えた。

「フルタイムっていっても、すぐそこのコールセンターなんですよ。なんなら昼休みにちょいっとこのファミレスまで抜けられるから、平日でも打ち合わせとか、少しなら大丈夫です」

楠田が答えた。

「コールセンターなんて、この辺にありましたっけ」

「国道沿いに大きなホームセンターがあるじゃない、その横のビルよ」

「ホームセンターは分かるけど、隣のビルってなかなか思い出せないものね」

「その中に入ってるの。でもね、実は仕事だけじゃなくて、わたし、来年はちょっと忙しいのよ、下の子の中学受験で」

ふたりの会話を聞いていた円佳はつい、

「えっ。受験するんですか。すごい」

と声をあげた。楠田がこちらを見て、

「すごくなんかないですよ」

と、言った。

「うちはね、上も下もほんっとだらしない男子で、どうしようもないの。なのにわたしがうっかりしていて中学受験を考えなかったせいで上がこの春から四中《よんちゅう》に進学するから、今になって不安でしょうがないのよ。それで弟には受験させたいわけ。ぜんぜんすごくなんかないのよ」

念押しするようにもう一度言った。

「宿題やらない、課題出さない、友達とふざけだすと止まらない。そんなんだから先生に目ぇ付けられちゃって、ひっどい『あゆみ』なの！　生活態度の欄なんかね、いっこも、いっこもよ、〇が付いてないんだからっ。これで公立中学に行ったら、高校浪人よ。中学受験でなんとか、もうどこでもいいから、どこか学校と名のつく場所に入れてもらわないとならないの！　中学受験って、そういう、落ちこぼれの救済措置みたいな側面もあるのよ！」

「そうなんですね……」

さっき条件反射的に「すごい」と言ってしまったことが、これだけ大量の反応になって返ってきたことに戸惑いながら円佳は頷く。

息子さんふたりは、そんなに「どうしようもない」子なのだろうか。だとしたら下手なことを言わないほうがいいだろうし、でも実は謙遜なのかもしれないし、どう応じればいいのか分からず、余計なことを言わないようにとひとまず黙ることにした。

すると、如才のない貴子が、

「高校受験だと、副教科の点が重視されるって言いますよね。副教科の先生に嫌われたら終わり、って。それで中学受験する男の子が多いっていう話、わたしも聞いたことありますよ」

と、会話を引き取ってくれた。

「わたしもそれ、聞いたことあります」

円佳も合わせて言うと、しかし、

「円佳ちゃんのところは、関係ないわよ！」

貴子が高らかに言った。それから楠田と林に向かって、「ここはね、超優等生なんですよ。それに何より、性格がいいし、ホントいい子なんですよ」と、唐突に翼を褒めた。

性格がいいというのは、おそらく、翔太をからかう子たちに翼が二、三度注意したというような幼稚園の頃の話だったと思うが、そのことに恩を感じてくれているのか、貴子はいまだに言い続ける。

嬉しいが、なんだか申し訳なくて、

「いえ、うちはそんな……。ショウちゃんだって、優秀じゃないの。歴史にも詳しいし」

自然と褒め合う感じになってしまう。

「歴史だけよ。ほんと、うちのお兄ちゃんは好きなことしかしないから」

「歴史が好きなんて、すごいことじゃない」

お世辞ではない。まだ幼児だった頃、自宅に遊びに来た翔太がたくさんの戦国武将の名前を挙げるのを見て驚嘆したものだ。父親が歴史好きで、名城や遺跡巡りなどを旅行の軸に据えていると言っていた。

「歴史っていっても、ピンポイントで戦国武将だけ。武将ノートなんて作っちゃって、戦国時代の武将の家来の数とか？　お米の生産量とか？　そういうの数値化したりして、そんなのばっかり詳しくても、どうしようもないわよねえ」

武将ノートの話やお米の生産量の話はもう何度も聞いている。貴子はやたらと翔太について謙遜するが、なんやかんやでいつも翔太の話題を出したがるのだった。

楠田や林にとってはつまらない話題じゃないかと様子を窺《うかが》うと、案外穏やかに微笑《ほほえ》んでいる。と思ったら、

「高校受験って、英語もあるじゃない」

と楠田が話を戻したので、やはりつまらない話題だったのだろう。

「うちの子、もう絶対だめ。英語、ほんと苦手っていうか、大嫌いみたいで、小学校の英語の授業、ほんっとにチンプンカンプンでわけわかんなくなっちゃってるのよ。当たり前よね。日本語だって、いまだに何言ってんのかよく分かんないんだから」

その言葉に皆で笑う。

「林さんところは受験とか考えてるんですか」

貴子がずっと黙っている林に話を振った。

「そうですね。うちのお姉ちゃんも、中学受験しましたし」

と、林が答えた。

「え、そうなの⁉」

楠田が興味を持ち、そこからは、林が昨年経験した中学受験の話が主な話題となった。さっきまでパソコンを使えないことを恥じらうように訴えていた林だったが、長女の話になると滑らかに喋り出した。その話の途中で、「シュウビ⁉」と、貴子と楠田がふたり同時に声をあげ、「嫌だ」「ハモっちゃった」と笑いあう一幕もあった。

ちょうど、自分のランチセットがテーブルに置かれたタイミングで気が逸《そ》れていたため、肝心なと

ころを円佳は聞き逃した。

　三人のやりとりを拾い集めていくうち、シュウビというのが学校名なのだと分かった。大変な名門校らしい。

「四小《よんしょう》から今年、女子四天王に誰かが行ったって聞いたけど、林さんのお嬢さんだったのねー」

「やだー、超優秀なんですけど」

「それじゃあ下の子も受験するわよね」

「どこの塾だったの？」

　興奮気味のふたりに興味津々に質問されて、林が、

「うちは、エイチでした」

と言った。

　円佳は、はっとした。

「いちおう妹にも受験を考えていて、今お姉ちゃんと同じエイチに通わせてます」

　やっぱりエイチなのか。ピアノの先生といい、林といい、有名校に進学させている人たちは皆エイチを選んでいる。

「でもね、上の子と下の子でタイプが違うから、この先どうなるか分からないんですよ」

と、林は控えめに言うけれど、その表情には、長女の中学受験を成功に導いた経験者ならではのゆとりと、おそらく妹も順調に受験勉強を進めているのだろう、穏やかな自信が感じられた。

　円佳は林の話をもっと聞きたいと思ったのだが、楠田が、

「世界が違うわ」

と、どこか切り捨てるような響きのある言い方をしたのでびくりとした。

「エイチのカリキュラムは完全に専業主婦の家庭向けだから」

鶏肉《とりにく》のソテーにフォークを突き刺しながら、楠田は言った。それを聞いて、林がかすかに眉を動かし不愉快そうにくちびるを開きかけるのを円佳は見た。

「エイチって、入塾テストもあって、落ちる子もたくさんいるって言いますものね」

貴子が言うと、

「プリントやテキストの整理整頓が超大変なんでしょ?」

楠田に訊かれて、たしかにそれは大変だったと林が答える。楠田は大きく頷いて、

「それに、親が貼りついて勉強見てあげないととてもついていけないカリキュラムだって。あ、林さんところは優秀だから自分でできるお子さんだったのかもしれないけど、みんながみんなそうはいかないから。うちの義妹も専業主婦なんだけど、子どもがエイチに通ってて、テスト前とか付きっきりで勉強見なきゃならないから親のほうが頭がおかしくなりそうって、いつも言ってる」

「なんか、それ、聞いたことある」

と、貴子まで同調している。

「親が専業主婦で時間があるか、中学受験の経験があって教えられるか、家庭教師を雇えるか。そんな感じじゃないと、エイチは無理よ」

「家庭教師とか、無理無理」

林が子どもをエイチに通わせていると言ったばかりなのに、ちょっと失礼じゃないかと円佳は思う。

楠田ははなからエイチを敵対視しているし、専業主婦はこういうものと決めつけたがるところもある

のではないか。そういえば、林はクラフトサロンを開いていると言っていた。なんのサロンだろう。

後で聞いてみようと思いながら、林の表情を窺うと、彼女はにこにこ微笑みながら黙って聞いている。

ふたりの話が途切れたタイミングで、

「楠田さんのお子さんはどこの塾に行ってるんですか」

と、林が訊ねた。

「うちは大日。駅前の」

「ああ、大日ゼミナール。面倒見がいいって言いますよね」

貴子が身を乗り出す。興味があるのだろうか。

「そうよ。自習室もあるし、六年生になると仕出し弁当があって、働くお母さんの味方みたいな塾なのよ」

「弁当出るのかー」

「ワンコインよ、ワンコイン。五百円で牛乳付き」

「お弁当だけだと四百円くらいか」

そう安くもないのではという顔をする貴子に、それがね、と楠田が少し声をひそめ、

「ちゃんと味噌汁《みそしる》も付いて、おかずの品目も多くて、なかなかちゃんとしてるのよ」

「でも牛乳かあ……。うちの子、お腹《なか》ゆるくなっちゃうからなぁ」

「野菜ジュースにも替えられます！」自分の手柄のように言う。

「え、最高！」

とたんに目を輝かす貴子に、

「酒井さんも働いてるの?」

と、楠田が訊いた。

「いえ、わたしが働いているとかじゃないんですけど、うち、下にふたりいて、プリントの整理とか勉強をちゃんと見たりとかお弁当作ったりとか、とても時間がないからエイチは無理。入れるとしたら、大日かなあって」

貴子が答えるのを聞きながら、へえ、と円佳は思った。

入れるとしたら……って、貴子も塾や中学受験を考えているのか。そんな話をしたことはなかった。

翔太も翼と一緒に学Qに通っているが、小学校のすぐそばに学Qがあるので、さながら放課後の部活動のように周りに合わせて惰性で入っている子も多いのだ。翔太もそのタイプだと思っていたが、考えてみれば翔太は学Q以外に探究ゼミという通信講座や、自治体がやっている日曜ゼミの囲碁将棋講座などに顔を出してもいる。貴子が教育熱心なのは、戦国武将についての、自慢と謙遜の狭間《はざま》を縫うような話しぶりからうすうす感じていた。

「やっぱりこのあたりの方たちって、皆さん教育熱心なんですね。けっこうたくさんの人が中学受験とか考えてるんだな……」

感心して円佳が言うと、

「南《みなみ》小のこともあるわよ」

楠田が声をひそめるようにして言った。

南小の? 円佳は首をかしげた。貴子も怪訝《けげん》そうな顔をしている。林を窺うと、彼女はつかの間止めたフォークとナイフをふたたび動かし食べ始めていたが、その横顔にはかすかな緊張が感じられた。

「南小って、毎年荒れてるの。その子たちが四中に来るのよ」

楠田が言った。

「え、そうなんですか」

円佳たちの通っている学校は第四小学校だ。そのままだと第四中学校に進学することになるが、たしかに線路の向こう側にある南小学校と同じ学区域になる。

「南小の六年生が、中学生をカツアゲして問題になったの、知らない？　学童の保護者会の時に話題になったんだけど、なんか、すっごい巨漢の子で、先生にも暴言とかすごくて、学校でナイフを振り回したこともあるって」

「ええっ」

円佳はちいさな悲鳴をあげる。

「そんな子たちと中学で同級生になるリスク考えたら、やっぱ四中はないわ」

「その子は有名らしいですよね。わたしも聞いたことあります。けど、学年にもよるから……」

貴子の言葉を打ち消すように、

「南小の学区って、団地の子たちが多いのよ」

と、楠田が言った。

「団地の子」

林が呟く。

「団地っていっても、こっちの学区にある団地は公務員宿舎で、裁判官の家族なんかもいるのよ。けど、南小のほうの団地は、そういうんじゃなくて、もっと、なんていうか、貧困家庭が多いらしくて」

え……っと円佳は一瞬、耳を疑う。そんな言い方をするのか。

「子どもどうしでモメても団地の親は逆ギレするし、ヤンキー予備軍ばかりだからうかつに関われないって南小の人が言ってたもん。南口ってパチンコ屋やスナックも多いじゃない？　工場の近くのコンビニの前にも金髪や茶髪の子がたむろってたり、ちょっと町の雰囲気が違うでしょ」

楠田の言葉を聞きながら、円佳はさりげなく林と貴子の顔色を窺う。ふたりとも表情を変えず、ただ静かに耳を傾けている。

たしかにこの町は、南口と北口で駅の雰囲気が違う。今のマンションを購入した時に、真治が「向こう側」を少し気にしていた。北口は駅前が再開発されて整然としているし、外資系のカフェチェーンや雑貨店などの専門店街もある一方、南口は古くからの繁華街そのままに、規模はちいさいが風俗関係の店もあり、全体にがちゃがちゃとしている。真治が言った「向こう側」こそ南口、南小の学区だ。

「南小は今年の四年生も荒れ気味だって聞くし、うちの下のは特にそういう子に流されるタイプだから、絶対脱出させないと」

「……そういえばデザートってついてましたっけ」

林がメニューを広げた。

ぱらぱらとメニューをめくったものの、誰も、何かを食べたいとは言い出さない。しばらく四人はデザートのページを静かに眺めていた。

林と貴子が、楠田の話にうかつに同調するタイプの人たちではなくて、ほっとした。

貧困家庭とかヤンキー予備軍とか、そのあたりの話はタブーのような気がしている。円佳は口にしたことはなかった。

しばらくメニューをめくっていた四人だが、結局はそれ以上注文することなく、にこやかに立ち上がった。引継ぎ資料の確認をしてから店の前でそれぞれの自転車に乗り、別れた。

同じマンションに住む貴子とは帰り道が一緒だ。さっきの南小の話題について何か貴子が言ってくるかなと身構えてしまう。

すると貴子が振り向いて、

「ねえ、円佳ちゃん。今度、ふたりで打ち上げしない？」

と、明るい声をかけてきた。

「打ち上げ？」

「書記を一年間頑張ったご褒美ランチ。美味しいもの食べにいこうよ！」

「え、うれしい」

貴子のこういうところが好きだ。円佳は、断られたり、断るために気まずい思いをさせるのが嫌で、自分から計画したり誘ったりするのがどうも苦手なのだが、貴子は思いついたとたんに明るく声をかけることができる。そのおかげで、一緒に出かける機会が増えて、距離を縮められてきた。

「花岡寺の駅からちょっと歩いたところなんだけど、行ってみたかったお店があるの。そこでいい？」

「うん、もちろん」

「あとで日を決めよ？」

風が吹き抜けてゆく。少し汗をかいたのか、前髪が数本、額にはりつく感覚があった。指でよけて、漕《こ》ぎ続ける。少し先をゆく貴子のダウンジャケットの裾がはためいている。どこからか、気の早い花びらのにおいがした。

角を曲がってマンションが見えてきた。

貴子に訊かれた。

「つーちゃん、今日もスイミング？」

「うん」

「頑張ってるねえ。すごいなあ」

屈託ない口ぶりだった。円佳は少しほっとした。一時期、お互いになんとなくスイミングの話題は避けていたが、最近はこんなふうに貴子からスイミングについて振ってくれるようになった。

「うーん、でも、ちょっと、伸び悩んでるみたい」

円佳が言うと、

「続けているだけすごいわよ。うちなんてもう、つーちゃんと一緒に泳いでたこと、忘れちゃったみたいだもん」

貴子が笑い、円佳も笑った。

幼稚園の頃はいつも一緒にスイミングスクールに通っていた。晴れの日はママチャリの背に子どもを乗せて、雨の日は貴子の車に乗せてもらって、夏期講習や冬期講習の日時も揃えた。見学室でプールの子どもたちを見下ろしながら、貴子と他愛《たわい》ないお喋りをし、練習の後にエンジェルズでお茶をするのは楽しかった。

翔太と翼で泳力の差が広がり、気まずい感じがしてきたのは、小学校に入る前だったか、入った後だったか。翼はめきめきと頭角を現し、コーチの判断で飛び級させてもらった。運動神経の良い翔太も同学年の中ではよく泳げるほうで、小一でバタフライのクラスまで進むのはすごいことなのだった。しかし、そのクラスから翔太は一年間、上がれなかった。不合格のたびに苦笑いする貴子の顔もさすがに引きつり、「サッカーの日を増やしたいって言うから……」と、ついにはスイミングをやめてしまった。残念ではあったが、円佳は少しほっとしてもいた。翼は、バタフライはとっくに一発合格しており、平泳ぎのクラスもクリアして、メドレータイムを計るクラスに進んでいた。つーちゃんはすごい、つーちゃんは違う、と褒められるたび、心苦しいような気がして、一緒に見学する時間は前のように楽しいものではなくなりつつあった。翔太がやめたのは、翼が育成Bコースに抜擢《ばってき》され、練習時間が変わって一緒に通えなくなったのと同じタイミングだった。

しかしそれから半年以上経つ今も、翼は育成Bコースのままなのだった。泳ぎもタイムも現状維持といった感じに見える。

現状維持とはつまり、後退なのだ。子どもの体はぐんぐん伸びてゆくから、タイムも上がらないとおかしい。翼と一緒に育成Bに上がった同学年の桃実《もも み》は、さらにもうひとつ上の育成Aに行ってしまった。マイペースで行こうと思っていても、桃実と同時期に育成Bに上がったせいで、どうしても意識してしまう。我が子の泳ぎをメモに取りながら見学している彼女の母親を見て、うちはあそこまでのめり込んでるわけじゃないから、と心の中で言い訳するも、同じ練習をしていてどうして差がついてしまうのだろうと思ってしまうのだ。

「ほんと、うちはすぐ諦めちゃうから、つーちゃんみたいに、なんでも頑張る子になってほしいんだけどね」

貴子が耳にくすぐったいようなことを言ってくれるものだから、照れ隠しのような反動で、

「ううん。翼はぜんぜんよ。三組の桃実ちゃんなんて、もう育成Aに上がったんだから」

と、他の子の名前を出してしまう。

「あー、だってあそこ本気だから」

さらりと貴子が言い、ああ、桃実ちゃんは本気で、うちはそこまでではないと思われてるのだと円佳は感じた。

「桃実ちゃん、やっぱり有名なのね」

そう呟くと、

「桃実ちゃんがっていうか、あそこはお母さんが、元スポーツ選手で、いろいろ詳しいのよ。サッカーの親たちも、桃実ちゃんのお母さんにトレーニングの仕方とか、いろいろ相談しているみたい。わたしはそこまで親しくないけど、子どもでも飲めるプロテインとか、教えてもらった人もいて」

「へえ」

「やっぱり運動神経って遺伝するんだね。桃実ちゃんは将来、オリンピックに出たりするかもね。今のうちにサインもらっておかなくちゃね」

「そうだね」

それじゃあ後で打ち上げの日を決めよう、と貴子にまっさらな笑顔で言われる。円佳は翼の水泳に関するほろ苦い気持ちを、じゃあね、またね、と軽やかな挨拶を交わすことで心の外に追いやる。それぞれの自転車置き場へと別れた。

帰宅すると、最近はほとんど鳴らない固定電話の、留守番電話機能のランプがちかちかと、ちいさく灯《とも》っていた。

再生ボタンを押すと、

「ホールマーク進学塾花岡寺校です」

と、女性の優しげな声が流れ出す。全国一斉実力テストの帳票を返却する際に円佳と面談をしたいというメッセージであった。

郵送ではなく面談……これって営業なのかな。真治の言葉を思い出して、円佳は少し身構えた。だとしたら、こちらから電話をかけ直すこともないだろうと思っていたら、案の定、夜のうちにもう一度、エイチから電話がかかってきた。

かけてきたのは、留守番電話を残したのと同じ女性事務員だったが、「校舎長がぜひ面談したいと申しているのですが」と言う。やっぱり営業だと思うと同時に、「校舎長がぜひ」という響きにどきんとした。校舎長というのは、保護者会で『こんなテストの結果なんて、どーってもいいんです』と言い放った、あの加藤という教師のことだろう。彼の話は、学校の保護者会での先生たちの話と違って、聞いていて面白く、妙に惹きつけられた。

彼が自ら会いたがるということは、どういうことだろう。自然と円佳の口角は持ち上がる。おたくの息子さんは大変優秀です！　ぜひ我が塾に……！　なーんて、まさかね。自分で自分に突っ込みを入れて、くすくすと笑うも、心のどこかで、そういうこともあるかもしれないと考えている。

貴子とのささやかな打ち上げ日を祝福するように、小学校の終業式前日の空は晴れわたった。

マンションのエントランスで待ち合わせ、一緒にバスに乗り、電車に乗り、花岡寺駅のデパート街を抜けて、細い川沿いの道を歩く。まるで学生の頃に戻ったような気分でお喋りをする。友達が多いだけでなく、テレビやネットから幅広く情報を集めている貴子は、いつも面白い話をしてくれるのだ。英国王室ゴシップから流行《はや》りの健康法まで、話題豊富で喋りもうまい貴子に、感心したり、声をあげて笑ったりしている。

土手に植わった桜の木々には、うす桃色の花びらが、まるで綿を散らしたようにふわふわと咲き始めている。頬に当たる風は強いが、少し前のようなぴりぴりとした冷たさはない。もうすぐ春だ。店が見えてくる。

川沿いのこぢんまりしたイタリアンだった。貴子がグラスの白ワインをオーダーしたので、今日はそういう感じなんだなと思って、円佳も甘いカクテルを注文した。その後で、ランチのお勧めだというきのこのリゾットと半熟卵ののったピザを頼んで、取り皿をもらう。

前菜のあいだ、ふたりはどちらも見ているドラマの感想をあれこれ話していたが、話の流れがこの間の引継ぎランチに及ぶと、貴子が「楠田さんのこと、どう思った?」と円佳に訊いてきた。

「どうって……」

返事に詰まった円佳を気遣うように、「ごめんごめん」と貴子は笑った。そして、

「実はさ、円佳ちゃんに言ってなかったんだけど、楠田さんが強烈なキャラなの、学年を超えて有名なのよ。林さんもたぶんご存じ。わたしは前もって日野《ひの》さんや松井《まつい》さんから聞いてて覚悟できてたんだけど、円佳ちゃんはびっくりしたでしょ?」と言った。

日野と松井はPTA役員を選考する委員に就いている。PTA役員は基本やりたい人がいないから、

ターゲットを絞って個人的に口説いたりしなければならない。ある意味、選考委員は役員以上に難しい役回りであるため、顔が広くて責任感と人望のある保護者が代々引き受けている。

「そうだったんだ。たしかに楠田さんて、強烈っていうか、主張がある感じのママだったよね」

円佳が言うと、

「主張がある感じのママ、か」

そこを繰り返し、貴子がくっくっと笑う。そして、思い出したように、

「日野さんや松井さんが円佳ちゃんのこと、すごく優しそうなママだねって言ってたなあ」

と言った。

「ええ、どうして」

「円佳ちゃんて絶対に誰の悪口も言わないもんね。優しいっていうか、言葉選びが巧みっていうか」

「やだ。それ、逆に腹黒い感じじゃない」

「そうよ。いいじゃない。多少腹黒いほうが、付き合ってて楽しいもの。わたし、円佳ちゃんのそういうところが好きなのよ」

「え」

唐突にさしこまれた「好き」に、円佳の心はぽっと熱くなる。照れ隠しで、

「わたし、腹黒くないわよ」

と円佳が言うと、

「黒い黒い」

貴子は笑う。屈託のないその笑顔に、円佳はなんだか面白い気分になって「ひどーい」と返しなが

ら、たしかに自分には腹黒いところがあるかもしれないと思った。

「楠田さんてね、低学年の頃、『あゆみ』の評定でぶちきれて、基準を明確化してほしいって、学年全体の保護者集会で先生に詰め寄ったんだって。担任の先生に、我が子のこの評定はどういう基準でつけたのか説明してくださいって、みんなの前で。その代ではもう伝説よ」

「すごい」

「ていうか、ドン引きでしょ。その時の先生、いきなり保護者に攻め込まれて、動揺して、ちゃんと答えられなかったんだって」

「誰先生？」

「もういない人。当時新任で、多分そのことが原因で辞めちゃったんだって。ちょっとかわいそう。けど、教師としては弱すぎだよねー」

貴子が面白がっているのが分かる。おそらく日野や松井も同じ顔をして話したのだろう。どうせ噂《うわさ》されるなら、深刻に話されるより、軽薄な話題にされたほうが教師にとっても楠田にとってもましかもしれない。円佳も自分が面白がっているのを認めざるを得ない。地元の有名人の変わった言動はランチの小話になるのだ。

「まあ、でも、楠田さんが書記の仕事にギリ前向きな感じになってくれて良かったよねえ。あのふたり、最初は微妙な組み合わせかって思ったけど、楠田さんはすごいすごい言っておけばおさまりそうな人だし、林さんは大人で、手堅くサポートしてくれそうな感じだから、なんかうまくいきそう」

貴子には、陰湿な悪口になりそうな一歩手前で話をふわっと変える賢さがある。しかも、言葉の口ぶりにユーモアが感じられ、人物評もいちいち当を得ている。

そんな貴子が作り出す、からりとしたムードの中で訊いてみたいと思い、円佳は思い切って、

「このあいだの南小の話も……ちょっとびっくりだったね」

と切り出してみた。

「ああ」

貴子が低く頷《うなず》く。

「わたし、驚いちゃった。南小と合流したくないなんてことが、中学受験する理由になるなんて」

「言ってたね、あの人。……ああ、そういえばさ」

と、貴子が何やら同じ組の女の子の親から電話がかかってきたという話を始めた。休み時間にドッジボールをやっていて、翔太がその子を泣かせてしまったという。

「翔太は『外野に出ろ』って、二回言っただけだって。なぜかその子が出たがらなかったから言うしかなかったって……それをまるでいじめっ子のように、『うちの子、とってもショックだったようです』って言われちゃったんだけど、どう思う?」

「うーん、そのお母さん、事情を知らないのかもね……」

と言いながら、円佳は、南小の件について話せずに消化不良な感じがした。

貴子はそれほど興味を持たなかったのかもしれないが、楠田の話を聞いてから、円佳は四中に行かせることが、不安になっていた。話題に出ていた南小の問題児は、翼が中学生になる頃には四中を卒業しているし、今も四中が荒れているという話はあまり聞いたことがない。しかし、同級生から悪い影響を受ける可能性を少しでも減らしたいと思う楠田の気持ちもまた、親ならば当然のことだろう。

そして、円佳はそのように思いながらも、自分がそう思っていることを露骨に周囲に知られること

を防ぎたかった。そういう差別的なことを考える人だと周囲に軽々《けいけい》に知られてしまった楠田のほうが、ある意味、自分よりよっぽど根の明るい人物かもしれない。そんなふうに円佳は感じた。

だからこそ、貴子とならその件についてぶっちゃけトークをしてみたいと思ったのだったが、彼女はドッジボールの話を続けている。

「ねえ、貴子さん。ショウちゃんて中学受験考えてるの？」

ちょうどその話題が途切れたタイミングで、円佳は率直に質問をした。

「え？　なんで」

貴子が笑顔で訊いてきた。

「このあいだ、楠田さんと大日ゼミナールの話をしてたから……」

「ああ、それね」貴子は頷き、「大日ゼミナールで翔太に全国テストを受けさせたの。ほら、テレビでよく宣伝している大きなテストがあるじゃない。力試しで受けてこいってパパが言うもんだから、まだ早いんじゃない？　なんて思ったけど、締め切り直前に駆け込みで申し込んでさ。それで、そこの保護者会みたいなやつに出てみたら、高校受験先取りのコースがあるって。説明会でいろいろ脅されたのよ。高校受験する子向けに、小学校のうちから英語と数学を予習しておくんだって」と、少し早口になってたくさん話した。

全国テストというのは、このあいだ翼が受けたのと同じテストだろう。駅前の大日ゼミナールで受けていたら、貴子と鉢合わせしていたのか。そうなったらなったで、「締め切り直前に駆け込みで申し込んで……」と、お互いに前もって連絡しなかったことの言い訳をし合いながら、一緒に保護者会に出て、その後仲良くお茶していたかもしれない。そんなことを考えていると、

「そもそもうちは三人いるから、中学から私立なんてありえない。けど、つーちゃんは、ひとりっ子だし、するわよね」

と、貴子に当たり前のように決めつけられた。円佳はとっさに「ううん」と否定した。なぜか意気込んで、「まさか」とまで添えてしまった。そのせいで、同じ全国テストを別の場所で受けたのだと言うタイミングを逸する。

「えー、絶対しなきゃだめだよ。つーちゃんが四中に行くなんて考えられない。翔太が、いつも言ってるよ、つーちゃんは学校で一番頭がいいって」

「そんなことないよ。ショウちゃんこそ物知りですごいって、翼がいつも感心しているよ」

「うちなんか、全然よ。武将だけだもん。武将ノート、三冊目だよ」

「すごいじゃない。武将に詳しいなんて、将来有望だよ」

いつもの褒め合いをしているうちに、華やかな色のデザートが来た。ちいさく歓声をあげて、感想を言い合いながら甘いものを食べるひとときは、いつだって楽しい。

「三年生でつーちゃんと同じクラスになれますように」

食べ終えた貴子が、祈るように言った。

その表情は、心から翼と同じクラスを望む優しさと切実さがあった。円佳の胸がきゅっと鳴る。

さっきも貴子は少女のような顔をして円佳に「好き」と言ったのだ。社交辞令には聞こえない言葉だ。

貴子といると、大人になっても、母親になっても、女友だちと盛り上がる感覚って変わらないんだなと思う。きっと貴子は、少女時代から輪の中心にいるような人だったのだろう。もし同じ教室にいたら、友だちにはなれなかったタイプかもしれない。だけど、大人どうしだからこそ互いの良さが見えるようになることもある。好きだなと思える同性に、母親どうしとして出会えることもある。ふたクラスしかないのだが、翔太と翼はまだ同じクラスになったことがない。

「ほんと。ショウちゃんと同じクラスになれたら、翼喜ぶだろうな」

円佳も心からそう言った。そして、こんなにも貴子のことが好きで、信頼しているのに、翼も同じテストを受けたのだと最後まで言えなかったのが不思議だった。


エイチでの面談は、それから数日後の昼下がりに行われた。すでに学校は春休みに入り、翼がスイミングクラブへ向かうバスに乗るのを見届けてから、円佳はエイチのある花岡寺へと向かった。

面談室で向かい合った加藤は、このあいだの保護者会で遠くから眺めていた印象より、背が低く、頭頂が薄い。保護者会では朗々と語っていたが、今、円佳の目の前で本日はご足労いただきまして云々《うんぬん》と定型の挨拶を述べる声は低くぼそぼそとしていて、同一人物には思えないくらいにか弱く見えた。

しかし、一拍の間合いを入れた後、彼は、

「驚きましたねえ……」

と、演技がかった声で言った。

「はあ、何が、でしょうか」

ちょっとした予感に心を弾ませながらも円佳は謙虚な顔を作る。

加藤は持ってきた封筒の中から、何やら用紙を取り出し、

「翼くんは、これまで塾に行ったことが『ない』とアンケートに答えている。これには驚きましたが、本当ですか」

と問うた。

「はい。あ、学Qには行ってますが」

用紙は、翼が記入したアンケートのようだ。それに目を落としながら、

「ああ、そうだった。学Qって書いていましたね」

ちいさく笑う。学Qは塾とは認められていないようだ。

「お通いなのは、学Qだけですか」

「スイミングとピアノもやっています」

「学習系は学Qだけ、と。では学Qで、だいぶ先取りしているんですか」

「いえ、それほどでも」

「ではご家庭で、ドリルとか、たくさん進めていらっしゃる……？」

「いえ、特別なことは何も」

そう答えながら、予感はふんわりと膨らんでゆく。

そこでようやく加藤は封筒の中からカラーの紙を取り出し、机の上に広げた。

翼の成績帳票だった。

「算数の偏差値57、これはなかなかたいしたものですよ」

と、加藤は言った。

しかしそれを見て、円佳の気持ちは自分でも呆《あき》れるくらいに急降下したのである。

57・1。

なんだ、そんなものか。

「国語もいいですね」

加藤が隣の数字を指さした。国語の偏差値である。

「66・8。男の子で、特別な訓練をしていないのに、最初からこれは素晴らしい。本、よく読むんじゃないですか」

問いかけながらも加藤は伏し目で円佳をまっすぐに見ようとしない。ちらっと見てはまたすぐに帳票に目を落とす。実はシャイな人なのかもしれない。話し方も穏やかで、翼のことを本当にすごいと思ってくれているようで、ぐいぐい営業をかけてくるような雰囲気ではない。

「そうですね……昔から本を読むことがすごく好きな子でした……」

「きっと、良い本をたくさん読んできたのでしょうね。お母さまが読み聞かせをしたり、選書したり、大切に育ててきたお子さんなのでしょう」

「でも、決勝大会には程遠いですね」

と、円佳は言った。

「決勝、ですか……」

加藤がちいさく笑った気がした。

このテストでは、学年ごとに上位五十人が湾岸エリアの会場に集合して、もう一回テストを受けることになっている。賞品をもらえたり、招待旅行があったり、テレビやネットニュースの取材を受けたりもするということを、保護者会で配られた資料で知った。

さっきまでそんな大会のことなど一ミリも考えていなかったというのに、加藤に「驚きましたねえ」とか「たいしたもの」などと言われたものだから、つい上には上がいることを意識してしまった。総合偏差値62・8。16387人中1873位。決勝大会までに千八百人以上もの子供たちが、上にいる。みんな同学年なのだ。この程度の順位で「驚きました」だなんて、やはり営業のためのリップサービスだろう。そう思ったら、一瞬でも浮き立った自分が恥ずかしく思えた。

「お母さん、あのですね、決勝大会てのは、これはもう別世界なんです。そんなことは考えなくて結構ですよ」

囁《ささや》くような声で、加藤が言った。

慰めるつもりなのだろうが、微笑みがうすら笑いにも見える。円佳ははっきりと傷ついた。考えなくて結構、とは。そんなものは、翼には縁のない別世界だというのか。

「いえ、わたしもそんな……決勝なんて、そんなこともともと考えてなんかいませんよ。うちの子には到底、届かない世界って分かってますけど。ただ、世の中にはすごい子がたくさんいるんだなあって……」

「いや、あの、そういうことじゃないんですよ」

加藤は真顔になり、もともと控えめだった声を、秘密を打ち明けるかのようにさらにちいさくして円佳に伝える。

「ここだけの話、このテストで決勝点まで取るっていうことは、きちんと対策したっていうことなんです」

「対策？」

「『イッセイ』は問題形式が決まっています。算数なら計算問題、一行問題、文章題、文章題、図形問題、思考力応用問題の大問六題構成。国語は、漢字、慣用句、知識問題、論説文、物語文。毎回同じパターンなんで、実は対策しやすいんですよ」

「あ、ちょっと待ってください」

慌てて円佳はメモ帳とペンを取り出した。

「いいですよ、お母さん。こんなことはメモ取らなくて。つまりですね、お母さん、決勝ボーダーで戦っているようなお子さんたちは、すでに同じ形式のテストを何度も経験し、時間配分や解く順序を決めて、受けに来ているっていうことです。高学年になってくると決勝組って、低学年からの常連さんが多いんですよ。鍛えていますからね、彼らは。翼くんは、おそらく何の対策もせずにフリーで受けに来ましたよね。おそらく、マークシートの記入の仕方も、テスト前に説明を受けて初めて知ったんじゃないですか」

「そうです、そうです、うちの子ほんとに塾とか初めてで」

「そんなお子さんが、これだけの得点をしたっていうのは、まあ、私なんかから言わせれば、ちょっとした奇跡に近いというか、極めて地頭の良い子だなあという印象です。きちんと学習していけば、将来的に四天王を狙えるようなタイプですね」

「四天王を？」

初めて聞いた言葉みたいに呟きながら、ようやくきちんとした誇らしさが心の中に広がってゆくのを感じていた。

「すみません、わたし、そんなに詳しくなくて。あの、四天王って……」

ネットで何度も調べたというのに、なぜか無知なふりをして、円佳は加藤に問うている。

「男子四天王が、星波学苑、赤坂《あかさか》学園、晃ヶ丘中学、玄陽《げんよう》中学。女子四天王が、桃友《とうゆう》女学園、聖《せい》クレア女学院、柊美《しゅうび》女子学院、春の光《はるひかり》女子」

柊美女子学院の名前が出てきて、円佳は、ああ、と思う。数日前にランチをした林の長女が通う学校だ。あの時も楠田と貴子が、学校名を聞いたとたん口々に「四天王」と褒めそやしたではないか。

その後円佳は、彼女たちの反応の答え合わせをするように中学受験の四天王を調べたのだ。すると、出るわ出るわ、塾の宣伝から受験生保護者のブログなど、あちこちで「四天王」は当たり前のように使われている文言のようだった。そういえば、エイチの保護者会でもらった合格実績にも「四天王〇人合格！」というふうに宣伝されていた。

「そんなすごい学校を、うちの子が目指せるのでしょうか」

おずおずと、円佳は言ってみる。

「十分、目指せますね」

欲しいと思う回答を、あまりにもあっさりと加藤はくれた。

「本当ですか」

「やりようによってはニシアサ圏です」

ニシアサ圏。さらりと出てきた謎の言葉も、中学受験用語のひとつだ。塾のホームページや、教育関係者のブログなどで、優秀な子の優秀さを表すために当たり前のように使われている。

「にしあさけん、というのは……」

それでも円佳は初心者の顔で確認したい。もともとネット検索をするまでは聞いたこともない言葉だったのだ。

「ああ、すみません。四天王トップの星波学苑の最寄り駅が西阿佐ヶ谷《にしあさがや》駅なので、そこを目指せる子たちがニシアサ勢とかニシアサ圏なんていうふうに言われることがあるんです。中北沢《なかきたざわ》駅が最寄りの晃ヶ丘中学を志望している子たちをナカキタクラブとかも言いますね。まあ、狭い世界の業界用語です」

「へえ、面白いですね」

「ニシアサは中学受験の聖地と言われるような場所なんですよ。なんたって、首都圏のトップ校で、日本一とも言われる中学校ですから。息子さん、将来あそこのブレザーを着ているかもしれませんが」

「やだぁ」円佳はつい大きな声を出した。「先生も大変ですねっ。いろんな親御さんにそういうおべっか遣って営業しなきゃならないなんて！」

言ってから、はっとした。加藤の目が不機嫌そうに細められたからだ。

しかし加藤はすぐににっこりと微笑んでいた。

「おかげ様で手前どもは実績一位の塾ですから、おべっかを遣ってまで営業などする必要はありません。私としましては、翼くんのこちらの成績を見て、国語ができる男の子というのは精神年齢が高いケースが多いものですから、私立中学に行ったほうが、同レベルの仲間と刺激し合えて、大きく成長できるとお勧めしたかったまでです。私としては、そういうことを皆さんに言うわけではなく、特別な子にだけお伝えしていますが、ご家庭の方針もありますのに、さしでがましいことをしてすみませんでした。中学受験をするかどうかも含めて、ご家族で話し合っていただけると何よりです。では、こちらの帳票をお返しします」

加藤は言い、帳票を封筒にしまうと、それを円佳に差し出してから立ち上がった。

あまりにあっさりとした口ぶりに、円佳はさっきの自分の言葉を悔やむ。真治に、塾の営業につられるな、と言われたから、塾は営業してくるものだという思い込みがあった。しかし、考えてみれば、決勝に行くような子も含めて、エイチには翼をはるかに超えるような子がたくさんいるのだ。例の「ニシアサ」にも、加藤の校舎から今年だけで十五人も合格している。そういう子たちを間近で見ている加藤が、せっかく翼の可能性を認めてくれたのに、「おべっか」だなんて。失礼なことを言ってしまった。

「あの、先生、お気を悪くされたなら、すみません」

受け取った封筒を胸に抱えながら謝ると、すでに立ち上がって面談室の戸を開けていた加藤が振り向いた。穏やかな表情には、円佳が心配したような怒りも苛立ちもいっさい見られず、何を謝っているのだろうというふうに、こちらを見ている。

「いえ、あの、わたしさっき失礼なことを言ってしまって……」

ちいさな声で円佳は言った。加藤はハッハッと乾いた声で笑い、いくらか粘り気のある目をこちらに向けた。しかしそれもまたすぐにまばたきの中に消してしまう。温厚な校舎長の顔があった。

「いやいやいや、失礼なんてことは、まあ、それは、はい、どうぞ」

善良そうな表情でもごもごと発しながら、さっきから壁のスイッチに添えていた太い指を動かし、ついに面談室の明かりをパチンと消してしまった。広く開けた戸の向こうへ、円佳に退席を勧める。もう出ないわけにはいかない。

柔和な表情のまま、加藤は丁重に頭を下げ、上げた顔は次の授業に向かうプロ講師のそれだった。

「ご家族でゆっくり話し合ってください。息子さんの意見もよく聞いて、もしも中学受験をしようということになりましたら、どうぞその際はうちの塾についてもご検討くださるとありがたいです」

「あの、わたし……」

もらった成績帳票の入ったバッグを肩にかけ、円佳は花岡寺の駅から自宅最寄り駅まで乗り、そこからいつもとは違う方向のバスに乗った。翼が通うスイミングクラブに迎えに行くことにしたのだ。春休み集中講習のちょうど中日で、タイム計測が予定されている。普段、翼はスイミングクラブの往復送迎バスを利用して通っているが、今日は迎えに行くと告げていた。翼の最新のタイムを知りたかった。

昼下がりのバスは空《す》いていて、円佳は窓際の席にゆったりと座ることができた。周りに人がいなかったので、加藤からもらった封筒を取り出した。なんとなくぎこちない空気になってしまったさっきの面談のことはひとまず頭の隅に追いやることにし、成績帳票とともに渡されたエイチのもろもろを見てみることにした。パンフレットや申込書と一緒に、合格体験記集が出てきた。

ぱらぱらとめくってみると、

・運を実力に変えた千日の道のり

・星波列車で全勝突破！

・中学受験で僕が得たもの

・星波を受ける後輩たちへ贈る言葉
・絶対星波！　と決めた日から
……

輝かしいタイトルがくるくると目に入ってくる。序盤のページを飾るのは、ほとんどが星波学苑中学の合格者たちだ。やはりここに合格するというのは、中学受験の世界において輝かしい勲章なのだろう。東京の私立学校なんてほとんど知らない円佳でも、星波学苑の名前だけは、いつからともなく知っていた。

ページをめくってゆくと、後半には合格発表の様子を写した写真が並んでいる。喜びにあふれた笑顔や、元気なガッツポーズを見ると、知らない子たちなのに、なんだか胸がじんとなる。そして同時に、掲示板の前でガッツポーズをする翼を想像してしまう。

最後のページに「星波合格者へのアンケート」というコーナーがあり、志望理由ベスト3が発表されていた。

一位　運動会や文化祭が良かったから。
二位　部活が楽しそうだから。
三位　親に勧められたから。

運動会や文化祭、部活……。まさに青春といったワードに、円佳は微笑んでいた。翼が中学生になるなんて想像もできないけれど、漠然と、素敵で潑溂とした日々が待っている予感があった。

——ちょっとやってみて、大変そうだったらやめればいいし。

そんなふうに、思った。

エイチの授業料は週二回で月一万二千円。この金額が高いのか安いのか円佳には分からなかったが、払えないこともないと思った。小二の終わりから進学塾に入れるなんて早すぎると真治は言ったが、今この瞬間にも決勝大会に向けて「訓練」している子たちもたくさんいる。こちらが迷ったりためったりしているその時間にも、彼らは着々と前進しているのだ。

合格体験記集を、円佳は封筒の中にそっと戻した。

—

スイミングプールを見下ろせる見学席に入ると、桃実の母親と目が合った。彼女が会釈してくれたので、なんとなく隣に座らなければならなくなる。

「つーちゃん、頑張ってたわよ。バックのフォーム、良くなったんじゃない？」

桃実の母親はカラリとした笑顔を見せる。日に灼《や》けた肌にいくつものそばかすが浮いているが、気にしていないのだろう、口紅以外に化粧気はなく、洗いざらしのような茶金髪を無造作に束ねている。昔スポーツ選手だった片鱗《へんりん》が、そのさっぱりとした姿に表れているように円佳は思った。

「桃実ちゃん、育成Aはどう？」

円佳は訊ねた。

「うん。楽しいって。大きいお兄ちゃんやお姉ちゃんたちとも一緒に泳げるから、可愛がってもらえてるみたい」

円佳に話しながらも、母親の目はガラス越しのプールの水面《みなも》をすいすいと人魚のように泳いでいく娘の姿をじっと眺めている。

育成Aと育成Bはレベルに大きな違いがある。明らかにAのほうが背丈の大きな子どもたちが多い。

中学生のみならず、高校生もいるからだ。翼らBの子たちは午後からだが、Aの子たちは春休みのあいだは毎日弁当持ちで、午前中から泳いでいる。練習量も気合も違う。そんなAの子たちの中で最年少の桃実は明らかに小柄だが、泳ぎ出すとフォームもスピードも遜色《そんしょく》なかった。

「すごいね、桃実ちゃん。見るたび速くなってる……」

「まだまだよ」

幼児の頃はこんなに差がついていなかったのだ。翼のほうが速い時もあった。というか、バタフライではいつも翼が勝っていた。

ふた月前、桃実がAに上がった時、円佳はしばらく練習を見に行くのが嫌になった。マイペースにやっているつもりだったが、どうしても比べてしまう。ねばねばとした嫉妬《しっと》心が貼りついて、こそげ落とせないのだ。翼が負けるなんて。要するに、そう思ってしまうのだ。

「そういえば桃ちゃん、プロテイン飲んでるんだって？」

貴子に聞いた話を思い出して、円佳は訊いた。

「そうよ」

桃実の母親は頷き、

「玉田《たまだ》コーチがね、飲ませるように言うの。筋肉量がね、すぐ落ちちゃうから」

と言った。

「へえ、すごいね」

玉田コーチというのは元オリンピックメダリストで、このスイミングクラブの看板コーチだ。たまに育成Aの様子をチェックしに現れるも、普段は選手コースに貼りついている。これまでに、このクラブからも何人もの選手を玉田コーチの指導のもと、オリンピックをはじめとする有名な国際大会に送り出していた。

「甘ったるくてあんまり美味しくないんだけどね、桃も、スイミングが速くなるためだからって、まずいの我慢して飲んでる」

顔をしかめて喋るわりに、母親の声音にはどこか得意げな響きがあった。育成Aは、選手コースとほぼ同内容の筋トレメニューも課せられ、食べ物の指示も出るそうだ。選手コースの一歩手前にいる桃実は、もう普通の子とは違う生活を送らなければならない域に達しているということだろう。その事実がプロテインに集約されていると思った。

「すごいのね。桃実ちゃん、将来、オリンピックとか出そうね」

つい、円佳は言った。言ってしまってから、かえって失礼だったかなと思ったが、桃実の母親は、

「どうだろうね。曽根《そね》選手の小二の時のタイムは超えてるって言われたけど」

と、落ち着いた声で返した。

「えっ、そうなの……」

曽根選手というのは、ついこのあいだ開かれたアジアの大会に日本代表で出場した選手で、次期オリンピック選手の候補と言われている。玉田コーチの愛弟子《まなでし》だ。

玉田コーチや曽根選手の名前をさらりと出され、円佳は、翼はもう完全に抜かれちゃったんだなと改めて思った。育成Bに合格した時は、水泳選手になってゆく翼を想像したが、こうやって目の前でAとBの子たちの泳ぎを見比べていればはっきり分かる。Aの子たちは、しなやかに腕を回し、人魚のように水を渡ってゆく。桃実もそうだ。もともと速かったが、何かコツを得たのか、最近の桃実は

勢いがある。

「あ。記録会が始まったわよ」

桃実の母親が身を乗り出した。

育成コースの生徒たちが全員プールサイドに上がり、順に五十メートルを計ってゆく。上手な子ばかりなので、彼らの本気の泳ぎを見るのは面白く、惹きつけられる。

学年順なのか、在籍期間の長い順なのか、背の高い子たちから順に測定され、最後が桃実と翼を含む四人の小柄な子たちだった。これまで泳いできた子たちに比べて心もとない幼さだが、しかし飛び込み台での構えは全員板についている。

ピーッとガラス越しにかすかな笛の音が聞こえ、四人同時に飛び込んだ。

「二コースが四年生で、三コースが五年生よ」

聞いてもいないのに、桃実の母親が教えてくれる。四コースを泳ぐのが桃実で、五コースが翼だ。

四人とも滑らかに泳いでいく。それぞれが自己ベストと戦う記録会なのだが、どうしても競争のように見えて、固唾《かたず》をのんで見守ってしまう。

接戦だったのは最初の十五メートルまでで、そのあとは桃実のひとり勝ちだった。しばらく見ぬ間にこんなに速くなっていたのかと、円佳は驚く。ターンもくるりと迷いなく、そこで一気に加速した。折り返しの二十五メートル、全く疲れていないのか、むしろぐいぐい加速してゆくようにすら見える。

「いけ!」

最後の十メートル、桃実の母親が短く叫んだ。

「いけ!」

隣に円佳がいることなど忘れたように拳を握り、声が少し高くなる。大会でもないただの記録会で、そんな掛け声を出す親はいないから、静かな見学席に桃実の母親の声は奇異に響くも、本人は全く気にしていないようだ。

桃実がゴールしたとたん、桃実の母親はぱっとプールサイドのタイマーを見る。

「ギリかな……」

彼女は呟く。何の「ギリ」なのだろう、何を目指しているのだろう、まだ翼は泳いでいる。明らかに疲れて最後はフォームが崩れている。小五の子と小四の子がほぼ同時にゴールし、遅れてようやく翼もゴールした。

翼は遠目にも疲れ切ったように肩を落としてぜいぜいやっているが、桃実はもう元気いっぱい、プールサイドから母親に合図を送っている。ちいさな指で、何やら数字だ。今測定されたばかりのタイムを母親に伝えたいのだ。

「速いのね……桃実ちゃん。びっくり」

自分の子のタイムなど気にもしていない顔で、円佳は朗らかに桃実を褒めた。実際、心から感服していた。

「まだまだよ」

桃実が送ってきた数字はなかなか良いものだったのだろう。謙遜しながらも、桃実の母親の表情は明るい。受付の横に記録会の最新の数字が張り出されているのだが、桃実は毎週のように自己ベストを更新しているのだ。今日もまた伸びたに違いない。

かたや翼は……。

円佳はちいさくため息を吐《つ》く。力任せに水を叩《たた》いてばかりで、一見ダイナミックに見えるけれど、その実それほど速くはないのは、無駄な動きが多いからだろうか。以前は桃実と同じくらいの速さだったのに、いつの間にこんなに差がついてしまったのだろう。

ふと、プールサイドの翼がちらと顔をあげ、こちらを見た。しかしその目をすぐ逸らす。体操の時間になると、翼はさりげなく大きい子たちの後ろへと移動し、円佳からの視線を封じた。そしてそのまま、逃げるようにしてシャワーを浴びに行ってしまった。

きっと、タイム、前回より落ちたんだ……。

円佳は暗い気分になる。どこかしら浮《うわ》ついているような桃実の母親の顔を、もう見たくない。まだ二年生なのだ、と自分に言い聞かす。翼は、腹筋のついた中高生の中で、明らかに浮いていた。体操の時も、大きい子たちの狭間で、ふっくらとした子どもっぽい丸みのあるお腹の翼は、チビッ子が間違えて紛れ込んでしまったようにさえ見えた。

育成Bに上がれたのだって、本当はすごいことなのだった。円佳には分かっている。一緒に始めた翔太だって、もっと前から通っていた他の子たちだって、ここまでは来られなかったではないか。

そんな息子が、見学席から隠れたいような気分になってしまうのは、今朝母親から「今日は絶対自己ベストを更新できるよね?」とプレッシャーをかけられたせいだ。あんなこと言わなきゃ良かったと円佳は悔やむ。かわいそうに。

かわいそう、という気持ちはちゃんと円佳の中にある。自分がかけた言葉が呪いのようになっている自覚もある。分かっているのに、結果が出ないと落胆してしまう。どうして速くならないんだろうと思ってしまう。

「うちの子、この後ストレッチと反省会があるから、先に帰ってね」

桃実の母親に言われた。

「うん。ありがとう」

円佳は立ち上がり、見学室を出た。

育成Bにはストレッチも反省会もない。月謝はほとんど変わらないのに、と思ってしまう。思いたくないのに、思ってしまう。育成コースに桃実さえいなかったら、こんな気持ちにならなかったかもしれないと、思ってしまう。


いつものように受付前のベンチに座って、翼が出てくるのを待っていた。

翼は円佳を見つけると、明るい笑顔で、「つかれたー」と言ってきた。

「お疲れ様」

円佳は言った。

能天気を装うのは息子なりのプライドで、防衛だ。タイムが伸びなかった時、翼はいつも明るく振る舞う。円佳の心には、いじらしさといまいましさが、等分に生まれる。

「タイム、どうだった?」

訊かないわけにいかないではないか。

「なんか、泳ぐ前に、お腹がちょっと痛くなって……」

「何秒だったの」

もう一度訊くと、ようやくもじもじと数字を告げる。

円佳は絶句した。前回を下回ったどころか、ここ数か月で最も遅い。

「そっか」

「次、頑張るから」

「そうね。次はちゃんと頑張ろうね」

母親の心が沈んだことで、翼ももう能天気を装えなくなった。言葉少なにバスに向かう。

駅へ向かうバスは混んでいた。並んで立って、夕暮れの町が流れて行くのを見ている。

「次は絶対、頑張るから」

と、翼が次の目標タイムを言う。絶対絶対、取るから、と言う。さっき告げられたタイムの衝撃が薄れてきて、さすがにいじらしくなってきた円佳は、ようやく微笑んだ。

「つーちゃん、今日ね、ここに来る前にエイチに寄ってきたんだよ」

と翼に言った。

「エイチって、こないだテスト受けたとこ?」

「うん。テスト返してもらった」

「どうだった?」

翼は即座に訊いてくる。周りに人がたくさんいるので、円佳は「後でね」と言った。翼は母親の表情を読み取るようにじっと見る。楽しみなような不安なような顔でいる。

家に帰ってテレビをつけると、おどろおどろしいBGMを背景に、ホームレスなど生活困窮者に密着したドキュメントをやっていた。定額宿泊施設の経営者が、生活困窮者から生活保護費を無断で天引きしていたという話らしい。インタビューされて、住民のひとりが答えている。……かといってここ追い出されたら、俺なんか行くとこないんだからさ……。チャンネルを替えようかと思ったが、翼がじっと見ているのでそのままにした。

夕食を並べてからテレビの音量を落とし、それから円佳は翼にエイチからもらってきた成績表を見せた。順位や偏差値というものを初めて見た翼は、ふわっとした表情でそれを眺めて、

「へえ」

と、言った。

目の前のグラフや数字をどう解釈していいのか、どう反応すればいいのか、分からないようだった。

こちらを見た翼に、

「決勝大会に行けなかったね」

と、円佳は言った。

「うん……」

翼は俯《うつむ》いて、とっさにくちびるを噛《か》んだ。まるで、すぐにそのことに気づかなかった自分を悔やむみたいな素早さだった。

「でもね、あと、三十五点くらい取れば、行けたみたいだよ」

と、円佳は言った。

翼は、

「三十五点かあ……」

と言った。

「国語はあと一問できれば良かったし、算数も計算間違いを一つもしなければ、行けたかもしれない

んだって。惜しかったね」

「そうだったのか！」

翼は「あーあ」と大きなため息をついた。

「つーちゃん、悔しい？」

円佳が訊くと、

「悔しいよ！　決勝大会に行けなかったんだから！」

怒ったように、翼は言った。

「悔しいよねえ」

「悔しい！　悔しい！　悔しい！」

水泳の記録会の悔しさも盛り込んだのかもしれない、翼は珍しく大きな声を出した。円佳は翼の背中に手をやって、抱き寄せる。頭皮に鼻を押し当てると、かすかにカルキのにおいがした。

「つーちゃん。今日、塾に行って先生にお話を聞いてきたら、塾の先生ね、つーちゃんのことすごい子だって言ってたの。だってね、決勝大会に行くような子って、小学校一年生くらいから塾に入って、それから毎日いっぱいお勉強をして、同じようなテストをいっぱい解いて、こういうテストに慣れてるんだって。その点つーちゃんは、初めてのテストでこれだけ取れたんだもん。塾の先生が、翼くんてすごいなあって、褒めてたのよ」

「すごくないよ！　決勝大会に行けなかったんだから！」

「決勝大会」自体、おそらくは数秒前に初めて聞いたばかりのものだったはずなのに、子どもの柔軟すぎる心は、それをとうから望んでいたもののように自ら誤解し、母親の希望に沿ったかたちに記憶を入れ替える。

「そうだよね。決勝大会に行くと、賞状がもらえたり、電子辞書がもらえたり、メダリストはシンガポールに行けるんだっていうものね」

「シンガポール⁉」

「つーちゃんも行きたい？」

「うーん……」

なぜか翼はそこで考え込む。首をかしげるその姿は愛らしい。シンガポールがどこにあるのかなんて知らないのだ。

「五十番までに入らないと、決勝大会には行けないのよ。つーちゃんは、すごい子だから、しっかりお勉強すればいつか行けるかもしれないけど、今のままじゃ、とても行けないから、心配しなくて大丈夫よ」

からかうように言ってみると、翼の顔がかすかに歪《ゆが》む。

「そんなことないよ！」

翼は言う。

「ぼくだって、やれば行けるよ！　決勝大会くらい」

こういう息子のみずみずしい負けん気が、母の心を明るくする。円佳が隠し持っていた、決勝大会が程遠かったことへの落胆を、たった今、翼が吸い込んでくれた。

「塾に行って、ちゃんと勉強すれば、つーちゃん行けるかもね。エイチの校舎長の先生が、地頭いいって言ってくれたもの。どう？　つーちゃん、塾に入って勉強したい？」

この流れからして飛びついてくるかと思いきや、

「だけど、スイミングと学Qはどうするの?」

翼は意外に慎重な態度である。

「え、だって、スイミングは火曜と木曜だから、そのまま続けられるじゃない。学Qは、続けたい?」

「うん。翔太もいるし」

「エイチのスケジュールを見たら、三年生のコースは、水曜日が算数で土曜日が国語だから、学Qにもそのまま通えるわよ」

「ピアノは?」

「ピアノは土曜の三時からだから、今のままで大丈夫よ。塾は五時からだから、ピアノの後に行けば」

「でも……。そしたら遊ぶ日がなくなる」

「決勝大会に行きたいんじゃなかったの?」

「それは行きたい」

「だったら、学Qの後で遊べばいいし、スイミングを時々日曜日に振り替えて遊ぶ日を作ればいいじゃない」

などと言いながらも、さすがの円佳もやっぱり無理があると思った。

今も、スイミングと学Qが忙しくて、翼が放課後まるまる友達と遊べる日は水曜日しかないのだ。

その水曜日を翼は心から大切にしていて、誰とも約束しなかった日でも、必ず家を飛び出して学校のそばの児童館に行って、そこで見つけた誰かと遊んでいる。

ひとりっ子の翼は、人が好きで、愛想がよく、知らない子とでもすぐに打ち解けて仲良くなれる。そのさまは幼児期から変わらず、横で見ていた貴子に「才能だ」と言わしめるほどだ。

そんな翼だから、学Qの後も必ず遊んで帰ってくる。学Qには翔太、理樹、颯太郎といった仲良しメンバーも日を合わせて通っているから、遊ぶといっても、帰りに近所にある人工の小川が流れる公園付近をうろちょろするだけだが、その時間のために学Qに通っているんじゃないかと思うほど、帰り道の冒険——花の蜜を吸った、影ふみをした、川にアメンボ見つけた……——がとても楽しいらしい。楽しかった時間を母に伝えるために言葉を探すその澄んだ目は、いつだって一生懸命で、額がじんわり汗ばんでいた。

このあたりは五時になると、どこか郷愁をさそうような音楽の放送が流れる。小中学校が流しているのか、自治体が流しているのか、そもそも毎日のように聞いているこの音楽が何という曲なのかということまでも、円佳は深く考えたことがなかったが、ともかく毎日必ず流れるそれは、このあたりで「五時の音楽」と呼ばれていて、円佳は翼に「五時の音楽までには帰ってきなさい」と伝えていた。そして翼はこれまでその約束を守らなかったことがなかった。

「日曜の育成は、人数が多くてあんまり泳げないんだよな」

翼はスイミングの振り替えについて、悩んでいる。

「スイミング、そんなに続けたい？」

円佳が訊くと、え、という顔で翼は円佳を見た。

「育成で、無理に続けなくてもいいんじゃない？」

桃実みたいにはなれそうもないし、という言葉をのみこむ。

「続ける」

翼はちいさな声で言った。

「今日はお腹が痛かったからちゃんと泳げなかった……」

「世の中には、もう塾に入って、決勝大会を目指して勉強している子もたくさんいるのよ。そういう子たちは、もう友達と遊んだり、習い事をしたりも、していないんだってよ」

「けど、育成も、せっかくなれたんだし、今やめるのはちょっと」

「どっちもやりたいの？」

「どっちもやりたい」

「それだと、ショウちゃんや颯ちゃんやリッキーたちと遊ぶ時間が少なくなっちゃうけど、それでもいいの？」

「うーん。うーん」

翼は深く考え込む。頭を左右に揺らしている。

「塾、行かなくてもいいのよ」

ためしに円佳は言った。

すると翼は、

「ママはどっちがいいと思う？」

と訊いた。

「ママには決められないわ。つーちゃんの人生だもの」

八歳の子どもに「人生」なんて言葉を使う。それを受けた息子の顔は途方に暮れる。

「ただ、将来のためにちゃんと勉強していくことは大事だと思う。いろんな人生があるけどさ、ちゃんと勉強して、いい学校に入って、しっかりお仕事をして、パパやママがいなくなった後もひとりでちゃんと生きていけるようになってほしいな。そのために早めに準備するのは大切なことだと思うよ。塾で勉強できるなら、ママだったらする」

「うん、分かる」

「塾はお金がかかるからね。行きたくたって、行けない子のほうがたくさんいるんだから。今のテレビみたいなホームレスの人だって、世の中にはいるでしょ。でもうちは、たまたま行っても大丈夫っていう家なんだから」

「そうか」

なるほどというように頷きながらも、翼はまだ不安そうに目を泳がせている。そして、

「遊ぶ時間は少なくなっても、少しは遊べるんだよね？」

と、懸命な用心深さで母親に確認する。

「いいわよ。時間をうまく使って、遊んだり、育成も頑張りながら、決勝大会を目指そうか」

「じゃあ、塾に行くか！」

意を決したように、翼は言った。

「行きたいの？」

「うん！　行きたい！」

「だったら今日の夜、パパに塾に行かせてくれるか訊いてみるね」

「うん、ありがとう！」

翼は母に、礼を言った。


スカイプ画面の向こう、いつもの電子音がして、真治が現れる。まだ風呂に入っていないのだろう。仕事帰りの顔のまま、帰宅してまっさきに電話をかけてきてくれている。

それでも、もう三十分、できれば一時間早く話せれば、翼と会わせることができたのにと思ってしまう。この電話の一時間前に翼が言っていたことを、真治に直接聞かせたかった。

さっきから真治は、中国人セクレタリーがベトナムの企業に転職した話をしている。つちかった信頼も、情もない。提示された金額だけであっさり競合他社に鞍替《くらが》えしてしまうのだ……それから、例の視察週間の後で増島が寝込んでしまった話。増島は胃腸をこわしやすい体質らしく、仕事が立て込んでしまうとしょっちゅうダウンする。前にも同じようなことがあったとか。

「聞いてる？」

途中で真治に確認された。円佳は上の空だった。

「あ、ごめん。渋滞がひどかったんだって？」

「もうその話は終わったよ。なんか、円佳、疲れてるんじゃないの」

「ううん、違うの。ちょっと、考えてたことがあって」

「何？」

「あのね。このあいだ、テスト受けたでしょ。翼が」

「ああ、全国テストね。俺なんか、もうそのことすっかり忘れてたよ。何、結果出たの？」

「それがね、つーちゃんのこと、塾の先生が、四天王も狙えるって。それで、翼も、すごくテストが楽しかったみたいで、できれば、塾に入って勉強したいって言ってるの」

円佳は一気に言った。

「ほら、出た」

と、真治が面白そうに言う。

「テストを受けに行ってきた時から、そうなると思ってたよ。塾っていうのはうまく営業かけてくるからな。どうせ言われたんだろ。『おたくのぼくちゃんは極めて優秀です。さあ、うちの塾に入って頑張りましょう』って。今は、少子化だから、パイを横に広げられない分、下に広げてくんだな。昔は小二から塾なんて、考えられなかった。特に円佳は流されやすいから。前も……」

「小二じゃなくて、受験の世界じゃあ、もう新小三なの。それに、昔と今じゃ違うのよ。今の中学受験は、この時期に入塾するのが、一般的なんだって」

「ほら、もう塾に洗脳されてるよ」

「塾の先生に言われたんじゃないわよ。みんな、そう言ってるの。それにね、真ちゃんが思うほど、エイチの先生は、営業なんかしてくれなかった。だって、エイチにはもっとすごい子がたくさんいるんだから。つーちゃんだって、初めて受けたにしてはすごく良かったけど、決勝大会には到底届かない成績だったし……」

「決勝大会？」

「選ばれた子だけが行けるの。入賞すると、電子辞書がもらえるんだって。三位までに入ればシンガポール旅行がプレゼントされるのよ」

「俺の頃は、小学二年生向けの全国テスト自体なかったけどな。全国テストなんて小五くらいからだったよ」

「とにかく、その決勝大会には程遠かったの」

そう言うと真治は、

「なんだ、そうなの」

と、いくらか落胆したような声を出した。

「上には上がいるのよ」

円佳は言った。

「テストの結果のアレ、もらったんでしょ。見せて」

真治の顔が画面にぐいっと近づいていた。

「あ、うん」

円佳は加藤から受け取った全国一斉実力テストの帳票を封筒から取り出し、成績の部分を広げてカメラに映した。

目を細めるようにして、真治はそれを見た。そして、

「算数、偏差値57か。酷《ひど》いな」

と、言った。

「あ、うん、けど、あのね、他の子たちは出題形式とか、もう知ってるんだって。それに、マークシート自体、翼は初めてだったから……」

「国語はできてるけどな。でも、偏差値57って、そんなもんかあ。やっぱり、あいつ、文系なのか」

「たくさん計算ミスしちゃって、できる問題を落としちゃったみたい。でも、準備も対策も全然せずにこれだけ取れたのは立派だって先生も言ってた」

「計算ミスも含めて実力だよ」

「だけど、エイチの校舎長の先生が言うには、国語がこれだけできるのは奇跡的なことだって」

「国語は俺も得意だったからな」

円佳は、言おうと思ったことを、今切り出そうと決める。

「結果を見た翼が『悔しい』って言ったのよ」

「ふうん」

「翼ね、もっと上に行きたいんだって。国語なんて、三問間違えただけだったの。それにね、算数も、計算間違いをしなければ、もっとずっと点数良かったのよ。ほんと、惜しい間違いばっかりで、あの子、すっごく悔しがってた」

「一丁前に、ちゃんと悔しがったのか」

「翼、決勝大会に行きたかったんだって。決勝大会に行くには、ちゃんと塾に入って、しっかり勉強して、問題の対策をしないといけないんだって話をしたら、翼が、早く塾に入りたいって言うの」

必死に言いながら、円佳は自分が傷ついていることに気づいた。

さっき真治は、算数の結果を、「酷いな」と、言った。言われた直後にあえて素通りしたのは、真正面から受け止めたくなかったからだ。

円佳の気持ちに気づかず、真治は言う。

「そういう、塾の広告みたいなテストを受けて、それで、ちょっといい成績を取ってそそのかされたらすぐ入るっていうのがさ、安直っていうか、受験産業のレールにのせられてるっていうか。だいたい、翼はまだ小二だろう。受験勉強なんてマラソンみたいなもんだからさあ、早いうちから塾に通ったって、長続きしないよ。俺なんか、そのくらいの頃は野山を駆け回って遊んでいたぜ」

「でも真ちゃんは、中学受験に失敗したんでしょう？」

円佳が言うと、画面越しに真治の顔が一瞬静止した。

しかし彼はすぐさま笑顔になり、

「失敗っていうか、第一志望には落ちたけど、まあ、別に」

と、言った。

「そっか。準備が遅かったからなのかと思ってた」

「それもあったかもしれないな。遊び回ってたからな、ガキの頃は」

真治は早口で言った。明らかに円佳の指摘に動揺しているふうだった。

それは、結婚前に義母からチラッと聞いた話だった。あの子は中学受験で失敗した分、大学受験で帳尻を合わせたと、義母が言ったのだ。

夫の思いがけない動揺ぶりを見て円佳は申し訳なく感じたが、真治の言った「酷いな」も、酷いと思った。野山を駆け回ってどうのこうのと言うくらいなら、息子の成績にいちゃもんをつけないでほしい。自分が「失敗」を引きずっているならば、息子には早いうちから準備をさせたいと思ってほしい。

「それよりも、もしあいつがどうしても塾に通うっていうんだったら、そうだな、ひとつ条件がある」

真治が言った。

「条件」

「水泳を頑張ること。学校を休まないこと」

「ふたつじゃないの」

「そうだ、ふたつだな。だけど、今は勉強なんかより、体づくりと学校生活が一番大切な時期だからな。あ、もうひとつ、大事な条件を忘れてた。早寝早起きだ。塾に通うようになっても、ちゃんと九時には寝かすんだぞ」

「九時はちょっと難しいわよ。今日だって、さっき寝たばかりだもの」

「遅くないか？　何やってるんだ」

「いろいろよ。お風呂に入ったり、あとは、本を読んだり、ちょっとゲームも……」

「ゲームは時間制限をかけてるよな」

「もちろん」

「あんなもの、すぐ中毒になるからな。それから、九時が無理でも、なるべく早く寝かすんだぞ。それが塾に通わせる条件だ。今は、体づくりが一番大切なんだから。その条件をちゃんと守れるなら、塾に通わせてもいいよ」

「……ありがとう」

どうやら真治が許可するかたちで、翼はエイチに通えることになるらしい。そうなれば、やはり星波学苑を目指すことになるのだろうか。

合格体験記の子どもたちの笑顔が浮かび、ほの甘い気持ちになる一方で、心細さが生まれる。降りられないバスに乗るような、取り返しのつかないことをしてしまうような。

夫とのビデオ通話を切り、それからちいさく首を振った。以前は夫と三人で寝ていた、今は翼とふたりで使っている寝室へ行く。ベッドの上で、息子はもうすでに寝息をたてていた。額にうっすらと汗をかき、むにゃむにゃとちいさなくちびるを動かし、すっかり夢の世界である。

むきだしになった肩に布団をかけてやり、しばらくその寝顔を見ているうち、円佳の心は滑らかになってゆく。

わたしはこの子の可能性を広げてあげたいのだ。そう思った。これは希望ではなく、義務のようなものだ。もしこの子が高学年になってから中学受験をしたいと言い出した時に、もうバスに乗れなかったらどうなるだろう。わたしはこの子の選択肢を増やしたい。そう、中学受験をするのかどうかはまだ先の話だ。ニシアサ圏なんて言われたけれど、星波学苑がどんな学校か、何も知らないのだから。どの学校を受けるのかなんて、ずっと先に出てくる話であって、今はただ、翼の未来への選択肢を増やしてあげたいだけなのだ。

そう思うと、さきほど感じた心細さは溶け消えて、「この子のために」というまっさらな愛情には正しさしか見つからず、円佳の頬には笑みが満ちる。

明日、エイチに電話をかけよう。入塾の手続きをしよう。

ちいさく頷き、息子の額にキスをする円佳は、夫がビデオ通話の中で「失敗」と言われた時に一瞬見せた動揺の表情を、もう忘れている。

第二章　十歳

「どうぞ、お入りください」

やわらかな声で円佳たちを出迎えた林三保《みほ》は、薔薇《ばら》の模様が縫い込まれている桃色のエプロンをつけていた。彼女のふわりとした茶髪にその優しげな色はよく似合い、マスクをつけていても華やかさが滲《にじ》み出る。

「よろしくお願いしまーす」

最初に入った貴子が林に明るく挨拶をしてからスリッパに履き替えている。白くて明るい玄関だ。

どこからかハーブのような涼しげな香りがする。

「今日、わたしたち、ほんとに手ぶらで来ちゃったよー」

「当たり前じゃないの」

そんなやりとりの後、林が他の皆にも笑顔を向けた。貴子に続いて円佳も靴を脱ぎ、キルティング生地のやわらかいスリッパをはいて、大橋千夏《ちなつ》、中村優希《ゆき》とともにあがらせてもらう。

林が暮らす細長い戸建住宅には庭がなく、外観はこぢんまりとして見えたが、廊下がすっきり片付いていて天井が高いせいか、中に入ると広く感じた。最近雨が続いていたが、今日はぽっかり晴れている。天窓から直接玄関へ射しこむ日差しが明るく、白い壁が映えている。

「こっちがアトリエ。狭くて散らかっているんです。ごめんなさいね。どうぞ。お好きなところに座ってください」

玄関から少し歩いた先にある扉を開けると、森のようなにおいがした。さっきほのかに感じたハーブのような香りはこれだ。

「わあ、素敵」

円佳はつい声をあげた。八畳ほどの空間は正面が大きな窓に面しており、その両側の壁が全て作り付けのオープン棚となっている。ラメでコーティングされた貝殻や純白の羽根、うっとりするほど繊細な模様のリボンらが、種別に分けられ、こまごまと置かれている。手前の白い壁には、所狭しとリースがかけられ、ひとつひとつに見とれてしまう。

リースって、こんなふうに複数並べても可愛《かわい》いんだな、と思った。天井からは雫《しずく》のような形状の硝子《ガラス》がきらきらと吊《つ》るされたシャンデリアが垂れていて、貴子も千夏も優希も、視線をあちこちにやりながら、すごーい、可愛い、と口々に言い合っている。なんというか、どこを見ても、絵になるのだ。

この空間を作り上げたのだろう林は、優しく微笑《ほほえ》みながら、

「どうぞ、お好きなところに座ってくださいね。これからテラスに出していた素材をお持ちしますけど、うちのは全部、生の植物なんです。最近、雨が続いていたからなかなか外に長時間干せなくて。まだ少し湿っているんですけど、だいぶいい香りは出てきていますね。ただ、鼻がむずむずしちゃうと思うので、良かったらこれ、つけててください」

と言って、ナイロンで小分けにされたマスクを全員に配った。

礼を言い、促されるままに四人はマスクをつけて、中央のテーブルにそれぞれ席を選んで座る。

テラスへと続く正面の窓ががらがらと音をたてて開き、林と同じくマスクにエプロン、加えて赤いバンダナをつけた、優しげな雰囲気の女性が入ってきた。両腕に大きく盛り上がった新聞紙のかたまりを抱えている。

「こちら、アシスタントの手塚悦子《てづかえつこ》さん。上の子のママ友なんです」

と林が紹介する。紹介された手塚さんは、

「よろしくお願いします」

と皆に微笑んでから、林に、

「先生、とりあえず基本の枝を持ってきましたけど、こちらに広げちゃっていいですか」

と訊《たず》ねた。やりとりを聞いていた円佳は、ちいさな感動を覚える。PTAではひとりの主婦だった女性が、違う場所では「先生」と呼ばれている。林の横顔が以前よりきりりと澄んで見えた。

手塚が新聞紙を広げると、中からゆさゆさと大量の葉や枝が現れた。わあっと、皆が声をあげる。

これらが「生の木」と呼ばれるものだろう。今はマスクをしてしまったが、さっき部屋に入った瞬間

に感じた森のアロマは、生の木で作られたリースたちが発していたものかもしれない。

「さて、では改めまして、今日は私のリースサロンにお集まりいただいて、ありがとうございます。作業に入る前に、簡単な説明をさせていただきますね」

林が戸棚からミニ黒板を取りながら言う。その姿は、二年ほど前にPTAの仕事を引き継いだ時の控えめな様子とは打って変わって、「先生」としての自信に満ちている。

「リースっていうと、クリスマスが有名ですけど、海外では季節問わず、いろいろな時期に様々なリースを作って飾ります。魔除《まよ》けの思いが込められているという説もあるんですよ。玄関のドアに飾ることで、悪いものから家を守るっていう言い伝えなんですよ」

へえー、と四人の主婦は一斉に頷《うなず》く。

ミニ黒板には、きれいな文字でリースのイラストと説明がすでに書かれており、林がこうしたリース作りのサロンを日常的に運営している様子が窺《うかが》えた。

「今はけっこうプラスティックオンリーのリースも売られてたりしますけど、うちでは、基本的に一年中葉が落ちない常緑樹をベースに、プリザーブドフラワーやドライを足して爽やかに作ることにしています。一年中、葉が落ちないっていうことも、リースの魔除けという意味では重要なことなので、冬場は特に常緑樹を使うっていうのにこだわっているんですよ。今日はこの季節に良い植物をマーケットから集めておきました」

林が、さきほど手塚が広げた様々な種類の常緑樹をひと束ひと束手に取って、説明する。これがオリーブ、こちらがローズマリー、これはユーカリですね……。

「それぞれフレッシュで独特な香りがしますから、作業が終わったらマスクをとって嗅いでみてくださいね」

ひと通りの説明の後、各自が好みのリボンと土台を選んで、リース作りに入った。

思いのほか、それは複雑で愉《たの》しい作業だった。もっと、皆でわいわいと会話を楽しみながら、適当な感じで作るものだと思っていたが、意外にも全員真剣になり、静寂の中で作業を進めてゆく。求められれば林と手塚がワイヤーの使い方や使う枝の組み合わせについてアドバイスをしたり、時にバランスを見て枝を切ったり、リボンをきれいに結んだりしてくれたが、そのあいだ、私語はほとんどない。円佳は、華奢《きやしや》なアジアンタムを主軸に、ところどころオリーブを織り込むスタイルに決めて、もくもくと作業を進めた。

途中で林が、

「こういうのを三つ、四つ、まぶしてみると、雰囲気が変わりますよ」

と言い、シルバーラメでコーティングされた貝殻を勧めてくれた。ためしに、リースのあちこちにそれらをちりばめて置いてみると、アジアンタムの楚々《そそ》とした風合に洗練さが加わり、すっきりと整う感じがする。

「素敵ね。シュガーパールも合うかもしれないわね」

手塚に言われて、お砂糖をまぶしたようなざらつきのある大きな丸いオーナメントを添えてみる。これは林のハンドメイド作品で、一個三百円とオプション価格がついていた。

「どっちも素敵で、迷うー」

「迷うよね。わたしもこのリボン、どっちにしよう」

隣で優希も、水色のリボンとシルバーグレーのリボンで悩んでいる。

「こんなに悩んでドアに飾っても、ダンナも息子も絶対気づかないんだけどね」

千夏が言い、皆が笑う。一緒に笑いながら、円佳は最近心の奥に粘っこく貼りつくようだった昏《くら》い靄《もや》が溶けていくのを感じた。

貴子から林のサロンに誘われたのは、先月開かれた運動会の時だった。

その日、円佳はひどく落ち込んでいた。前日に、あまりにも大きなショックを受け、まだ立ち直れていなかったのである。翼は徒競走で一位、大きく足をあげてソーラン節を踊り、綱引きでも声をあげて頑張っていた。だけど円佳はまっさらな気持ちで応援できなかった。

そんな時、応援席で顔を合わせた貴子から、

「三保ちゃんのサロンに行ってみない？」

と、明るい声で誘われた。ゴールデンウィークに家族で沖縄に行ってきたという彼女は、まだうっすら灼《や》けたまま、その日はいつも以上に快活だった。

「三保ちゃんのサロン？」

「PTAの、書記を引き継いだ林さんよ。前に、クラフトサロンをやってるって言ってたじゃない」

「ああ……」

すっかり忘れていた。林と貴子が繋《つな》がりを保ち続けていることは知っていたが、「三保ちゃん」と呼べるほどの仲になっていたとは知らなかった。

訊《き》けばレッスン料は四千円だという。それが高いのか安いのか分からなかったが、そんなことよりショックで心が強張《こわば》り続けていた円佳は、しばらく返事を保留にしていた。

一週間後、貴子からもう一度誘われた。彼女はすでに優希と千夏にも声をかけており、日程まで決めていた。その頃には例の「ショック」から立ち直っていた円佳は参加を決めた。気晴らししたい気分だったし、そういえば林の子どもが現在小学六年生で、たしかエイチに通っていると言っていたのを思い出したのである。もしかしたら中学受験関係の情報が聞けるかもしれない。

運動会の前日に受けたショックというのは、翼のクラス落ちだった。通っているエイチ花岡寺校で学力別に分けられているクラスを、大きく落としてしまったのである。

エイチのクラスは、最上位が四天王1クラス、次が四天王2、四天王3、四天王4、難関1、難関2、難関3……難関11クラス、という順番でレベル別に分けられている。四天王1クラスには頭文字の「S」を取った「エスワン」という略称があり、続いて「エスツー」「エススリ」「エスフォー」、その下の難関コースも頭文字の「N」を取って、「エヌワン」「エヌツー」「エヌスリ」「エヌフォー」……、最下位クラスが「エヌイレブン」である。

翼は三年生の頃からずっと四天王1クラス、いわゆる「エスワン」に所属していた。しかし今回、信じられないような通知をもらったのである。一学期後半の新クラスは「難関2」クラス。つまり、五つも降格したのだった。

学校から帰宅し、それを知った翼は、クッションに額を押しつけて顔を隠し、うー、うー、と呻《うめ》くようにして泣いた。円佳も悲しいやら悔しいやら、噛《か》みしめたくちびるが痛くなるほどだった。

「頑張ろう、つーちゃん。次は絶対に、リベンジしよう」

円佳が言うと、顔を上げた翼は、母親の引きつった顔を見て、

「……絶対、絶対、俺、エスワンに戻る！」

ドラマの子役のように力強いまなざしで言った。

「うん、うん。頑張ろうね。ママ、なんでも協力するからね」

円佳も、母親役のように優しさを込めて言った。

すると翼は、

「俺、秋のイッセイでママを決勝大会に連れて行くから」

と、言った。

「えっ……」

思いがけない言葉に、円佳の心はほろろと溶けて、新しい涙がこみ上げる。

「つーちゃん、ママのこと、決勝大会に連れてってくれるの？」

「だって、ママ、行きたいでしょ？」

「うん。行きたい！」

もし決勝大会に出場できたら夢のようだと思った。学校中で噂《うわさ》になるだろう。つーちゃんはやっぱりすごいんだ。特別な子なんだと、さらに言われるだろう。充血した熱い目の息子を見て、次こそは行けるかもしれないと、円佳は思った。

思えば去年の秋の全国一斉実力テストで、翼はなんと二万人もいる受験生の中で三百番台という快挙を成し遂げたのだった。

偏差値も70を大きく超え、成績分布図で立ち位置を示す矢印が、右の端っこに付いていたのには驚いた。

テレビ電話越しに真治に帳票を見せると「やるな、あいつ」と、ものすごく上機嫌だったうえ、

「円佳の戦略で成功だったな。翼は、早期教育に合う天才型だったんだな」とまで言った。

とはいえ、上位五十名が参加できる決勝大会には届かなかった。エイチの授業終了後、校舎長の加藤が帰り支度をしている翼を呼び止めて、決勝まであと二問だったと告げたそうだ。たったの二問。そんなところまで迫ったのかと、聞いた円佳も驚いた。「次は決勝に出ろよって加藤先生に言われちゃったよ」と顔をほころばせながら話す翼に、「つーちゃん、お願い。次はママを決勝大会に連れて行って！」あの時、勢いでそう言ったのは円佳だ。そして今、自分が「連れて行って」と言ったことをすっかり忘れ、息子が発した「連れて行く」という言い回しに酔っているのである。

「うん。絶対連れて行く！」

勇ましい表情にうっとりし、恋する少女の目で息子を見た。

だから、三年生後半の全国一斉実力テストで七百番台まで沈んだ時の落胆は大きかった。あの時円佳と翼はふたりして肩を落とし、涙を流し、頑張ろう、次こそは、と言い合った。


サロンのリース作りは、つつがなく進行し、いつの間にか時計は午後を示していた。

三時間近くかけ、ようやく全員の手作りリースが完成した。選んだ枝や取りつけた小物によって、それぞれ全く違う表情である。林がそれらをひとつずつ、空いている白い壁にかけ、光をあてて、写真に撮った。光は、手塚が手持ちの読書灯を掲げて作ったものなのだったが、加減がうまいのか、撮られた写真はリースが白い壁に浮き上がり、ほのかに陰影が出る。どれも特別な作品に思えた。これらの写真を、林はＳＮＳにアップしているのだという。

改めてタブレット画面に映された円佳のリースの写真を眺めて、皆がため息をもらした。

「何かが違う」

「素敵すぎる」

千夏と優希がうっとりと言ってくれる。その言葉にかぶせるように、

「やっぱり円佳ちゃんはセンスがいい。おしゃれ」

貴子が確信を持ったような顔で言う。

円佳は、そんなことないわよ、と謙遜したが、たしかに、今できあがった四つのリースの中でどれを玄関に飾りたいかといえば、ダントツに自分のリースなのだった。

「木を二種類しか使わないで作った人、有泉さんが初めてかもしれない」

林にも言われた。

「そうなんですか」

「ええ。アジアンタムが良かったわね。ふつうはドライフラワーをちょっと足したくなっちゃうんだけど、こうして見ると、有泉さんのリース、とても洗練されているわ」

「わあ、三保ちゃんのお墨付き」

と、貴子が嬉《うれ》しそうに声を弾ませる。

「そんな……、これを付けたのが良かったのよ」

円佳は照れながら、林に勧められて足したシルバーラメの貝殻を指さして言った。

「リボンをグレーにしたのも正解じゃない？　シンプルなのに華やかで、ヨーロッパの石づくりの家に合いそう」

と、手塚にも言われた。

「もうちょっと写真に撮らせてくれるかしら」

林に訊かれ、もちろんですと応じると、円佳のリースだけ追加で数枚、撮影された。それを見て、貴子と千夏と優希もそれぞれのスマホで円佳のリースをぱちぱちと撮った。

撮影が済んでから、テーブルの上のものをいったん新聞紙の中に丸めてつつんでざっくりと片付けた。林がどこからかうす紫色のきれいなテーブルクロスを持ってきて広げると、さっきまで植物に囲まれて忙しく作業をしていたその場所が、一気にホテルのティールームのムードになった。

「お時間が大丈夫な方は、お茶していってくださいね」

林に言われた時、円佳は嬉しい、と素直に思った。

集中して手仕事をしていたのが良かったようだ。なんとなく気持ちがさっぱりとし、久しぶりに楽しい気分になっている。指を動かしているあいだだけは、翼がクラス落ちした現実を忘れていられた。

ティーバッグを入れた紙コップに、湯沸かし器の湯を入れる簡単なお茶会だ。そこに市販のクッキーや煎餅が並ぶ。繊細なティーカップや手作りのケーキなんかじゃないところにも円佳は好感を持った。

六人の主婦は、それからしばらくそれぞれのリースを褒め合ったり、林がサロンを始めた経緯や、一年を通してどんなリースを作っているのかといった話をしていたが、千夏がクリスマスにもリースを作りたいと言ったことから、ふっと中学受験の話題になる。

「ごめんなさいね、下の子が受験だから今年はクリスマスリースの教室はやらないの」

と、林が言ったからだ。

「え、子どもの受験で、お仕事休むんですか」

つい円佳は訊いてしまった。

「ええ。どこかでお休みしないとキリがないから。去年は丸橋《まるはし》デパートさんからクリスマスリースの出品もお願いされて、大忙しで、家のことがめちゃくちゃになっちゃったの。今年の冬はもう大きな仕事は受けるのやめようと思ってて、お教室も秋口から少しずつ回数を減らしていこうかなと」

「やっぱり忙しくなるんですね……」

「そうねえ……まあ。でも、いろいろ落ち着いたら、春の花を使ったリースも出したいから、その頃またインスタに情報を流しますね」

「わあ、楽しみ。またみんなで来ようね」

「インスタのアドレス教えてください」

「見たい見たい」

皆が、口々に言い、中学受験について話せる糸口が消えそうだったので、

「受験生の親って、皆さん冬くらいから仕事をセーブするような感じになるんですか」

と、円佳は話を戻した。

「みんなってことないですよ、人それぞれ」

林に言われ、それはそうだろうと円佳は思う。だけど、エイチから四天王に長女を入れた林にこそ、六年生の親の心境を聞きたいし、どういうふうに受験生をサポートするのかを知りたいのだ。それで円佳は、

「でも林さんは、早い時期からしっかりお子さんの受験に向き合って、偉いですね」

とさらに振ってみる。

「偉くなんてないわよ。自分でやれる仕事だから、自分の都合でお休みできるだけで……」

「六年生の親ってどんな心境になるのか想像もつかなくて。やっぱり秋くらいから仕事セーブする親も多いんですかね」

「興味津々だね」

横から千夏がからかうように言ってきた。

「あ、ごめんなさい」

訊きすぎただろうか。円佳は慌てて謝る。しかし林はゆったりと笑顔を返し、

「そうね。わたし、お姉ちゃんの受験の時なんて、一年間仕事をお休みしたのよ」

と教えてくれた。

「一年も！　ですか」

円佳はつい大きな声をあげてしまった。

「そうよ。初めての中学受験だったから、真剣になりすぎちゃったところはあるんだけど、うちのお姉ちゃんは自分から勉強しない人だったから、つきっきりで教えなきゃならなくて」

「へえ……」

その「つきっきり」とは、一体どの科目をどのように教えたのか、どこからどこまで教えたのか。できれば四年生のこの時期に、エイチでどのくらいのクラスにいたのか、全国一斉実力テストではどのくらいの順位だったのかも知りたい。そこまで具体的なことは訊きにくいが、当時の学習スケジュールを全て教えてもらいたいくらいだ。

しかしすぐに千夏が、

「うちも、最近塾に入れたのに、全然勉強しないんですよ。もう、どうしたらいいんだろって感じ」

と、はしゃぐような声で自分語りに持っていってしまう。

「こないだなんて塾の計算テストで0点取っちゃって。0点て、考えられますか？　マジで眩暈《めまい》」

「塾に通ってるだけすごいじゃん。うちなんか、遊んでくれる子がいなくなっちゃって、毎日これだよ」

と、優希がゲームコントローラで遊ぶジェスチャーを続ける。

ようやくチャンスが訪れたのは、千夏と優希の掛け合い漫才のような愚息語りの後だった。

「円佳ちゃんとこは、三保ちゃんのお嬢さんたちと同じでエイチだよね」

と、貴子が言ってくれたのだ。

「あ、はい。そうなんです一応」

と答えて林を見た。特に驚いたふうでもなく林が頷いているので、もしかしたら貴子がすでに話していたのかもしれない。円佳は思い切って、

「うちも、林さんのお嬢さんにあやかりたいです。このあいだ、初めてクラス落ちして、加藤先生に習えなくなっちゃって、息子がすっかり落ち込んでるんです」

と、言ってみた。

「四年生で加藤先生に習えるなんて優秀ですね」

という林の言葉に、やはりこの人は分かっている、と円佳は満足する。加藤は主に受験生である六年生を見ているため、四年生では最上位クラスであるエスワンしか受け持たない。「加藤先生」とその名を呼べる四年生は、選ばれし者である証拠なのだ。「今日加藤先生がね」と翼が言うたび、だから円佳は嬉しく誇らしく思ってきた。

「いえ、そんなことないんです。これまでがたまたま良かっただけで、この先どうなるか、雪崩《なだれ》みたいに落ちてっちゃうかもしれないし。林さんのお子さんは、きっとクラス落ちなんてしたことないですよね?」

「はい?　ないわけないでしょう」

林がおかしそうに笑う。

「え、そうなんですか。クラス落ちした時って、どんなふうに乗り越えたんですか」

「乗り越えるも何も……次に頑張るしかないものねえ」

「……そうですか……」

「思い詰めすぎよ」

林が笑った。

「まだ四年生でしょう。クラスなんて関係ないわよ。ねえ」

と声をかけられた手塚も大きく頷く。

「もしかして、手塚さんもエイチだったんですか」

円佳が訊くと、手塚は、

「うちの子は、最後に少しだけ」

と、ちいさな声で答える。

「『少し』って?」

「六年生の途中から入ったんです」

「え、すごいですね。それで、林さんのお嬢さんと同じ学校なんですか」

訊いた直後に後悔した。手塚が明らかに警戒するような表情になったからだ。

「手塚さんのところは男の子なのよ」

林が笑いながら言った。

「あ、そうなんですか……」

ということは、柊美女子学院のママ友ではなく、小学校の時のママ友だったのか。六年生の途中からエイチに入るなんて、一体それまでどうしていたのだろう。そもそも難関と呼ばれる入塾テストをその時期によく突破できたものだ。いろんな疑問が湧く中、

「手塚さんの息子さんはどこの学校に行ってるんですか」

と、いきなり直球の質問を千夏が手塚にぶつけたのでびっくりした。よくぞ訊いてくれたという思いもあって、耳がダンボになる。

しかし手塚はふわりとまばたきをし、

「うちは、少し遠くの男子校に……」

とだけ告げ、そのまま学校名は言わなかった。

さすがの千夏も訊いちゃいけなかったことを察したらしく黙った。数秒、ぎこちない沈黙が流れた。

「そういえば酒井さんも、転塾を悩んでいたよね？　結局、どうしたの？」

林が話を変えた。

転塾を悩んでいたのか。円佳は貴子を見た。最近ゆっくり話していなかったから、知らなかった。

「いやー、相変わらず、ずるずると大日温泉に浸《つ》かってます。あ、五月からリッキーも入ってきたんだよね」

貴子が言う。リッキーというのは、千夏の息子の理樹のことである。理樹と翔太が大日ゼミナールに一緒に通っていることは、翼から聞いて知っていた。大日ゼミナールを、貴子が「温泉」と言ったのを聞いて、貴子もあのブログを見ているのかもしれないと円佳は思った。

【大日温泉でゆるふわ中学受験ブログ　♪♨浸かってたら受かっちゃいました♪】という、人気ブログである。あまりに人気が出て、皆が知るところとなったため、ネットの受験掲示板ではいまや「温泉」といえば大日ゼミナールというのが常識だ。

実は円佳はこのブログのほぼ全ての記事を読んでいる。受験した学校全部に振られ、公立中学で頑張ろうと心を決めた直後、三回受けに行って三回振られていた第一志望校からまさかの繰り上げ合格通知が来るというドラマチックな展開には目が釘付《くぎ》けとなったものだ。

怒濤《どとう》の不合格期間に、母親「温《おん》ママ」は軽妙な言葉で息子「泉太郎《せんたろう》」を励まし続けていた。時に流行歌の歌詞や、落語の一節や、ゲーム用語なども取り入れる守備範囲の広さだったが、読んでいて、こちらまでグッとくるような励ましの言葉も多く、人気が出るのも頷けた。親子に寄り添う大日ゼミナールの塾長「温先生《おんせんせい》」の言葉や表情や思いもまた、涙を誘った。難関校への実績はいまいちだけどやっぱり大日は良い塾だと皆が認めるところとなったのは、このブログの功績だろう。実をいえば円佳は、今朝このサロンに来る前にも泉太郎くんの中学校生活に関する最新記事をチェックしていたくらいだ。

「今の四年生って、けっこう熱心な感じなのね」

円佳たち四人の様子がそう見えたのか、林が言い、手塚も頷いた。

「そうかもしれないね。エイチや温泉が多いけど、ＳＪとか個人塾の子も結構いるみたいだよね」

貴子が言う。

「なんだかみんな熱心だなあ。塾行ってないの、うちだけ？」

優希が冗談めかして肩を竦《すく》めた。

「うちはまだ行き始めたばかりだし、行くことなら誰でもできるわよ。颯ちゃんも入ったらいいじゃない」

千夏が言ったので、円佳も、

「そうよ。颯ちゃん、集中力あるから勉強始めたら、いっきに伸びそうじゃない？　すごいとこに受かっちゃったりして」

と、小柄な颯太郎が小一の頃に砂場でひとり、もくもくと日が暮れるまで城を作っていた姿を思い出しながら言った。優希は「まさかぁ……」とちいさく笑う。千夏が、

「うちは塾っていっても、『補習コース』に通わせてるだけで、受験するかも分かんないのよ。ただ、パパが、高校受験だとああいうやつは内申書がひどいことになるから、早いうちになんかやっておいたほうがいいんじゃないか？　まじで高校浪人するぞとかって言い出してさ」

その言葉に、同じようなことを言う人がいたと、円佳は思い出す。

楠田さんのこと、覚えてますか……？　と林に訊いてみようか迷っている円佳の隣で、

「補習コースって月いくらするの」

と、優希が千夏に訊いた。

「えーと、一万弱。うちは理社も取ってないし、超節約コースだから、同じ温泉でもショウちゃんとは全然違うの。四科目だと二万くらいするよね」

「うん。二万ちょっとかな」

「月二万か……。やっぱ高いね。トランポリン、やめないと入れないなあ……」

「でも颯ちゃん、トランポリン、今も好きなんでしょう」

円佳が訊くと、

「いやー、好きも何も、ひたすらぴょんぴょん跳ねてるだけで、本人何やってるかもよく分かってない感じだよ」

優希が言い、皆で笑った。

思えば千夏と優希と出会ったのは、そのトランポリン教室がきっかけだった。小学校に上がる直前の春休みに、市の体育館がトランポリンの春期講習なるものを開き、貴子と面白がって参加してみたのだ。そこに千夏と優希がいた。千夏は「かもめのその幼稚園」に、優希は近所の公立保育園に、子どもたちを通わせていた。貴子の持ち前のコミュニケーション能力ですぐに近しくなり、数日間の講習が終わる頃には子連れでカラオケルームを貸し切る仲になった。市のトランポリン教室には颯太郎だけが残留し、今も通い続けている。

「他のみんなも、いろんな習い事をしているの？」

林が訊き、翔太と理樹が同じサッカーチームに所属しているという話をすると、みんな忙しいのね、やっぱり文武両道は大事だよね、いやー、うちは両道って感じじゃないから、えー、うちなんか完全に下手の横好きだもん、などと会話が繰り広げられた。しめくくりに、

「ホンモノの文武両道といえば、つーちゃんだよね」

と、貴子がふたたび円佳に振った。困ったような、こそばゆいような気分になる。翼が褒められる

ことには慣れているが、何度褒められても、気まずさと同量に湧くこのこそばゆさは無くならない。

「つーちゃんは、勉強もできるのに、水泳選手なんですよ」

貴子が、林と手塚に説明する。

「ほんと、すごいよね」

「どうしたらこう育つの?」

千夏と優希の言葉は円佳の耳たぶを甘くくすぐるが、こういう時の答え方は決まっている。

「そんなにすごくないわよ。どっちも中途半端で困っているんだから」

苦笑しながらそう言えば、皆がますます褒めてくれるから、さらに円佳の舌は滑らかになる。

「エイチに通っているのに、水泳中心の生活で、全然勉強する時間が取れないんです。といっても、目指せオリンピックってほどでもなくって、どっちつかずっていうか、どっちもいつまで続けられるかっていう感じで」

翼は、そうなのだ。文武両道なのである。

難関クラスまで落ちてしまったとはいえ、スイミングクラブでは一年前に育成Aコースに上がって頑張っている。そのことは円佳の誇りだ。四天王クラスの子どもたちは、たしかに学力は素晴らしいのだろうが、翼のように本格的にスポーツと両立はしていないだろう。翼に圧倒的な伸びしろがあることの証明ではないかと、円佳は思う。

「選手の子って、週に何日くらい泳いでいるんですか」

林に訊かれ、円佳は若干胸を張り、

「練習日は週五日あるんですよ」

と答えた。

「えっ　すごい！」

林は本当に驚いたようだった。エイチに通いながら、週五でスイミング。一体どうやっているのだろうと、中学受験をした者なら誰でも思うはずだ。

実のところ、四年生に上がるタイミングで、コーチに中学受験をすることを伝え、以来、練習日を週三日に変えてもらっていた。テスト前の週は休ませてもらっているし、練習前後にトレーニング室で行う筋トレやストレッチも、自宅でやることにさせてもらい、社会科の知識をまとめた音源を流しながらメニューをこなしている。選手コースならこうは行かなかっただろうが、育成Aはそこまで厳しく拘束されない。

とはいえ、コーチからは、練習日を削るのは五年生からでもいいのではないかとも言われた。六年生までフルタイムで練習に出て、ジュニアオリンピックに出場しながら難関校に合格した子もいると言われたのだが、よくよく聞いてみれば、そういう子たちは大日温泉や、他の個人塾に通う種類のゆるふわ中学受験生で、エイチで四天王を目指すようなガチ受験生ではない。少なくとも円佳はそのように受け止めた。幼少期から続けていたピアノは、三年生の夏前にやめた。

「そんなに水泳も頑張っていて、どうやったらエイチと両立できるの。こっちが教えてほしいわ」

林が言った。明らかに円佳を見る目が変わった感じがする。すでに一度、中学受験を経験した先輩ママをこんなに驚かせていることに、心の奥がひそかに弾む。

「地頭めっちゃイイんですよ、つーちゃんは。それに、すんごく優しいし」

貴子が、まるで自分の子を褒められたかのように得意げに言う。

「やめてー。そんなことないわよ。両立できないから、クラス落ちしちゃったんだからぁ！」

困った顔をしたつもりが、円佳の声はまるで少女のそれのように、リース教室の中で高らかに響いた。


それぞれが制作したリースを紙袋に携えて、自転車の籠に入れている。かさかさいわせながら、住宅地を走り抜け、大通りへと出た。

林の家から帰る途中、四人でお茶をしようと言い出したのは貴子だった。話し足りない気分だった円佳たちは、いつものエンジェルズで午後の陽《ひ》がブラインド越しに優しく注ぐ窓際のボックス席に陣取ると、ひとまずドリンクバーをオーダーした。

席に着いてまっさきに話題になったのは、リース教室の感想ではなく、林の長女の個人情報であった。

「三保ちゃんのお嬢さんは、柊美の美術部なのよ」

良い話ならばいくら広めても良いと思っている派の貴子が早速ばらしてゆく。

「うわあ、優秀なんだね」

千夏がすぐに反応したが、優希はぴんと来ていない顔でいる。おそらく柊美女子学院を知らないのだろう。

円佳も以前は同じだった。地方出身ということもあり、翼がエイチに通い出す前は、柊美女子学院をはじめ、難関や名門と呼ばれている都内の有名校を、ほとんど知らなかった。今は全て知っている。

「でもね、もっとすごいのは手塚さんだよ。お子さん、赤学《あかがく》だもん」

貴子が言った。

「えっ」

円佳はちいさく叫んだ。

「すごーい！」

柊美を知らなかっただろう優希も、赤坂学園、略して赤学のことは知っているらしい。最近、クイズ番組で有名になった若手芸人が赤学出身を売りにしているからだろうか。星波学苑の次に難関と言われる中高一貫の私立男子校で、珍しい灰色の学ランは「着ているだけで女子高生にモテる」などとネットに書いてあった。

「手塚さん、四小で悪い噂を立てられたらしいから、学校名を言いたくなかったんだろうね」

と、貴子が言う。

「悪い噂って？」

「前に三保ちゃんから聞いたんだけどさ、手塚さんてずっと海外に住んでて、息子さんが五年生の時に帰国したんだって。それで、最初はSJに入ったの」

SJというのは、「スタジウム・ジョナサン」という補習塾の略称だ。床に座って勉強する寺子屋形式で、授業料も安価だから、学校のおまけ程度の感覚で行く子も多い。

「それがどんどん成績が上がっちゃって、SJじゃ手に負えないってことになってエイチに転塾したら、行くところまで行っちゃって、最終的には赤学だもん」

「すごい……」

「そんな子いるのね」

千夏と優希が目を輝かせる。

「すごいけどさ、前からエイチに通っていたのに赤学に届かなかった子の親たちは、面白くないよね。手塚さんの息子さんは受験期に体調を崩してずっと学校を休んでたんだって。それも、許せない人は許せないみたい。手塚さんの息子さんは、係の仕事もやらないし、不真面目な問題児だったたって、悪口言う人がいたみたい。四中で、『四小から赤学に行った子は問題児だった』っていう噂を広められたのよ」

「うっそ。ばかみたい」

千夏が面白そうに笑い、円佳と優希も苦笑する。

「いくら四中で噂を流されたって、手塚さんの息子さんは赤学で楽しくやってるんだから、もう関係ないのにね。そんな噂を流す人たち、虚《むな》しくならないかな」

千夏が言い、円佳も大きく頷く。手塚はそれでわたしたちに対しても、学校名を言うことを躊躇《ためら》ったのかと思う。赤坂学園に進学するということは、それほどの嫉妬を招く事態なのか。ならば赤坂学園よりもさらに難関と言われる星波学苑に進学したら、どれほど皆に羨まれ、妬まれることになるのだろう。そんなことを考えていると、

「もしかして、噂を流したのは、子どもたちかもしれないね」

静かな声で優希が言った。

「ううん。子どもじゃなくて、保護者たちの間で広まってたみたいよ」

貴子が言ったが、優希はちいさく首をかしげて「でも」と言う。

「学校内の係のことまで、親は知らないでしょう。わたしは、子どもたちが普段から、そういうこと

を親に吹き込んでいた気がするなあ。あいつは問題児だ、係の仕事をサボるやつだって。そう思わせることで、塾で負けちゃった子たちも、『手塚くんみたいに頭良くなりなさい』って、親に言われなくなるでしょう。むしろ『勉強ができても、ああなっちゃだめよ』っていう方向に持っていけるし……」

「そうかもね。なんか、そういうこと言う子たちこそ、親からプレッシャーかけられててかわいそう」

と貴子が言い、

「中学受験って、子どもの性格を曲げる気しかしないよね」

千夏も顔をしかめる。

「三保ちゃんの妹さんも、小学校で厭《いや》な思いしてるみたい。お姉ちゃんが柊美に行ったの、有名じゃん。だけど妹さんはエイチのクラスがそこまで良いわけじゃないんだって。うちは他塾だから、詳しくは知らないんだけど、ほらエイチって、クラスがたくさんあるんでしょ？　クラス分けの直後なんて、誰がどのクラスとか探り合いなんだってね」

貴子がそう言って、円佳をちらっと見た。

「クラスはたしかに多いけど……」

円佳は濁したが、

「怖っ」

千夏が大げさに反応した。

「三保ちゃんは、妹さんには柊美とかじゃなくて、妹さんに合う学校に行ければそれでいいって思っているんだけど、通っている友達が、柊美を受けるのにそんなクラスで大丈夫？　とか言ってくるんだって」

「うわー、うざ。余計なお世話すぎるねー」

千夏が顔をしかめる。円佳も、そんなことを言う子もいるのかと厭な気持ちになる。

幸い、翼の学年は、エイチに通っている子の数が少ない。塾選びにも年ごとに流行があるのか、この学年は大日ゼミナールを選ぶ子が多いと聞く。四小からエイチに通う子は、知っている限り翼以外に三人いるが、親子ともども接点のない子たちだから、クラス落ちした時も、翼が小学校の友達の目を気にすることはなかったはずだ。

「ねえねえ、エイチって、ずっと一番上のクラスにいる子のことを『エスゼロ』って呼ぶってほんと？」

突然、千夏が円佳に訊いてきた。

「……え、そうなの」

円佳はまるで知らなかったという顔で答え、ゆっくりまばたきをした。

「うちの子が言ってたよ。つーちゃんが自分のこと、そう言ってたって」

千夏が言った。

「え……うちの子が、そんなことを。誰かに言われたのかな。知らない。それにうちはもうクラス落ちしちゃったからエスゼロじゃないし」

円佳はなぜか慌てて、取り繕うように言った。

「クラス落ちクラス落ちって、円佳さんこだわりすぎよ。大変なのね、エイチって」

千夏が笑った。貴子が、

「つーちゃんは頑張ってるわよ。水泳を頑張りながらエイチに通ってるってだけでも相当すごいもん」

慰めるかのようにそう言い、黙っていた優希もうんうんと何度も頷く。

「ううん、全然そんな……」

円佳はどこか上の空で言う。

そんなことより翼が「エスゼロ」などという言葉を他の子たちに話していたことにショックを受けていた。一体どんな文脈で伝えたのだろう。塾のことは友達に話しても分からないから言わないと言っていたのに。

「水泳といえば、二組の真野《まの》桃実ちゃん、すごいんだってね」

と、千夏が話を変えた。

「あ、なんか、それ聞いた」

「全国大会だもんねえ」

優希と貴子も口々に言う。

この春、桃実は水泳の全国大会に出場し、入賞したのだ。学校でも表彰され、学年便りどころか市の広報誌にまで載ったのである。

「つーちゃんと同じスイミングクラブでしょう?」

優希に訊かれ、円佳は「そうよ!」と、必要以上に朗らかに答える。

「桃実ちゃんは、女の子なのにうちの子より大きいし、それに、九歳以下の部に出られるタイミングが誕生日の直前だったの」

そこまで言ってからはっとした。これではまるで、誕生日のタイミングのおかげで好成績だったのだと言っているみたいだ。

「でも、それだけじゃなくって、本当に努力家だし、才能もあって……」

言い訳するようにつけ加えた円佳の声にかぶせるように、

「わたし、リッキーに桃実ちゃんと仲良くしときなさいって言っちゃった」

千夏が言った。

「狙ってる?」

貴子がからかう。

「まさか。相手にしてもらえないわよ」

「そんなことないでしょ、リッキーイケメンだし」

「ていうか、将来あの子、オリンピックに出るかもしれないでしょ。そしたらさ、小学校の体育館とかに集まって、みんなで応援じゃん? その時にインタビューで『ぼくは桃実さんの小学校の頃からの友達です』って言えるじゃない」

「そっちかー」

「壮大な計画すぎる」

「わたし、ああいう応援会場で声援送る『近所のオバチャン』、やりたいもん」

「わたしもやりたい!」

盛り上がる三人は、もう「エスゼロ」に興味を失《な》くしたようで、円佳はひそかにほっとした。ほっとした先に、スポーツを頑張る子はこうも健やかに周りから応援されるものなんだなと、どこか羨むような気持ちが湧いてくる。

　さっき円佳がクラス落ちについて話すと、「思い詰めすぎ」だの「こだわりすぎ」だのと苦笑された。――親からプレッシャーかけられててかわいそう――子どもの性格を曲げる気しかしないよね、と、中学受験についてはいちいちネガティブな感情をむきだしにする貴子や千夏が、桃実の水泳全国大会については、きらきらと無垢な目で応援したがるのだ。

　では桃実の母親はどうかといえば、去年、全国大会の基準タイムにわずかに足りなかった時など大変な落ち込みようであった。練習のない時も市民プールで娘の水泳を鍛え、陸トレも全て母親がメニューを決めているのである。全国レベルになった今だからではなく、低学年の頃からそうだった。まだ幼い桃実にプロテインを飲ませ、見学席で周りの目も気にせずに、「いけ！」「いけ！」と声を張っていた姿を思い出し、彼女こそ娘の水泳に対して、思い詰めすぎているし、こだわりすぎているんじゃないかと思う。

　しかし円佳はもちろんそのようなことは決して口に出さない。ことさら晴れやかな顔で桃実を称《たた》える話をしながら、さっき千夏が言っていた「エスゼロ」について考える。

　つい知らないふりをしてしまったが、本当はよく知っている言葉だった。

　もとはといえば、インターネットの匿名掲示板の一画に作られている**【☆☆☆エイチで頑張る4年生を全力で応援する集い☆☆☆】**というスレッド内で知った言葉だ。各校舎の四天王1クラスから決して落ちることのない子。トップ中のトップ。

　以前、円佳が「『エスゼロ』って知ってる？」と翼に訊くと、「知ってるよ。ＭＭコンビのことだよ」と、翼は答えた。

MMコンビというのは、四天王1クラス常駐の水野《みずの》くんと三津谷《みつや》くん。ふたり揃《そろ》ってどんな難問でもすらすら解いてしまう算数の天才コンビなんだと、以前から翼は彼らのことを嬉しそうに報告してくれていた。このふたりは、翼の憧れである全国一斉実力テストの決勝大会に出場したことがあるそうだ。彼らのことを「すごいんだよ」と嬉しそうに話す翼の素直な瞳が眩《まぶ》しかった。

――つーちゃんも、MMコンビくんたちと一緒に、受験までずっとエスゼロで行けるといいね。

面白がってそんなふうに言ったこともある。すると、翼は生真面目な表情で、

――俺はもうだめだよ。

と、答えたのだ。

――なんで?

――だって、俺、入塾した時、エススリだったから。最初からエスゼロの資格がないんだよ。

まるで自分は身の程をわきまえていると言わんばかりの口ぶりがいじらしかった。

――ええー。そんなことないわよ。入塾した時って、だってつーちゃん、それ、小二の終わりでしょう。そんなのノーカンだよ。全然準備しないで、最初からエススリに入れたことだって、本当にすごいことだし、本当は四年生から入塾するつもりだったんだから。つーちゃんのクラスは、ずっとずっとエスワンてことでいいんだよ。

円佳はどこかむきになって、そんなこまごまとした内容を翼に言い聞かせた。

――え、そうなのかなあ。

――そうよ!

——じゃ、俺、エスゼロのおまけだね。

——おまけ、だなんて……。れっきとしたエスゼロよ。つーちゃんなら、このままずっと、エスゼロのまま、卒業まで行ける。

——いや、そうとも限らない。

翼は冷静に返す。だけど、母親に認められた喜びを隠せないのか、頬が赤らんでいた。

——ねえ、MMコンビ以外にもエスゼロの子っているの？

——いるよ。岡野《おかの》くんとか、相沢《あいざわ》くんとか。あと、女子で、いつもいる人がふたりくらいいる。

「いつもいる人」という言い方につい笑ってしまいながら、

——女の子に負けちゃだめじゃない。

と、さも男子のほうが学力が高くて当然とばかりに、こういう台詞《せりふ》を母親が息子に気安く言うのである。

円佳には、しかし、エスゼロの子たちをやっかむ気持ちは全くなかった。むしろ彼らの話を聞くと、なんだかわくわくした。

岡野はあまりの博識ぶりに社会の先生から一目おかれ、「岡野先生」とか、時に「岡野大臣」「岡野博士」などと呼ばれているそうだ。

相沢のことも聞いた。全国一斉実力テストの社会で一位を取ったことがあるという相沢は、将棋も得意らしく、いつも授業が始まるぎりぎりまで詰将棋をしているという。彼は先生から「相沢四段」とか「相沢七段」などと呼ばれているそうで、「毎回、違う段を言うんだもん。先生もテキトーなんだよ」と、翼は思い出し笑いをしながら話してくれた。

最上位クラスの子どもたちの姿は、円佳が以前思い描いていた「ガリ勉」からは程遠く、個性豊かで活動的なキレ者たちといった印象だ。先生も、彼らがいきいきと個性を発揮できるように、キャラクター性を際立たせ、物をよく知る子や、成績の良い子がより自信を持てるよう、声がけをしているようである。

彼らの話を聞きながら、やっぱりこういう子たちが集まった中学に行かせたいと、円佳は強く思うようになった。楽しそう。すっごく楽しそう。翼に刺激を与え、翼と切磋琢磨《せっさたくま》してくれる、ぴかぴかした才能の持ち主たち。四天王1クラスで彼らと机を並べている息子が誇らしいし、ずっとずっと、そういう子たちと付き合っていってほしい。

――水野くんと三津谷くんは理系で、岡野くんと相沢くんは文系なんだね。翼はどっちだろうね。

――俺は……さあね。

――つーちゃんは国語がよくできるから、文系かな。

――まあ、どっちかっていうとそんな感じだけど、相沢くんには到底及ばないし、岡野くんにもいつも負けてるし。

謙遜する姿がいとおしかった。そして、自分の子が天下のエイチのエスゼロ集団の一員として、最高峰の頭脳たちに認められようと、必死に頑張っていることが嬉しく誇らしくて、円佳は翼の頭をくしゃくしゃっとして、やめてー、と逃げられては笑った。

マンションのドアに、今日作ったばかりのリースを飾ると、玄関前がいっきに華やいだ。リースひとつでこんなに変わるなら、作ったかいもあったというものである。

帰りに買い物してきた食材を冷蔵庫に入れ、少し散らかったままの台所まわりを片付けると、もう三時だ。翼が帰ってくるまであと三十分くらいか。

円佳はソファに座り、スマホを開いた。

【大日温泉でゆるふわ中学受験ブログ　♪♨浸かってたら受かっちゃいました♪】が更新されていないかをチェックするためだ。

ちょうど二時間前に新しい記事が上がっていた。

【緊急告知】温ママブログが本になります♪

へえ、と思いながら円佳はタイトルをクリックし、中の文章を読み進めた。

〈画面の前の皆さま　こんにちは　温ママです

さてさて　みなさまにまっさきに報告させていただきたいこと　それは表題のとおり　まさかまさかのことが温ママの身におこったのです

このたび　なんとなんと　このブログが本になります！

わーい　ぱちぱちぱち

ずっと皆さまにお話ししたかったことでしたが

夢かもしれないと思って　夢だったら醒《さ》めた時に恥ずかしすぎると思って　誰にも言えませんでした

温ママは　温ママの人生で　こんな奇跡が起こるとは　思ってもいませんでした

コナンワード社様の編集者様からご連絡をいただいた時　あまりにびっくりした温ママは　激しく絶叫してしまい　となりの部屋でドーナツをたべていた泉太郎と温パパをズッコケさせてしまったほど

叫びながらも温ママは　頭のどこかで、このメールアドレスは本当に天下のコナンワード社様のものなのか

それとも　もしかしたらメールアドレスをのっとった　ものすごく手のこんだドッキリ　あるいは詐欺の一種ではなかろうかと

まじで　疑いました

しかし現実でした

コナンワード社様の編集者様とうちのそばのエンジェルズで打ち合わせをし　名刺をもらい　その名刺の番号にかけてみたら　コナンワード社様の編集部につながりました（どこまで疑うんかい）

そして今　温ママは全力で言いたいのです

ここまで来れたのは　皆さんのおかげです　と
っていうと　その皆さんって誰だよー　とつっこまれそうですが
画面の前のあなたです
あなたがこのブログにアクセスしてくれたおかげです
あなたのアクセスのおかげで　温ママの夢が叶《かな》いました
来月発売となります　日が近づいたらまた告知します！
楽しみにしていてください
温ママ〉

「すごい！」

読み終えて、円佳はつい声をあげてしまった。

最近はブログの書籍化もそれほど珍しい話ではなくなってきているようだが、人気が出る前からチェックし、毎日かかさず追ってきたブログの書籍化決定をリアルタイムで知るのは初めてのことだ。

円佳はなんだか心が浮き立つような気分で、「おめでとうございます！　早く読みたいです！」と短いコメントを送った。

実はこのブログにはちょっとした思い入れがあった。というのも、ある仮説を持って読み進めてきたからだ。

泉太郎の成績が最初から最後まで低空飛行なこと。エイチの入塾試験に三度落とされたこと。動き回ったり話しかけたりしてしまうせいで塾の自習室を出入り禁止になったこと。とにかくとんでもないやんちゃな受験生で、小学校でもたびたびトラブルを起こしていること。何より、学級崩壊で有名なお隣の小学校の生徒たちと合流して進学することになる近所の公立中学が、まあまあな荒れ具合だという話。

〈偏見って言われそうだけど　朱に交われば赤くなる　これ真理　うちの子の場合　完全に真っ赤に染まってく自信しかない〉

こうした物の見方には、既視感がありすぎた。さらに、

〈人聞き悪いんですが　はい　脱出させたいと思ってます〉

「脱出」というワードである。円佳は閃《ひらめ》いた。――このブロガー、楠田さんでは？

何か証拠があるわけでも、具体的に特定したわけでもないのだが、読めば読むほど、ＰＴＡの書記を引継いだ時の、やたらきりりと主張してくる彼女の姿が浮かんできた。何より、彼女が書いていると思いながらブログを読むと面白いのだった。

とはいえ、心の底から信じているわけではない。よくよく読めば、いやよく読まなくても、温ママと楠田さんが別人だということは分かっている。温ママは自分のことを「料理が下手で掃除が苦手な専業主婦」とプロフィールに書いているが、楠田さんはコールセンターで働いている。泉太郎の六年生の時の担任は「美人先生」だったが、楠田さんのお子さんの受け持ちは男の先生だった。兄弟の話

も一切出てこないし、書籍化が決まった時に絶叫してしまったなんて、楠田さんとも思えない。プライドの高そうな彼女なら、こんなふうにオーバーリアクションせず「書籍化が決まりました」とさらっと書いてきそうな気がする。

それにしても、

……書籍化かあ……。

その時、玄関でチャイムが鳴った。翼が帰ってきたのだ。円佳はスマホを閉じて立ち上がる。

ドアを開けると、

「ママー！　ドアの、なに？」

ランドセルを背負った翼が元気に訊ねた。

「あら。気づいたのね。ママが作ったリースなの。つーちゃん、手ぇ洗った？」

「へえ。なんか……」

「なんか？」

「なんか、かっこよかった。リース」

「えっ　ほんと⁉」

翼のこういう反応を、円佳はたまらなく可愛らしく思う。貴子は「翔太はわたしが髪の毛をピンク色にしても気づかないと思う」などと言っていたが、翼は円佳が美容院に行った日は、あれ？　という顔で見てくれる。玄関のリースも、翔太や他の男の子たちは、気づかないのかもしれない。夫も気づかないだろうと千夏は言っていた。

そういえば翼は牛乳パックを繋ぎ合わせた細長いものを持っている。

「なあに、それ」

円佳が訊ねると、

「ガリレオ望遠鏡」

と、翼が言う。そういえば今朝、実験クラブで使うから、と乾かした牛乳パックを持って行ったのだった。

「ガリレオ望遠鏡？」

手を洗う翼から牛乳パックを受け取る。中にレンズが入っているのか、かすかに重みがあった。

「これ、どうやって使うの？」

円佳が訊くと、手を洗い終えた翼が、

「こうやって見るんだよ」

と、牛乳パックの片側に目をあてて見せ、「あげる」と円佳に渡した。

「え、いいの？　せっかく作ったものでしょう」

「いいよ」

翼は望遠鏡に全く興味がないようで、テーブルについておやつを食べだす。円佳は翼に言われた通り、パックの片側に目をあてて、部屋の遠くを見てみる。ぼんやりとはしているが、たしかに、壁にかけられたカレンダーの数字がやや膨らむようなかたちで見えた。

「すごいじゃない。この望遠鏡、どういう仕組みになっているの？」

「まあ、レンズが、なんかなってんじゃない」

翼はラムネをふたつつまんで、いっぺんに口に入れる。鼻の頭に汗のつぶがぷつぷつとついている。

学校から走って帰ってきたのだ。

「なんかって?」

「……なんか」

「ねえ、つーちゃん。この中にあるのは、なんていうレンズなの? レンズに名前があるんじゃない?」

じれったく、円佳は訊ねた。たしか、凹レンズとか凸レンズというやつではなかったか。遠い昔に理科で習ったのを思い出す。レンズや光の屈折など中学受験でも大事な分野なので、これを機に興味を持ってくれればいいのだがと、ちょっとした欲もあった。そもそも、四年生からのクラブ活動で、実験クラブを勧めたのは円佳だった。翼はどういうわけかバドミントンをやってみたいなどと言っていたが、ふたを開けてみたらちゃんと母親に勧められた実験クラブに希望を出していた。

「ガリレオ望遠鏡って、どうしてガリレオ望遠鏡っていうの?」

円佳は話を変えてみる。

「知らない」

全く興味なさそうに、翼が答える。

「じゃあ、ガリレオってどんな人か知ってる?」

世界史は中学受験の範囲ではないが、偉人伝に出るような人物は日本の歴史や地理に関連付けて出題されることがある、と受験専用の匿名掲示板で「いち星波保護者」なる人物が話していた。円佳は、

「ガリレオはね、地球が太陽の周りを回ってるってことを発見した人なの。地動説って言ってね……」

昔の知識を取り出して説明してみる。

「ふーん」

と翼は鼻を鳴らし、ラムネ数粒をかりかりと食べ、セサミクッキー三枚をぽりぽりと食べ、全てのおやつをお腹におさめると、

「何分休んでいいの」

と、円佳に訊いた。

ガリレオの話をしていた円佳は黙り、それから時計を見て、

「あと十二分」

と、答えた。

四時半から計算と漢字のテストをすることになっている。クラス落ちが決まった時に翼と話し合いをし、次のテストまでは水泳を週に一回だけにすると決めたのだ。塾も水泳もない日は、四十五分勉強し十五分休むという、加藤に勧められた「集中力を切らさないためのタイムセット」で、計五本の勉強をすることも決めた。

「分かった」

翼はソファでごろりと横になり、学校の図書室で借りてきた本のページを急いでめくりだす。さっき見た、鼻の頭のちいさな汗を思い出した。学校から走って帰ってきたのは、家で休む時間を少しでも多く確保するためなのだ。

「やっぱり、五時まで休んでいいわよ」

考えるより先に言っていた。いじらしさが湧いてきて、つい、もう少し休ませてあげたくなった。

「え、いいの⁉ やったあ」

世にも嬉しそうな顔をする。その可愛らしい晴れやかな顔を見て、円佳はちいさく笑ってしまう。そうだよね、帰ってくるなり勉強勉強じゃあ、疲れてしまうよね。翼は、だって、本を読みたいのだもの。本だって国語の勉強になるし、ゲームをやりたい、外で遊びたい、そういうタイプじゃない息子のささやかで知的な読書という喜びを制限したくはない。

「いいわよ。ゆっくり読みなさい」

円佳は、今度は心を込めて言い、自分も珈琲《コーヒー》を飲んで少し休もうと台所に回った。湯を沸かしているあいだに、円佳はスマホを取り出した。さっき何かを見ようと思っていた気がするが、思い出せない。ひとまず、お気に入り登録してある教育専門の掲示板サイトを開いた。この中の、**【☆☆☆エイチで頑張る4年生を全力で応援する集い☆☆☆】**というスレッドに書き込まれる情報を、円佳は全てチェックしている。

今日も、円佳がリースを作っているあいだに十を超える書き込みがされていた。ハンドルネーム「中学受験初心者」による〈今回のテストでたまたま算数がとてもよくできたため難関クラスから四天王クラスに上がってしまったのですが、それで気を良くした息子が星波学苑を目指したいと言い出し、親の私は戸惑っています。どうしたらいいのでしょう〉という、質問の体《てい》の自慢のような、自慢の体の質問のような書き込みに対し、ハンドルネーム「卒親」やら「星波中2保護者」からの、アドバイスとも脅しともつかぬ返事がぞくぞくと集まってきていた。

中でも目を引いたのはこの掲示板の常連である「東大《とうだい》ダディ」の書き込みだった。

〈四年生の算数は まだ本当の算数ではない 次第に 応用力や現場対応力がないと解けないような

難問が増える　四年生でうちの子エスワンです四天王志望ですと　鼻息荒くイキってた親が　子を追い詰める　プレッシャーからカンニングに走る子も多いと聞く　五年生からが本当の勝負　少しずつクラスのメンバーの入れ替わりが始まり　六年生でだいぶ様変わり　中学受験嗚呼《ああ》諸行無常〉

「何この人、偉そうに」

円佳はちいさく呟《つぶや》いた。

この東大ダディの書き込みは、いつも思い上がり甚《はなは》だしい、上から目線なのだ。読み終えると、いらいらと落ち着かない気分になってしまう。

「つーちゃん」

と、円佳は翼に呼びかけた。

ソファで本を読んでいた翼が顔をあげずに「んー?」と言う。

「やっぱり、四十五分から計算テストをしましょう」

円佳は言った。

「ええーっ、なんで?」

翼がようやく顔をあげ、不満げにこちらを見る。

「なんでって、やっぱりちゃんと頑張らなきゃいけないって、ママ思ったの。だって今日、せっかくスイミング休んで時間を作ったんだから……」

「ええー。でもさっき五時からでいいって言ったじゃん」

他人の仕事を押しつけられたような顔で、翼が抗議する。

「言ったけど、やっぱりそれだと時間がもったいなくない?」

「五時からって言ったのに」

「四十五分からやれば、計算テストをひとつ終わらせられるでしょう?」

「でも、さっき……」

「つーちゃん、このまま難関クラスでいいの? 授業、全部簡単だし、先生もつまらないって言ってたじゃない。次のテストでエスワンに戻れなかったら、つーちゃん、嫌でしょ」

円佳が言うと、翼はようやく押し黙る。

読んでいた本をばたんと閉じて机に置き、そのまま居間を出て行く。自分の部屋でごろごろするつもりだろう。あと二十分残っている休み時間を、円佳から離れていたいのかもしれない。しかし、もともとは四時半から勉強を始める予定だったのだから、これでも最初の約束よりは十五分増やしてもらえたのに、あんなに不機嫌にならなくても、と円佳は思う。第一、円佳の勉強ではなく、翼の勉強なのだ。あのやる気のなさは何だろう。円佳は、無駄に増やした十五分をもったいなく感じる。せっかく水泳を休んだのに、勉強時間を確保できないなら意味がない。

あの子、まだまだ自覚が足りないんだわ。

円佳は苛立《いらだ》った。

翼のクラス落ちの敗因は算数だった。中学受験は算数で決まると言う人も多い。翼は国語に比べて算数が弱い。それでもこれまでは算数の偏差値はなんとか60を超えていたが、今回の算数は59・9。0・1ポイントとはいえ、60を切ってしまったことの衝撃は大きかった。翼には危機感がないのだろうか。おまけに理科も、苦手な物理分野が重点的に出されるテストだったというのもあるが、偏差値52・4と大きく後退した。社会だけはかろうじて64・2と、エスワンでもギリ許されるくらいの成績は取れたのだが、得意の国語も記述で失敗したせいで61・5とぱっとせず、全体的に入塾以来最悪の結果となってしまった。

これまでも、範囲の決まっていない実力テストではあまり良い点を取ることができず、エスワンに入るための得点を、確認テストの偏差値ポイントで稼いできた翼だ。本人が自分をエスゼロのおまけだと言っていたように、常連メンバーのMMコンビや岡野博士、相沢七段らとは、理解力や思考力に差があるのかもしれない。

これが、地頭の差ということか……。

背中がぞくりと冷えるような不安を覚えた。

新クラスが発表された時の衝撃は今も忘れられない。

有泉翼さんの新コースは「難関2」です

スマホの中にその発表を見た時、円佳は、大げさではなく、本当にくらくらと目を回したのだった。「難関クラス」……これは、クラス分けのページで、円佳が初めて見る文字だった。四つある「四天王クラス」を飛び越えて、さらにその下まで落ちたのだ。

心配して電話をかけてきてくれた加藤が、

――翼くんは底力のある子ですから、きっと、這《は》いあがってきますよ。

と言ってくれた時、円佳は涙を流した。

――先生。どうか翼を見捨てないでください。

円佳はすがりつくような思いで言った。

――見捨てるわけがないでしょう。大事な生徒さんですから。

加藤の声はやわらかく、どこまでも優しかった。

――今回はケアレスミスも多くて、本人も力を出し切れなかったと……。

――大丈夫ですよ、誰しもそういう時期があって、成長してゆくのですから。

誰しもって……、「ＭＭコンビ」や他のエスゼロの子たちにもそういう時期はあるのですか。問いたい気持ちをぐっと堪《こら》えた。

――家庭学習のことですが……。

と、加藤はいくつかのアドバイスをくれた。集中力を切らさないために、一回の勉強を四十分におさえて、その分、こまめに休みを取るというのも、アドバイスのひとつであった。円佳は少し欲張り、四十五分に変えて翼に伝え、勉強させている。算数は難易度Ｃまでの問題を完璧にし、Ｄにはチャレンジするものの、Ｅは捨てましょう。理科と社会は授業範囲をしっかりおさえて復習テストの復習をきちんと。国語はやりたい時に気分転換に。今後の勉強方針をそんなふうに伝えてから電話を切ろうとした加藤に、

――家ではあの子、すごく頑張ってるんです。苦手な算数も、加藤先生に習いたいからって、一生懸命に。

と、円佳は伝えた。また涙が出そうになった。

加藤によくよく理解してほしかった。加藤のクラスから落ちてしまったことは、翼にとって本当に、

本当に辛《つら》いことなのである。

——分かってます。分かってます。翼くんは頑張っていますよ。

——本当にうちの子、大丈夫でしょうか……。

涙がぽろりと頰を伝った。

——こうした時期を乗り越えていくことで、力がついてくるんですよ。僕は翼くんが上がってきてくれるのを待ってますから。

——うちの子、先生に習えなくなってしまって……どうしたらよいのでしょう。

——大丈夫ですよ。難関上位を受け持つ者もベテランですし、教え方に定評がある者ですから。

——でも、加藤先生じゃあないんでしょう?

と聞いた時、円佳は自分の声にひと筋の媚《こ》びが滲むのを感じた。

——僕も翼くんには声をかけるようにしますから。

加藤は言った。

エスワンでの加藤の授業は「ひたすら面白いが時々怖い」「キレるとドアを蹴ることもある」ということだったが、電話越しの加藤にそんな姿は欠片《かけら》もない。さわさわと布のこすれるような囁《ささや》き声で、大丈夫ですよ、頑張っていますよ、と繰り返してくれる。耳たぶをくすぐるその声は優しい。話せば話すほど、円佳の心はあたたかい水が満ちるようにゆるゆると解けていき、

——ありがとうございます。先生、どうか、息子をよろしくお願いします。

電話を切る頃にはなんとか夕ご飯の準備をできるまでには、落ち着きを取り戻せた。

しかし、その効力は数時間ともたず、その日も夜寝る頃にははらはらと不安が蘇《よみがえ》ってくるのだっ

た。

　それにしても、ここしばらく、真治とのビデオ通話の頻度が減ったのは幸いだ。昨年、辞令があって、真治は支社の副責任者になった。同じ会社に勤めていたことがあるというのに、円佳にとって、もはや真治の世界は遠すぎる。大きなプロジェクトが進行しているらしく、立場が上がったこともあり、最近は深夜帰りも多いようだ。多忙な真治の体調も心配だったが、内心で真治と翼が直接話す機会が減ったことにほっとしている。

　円佳は、息子がここまで大きく降格したことを、真治に伝えていなかった。インターネットで塾のサイトに接続すれば「マイページ」の中で成績を確認できるのだが、中国のネット環境は日本と全く同じではなく、接続できないサイトもあると聞いていたため、真治にそのやり方を詳しく伝えていなかったのは幸いである。

　真治は時々、翼と話したがる。早めの時間に電話をかけてこられる日は、勉強を見たがることもある。エイチの授業はどうだ？　頑張ってるか？　テストはどうだ？　いろいろ話しかけている。夫と息子のそのやりとりを、少し離れたところから、円佳はいくらかの緊張とともに見つめている。

　パパにはクラス落ちしたことは言わないでおこうね、と事前に翼に言っておいた。いいの？　と翼はほっとした顔になった。遠くでお仕事を頑張ってるパパをがっかりさせたくないでしょう、次に上がれば同じことだから。円佳が言うと、翼は数秒沈黙してから顔をあげた。うん、そうだね、と答えた。そして、俺、絶対頑張って、次はエスワンに戻る、と言った。戻ろうね、と円佳も言った。うん戻る。戻ろうね。うん戻る。悔しいもんね、戻りたいよね。うん戻る。

　真治の赴任は四年目になった。前任者は五年いたので、真治もあと一年というところだろうか。

先月かかってきた電話で、夏に親父《おやじ》とお袋を連れてきてくれないか、といきなり言われた。赴任した年にも皆で訪れたのに、またか、と内心思った。義父母と行くのはあれが最初で最後だと思っていたのだが。

問われるままに夏期講習の日程を真治に告げながら、円佳の笑顔は引きつった。「連れてきて」と言われて簡単に行けるような場所ではない。それに、「連れていく」負担と同じくらいに、夏期講習のクラス分けで翼がさらに落ちてしまったりしたらどうしようという思いがあった。

学歴オタクらしきあの義父母との旅行で、中学受験や塾の話題が多くなるのは必然だ。孫がエイチで一番上のクラスだということを、あの人たちは知っている。調子がいい時に、義母からかかってきた電話でその話をしてしまったのは痛恨のミスだった。おそらくあの人たちは孫の中学受験の話を聞きたがるだろう。真治も翼にエイチでの勉強について聞くかもしれない。それを思うと、ひたすら憂鬱だった。

時計が四十五分を示した。

「翼ー」

円佳は別室にこもったままの息子に声をかけた。

別室といっても翼の部屋は居間から続きのスペースで、薄い洋風襖《ふすま》一枚で隔てられているだけなので声は届いているはずだ。それなのに出てこない。歩いて行き、戸を開けた。

翼はベッドに俯《うつぶ》せになって、くうくうと寝息をたてている。拗《す》ねたふりが、そのまま眠ってしまったのだろう。寝たふりではない証《あかし》に、くちびるの端に涎《よだれ》が光っていた。疲れているのではないか。

一瞬、このまま寝かしておいてあげようかという思いが過《よぎ》った。しかしすぐに、スマホの画面にあった〈五年生からが本当の勝負〉という文字を思い出す。

「つーちゃん、時間よ」

声をかけると、びくっと体を震わせ、翼はむにゃりと目をさました。まばたきをしたが、どうにも起きられないようで、うぅ……と呻き、頭を隠すようにして丸くなる。手の甲で涎を拭いている。

入塾した時に真治と睡眠時間だけは確保することを約束し、円佳はそれを守っている。課題をやりきれなかった日も夜十一時には必ず寝かして、八時間前後の睡眠は確保しているはずだったが、それだけでは足りないのか、最近の翼は夕方よくぼんやりしている。

「計算テストの時間よ。ほら、起きて」

円佳が言うと、翼も分かっているのか、無言で身を起こす。円佳が冷たく絞ったタオルで翼の顔を拭いてやろうとすると、

「やめて!」

手を振りあげ拒絶した。思いがけず強い力にたじろぐ。翼は半分閉じた目のままタオルを円佳から奪い、自分で自分の顔をごしごしと拭いている。それからぱちんぱちんと顔を叩《たた》いた。勉強をしなければいけないことを、本人が一番よく分かっているのだ。

円佳は、居間のテーブルの上に、エイチから配布されている「毎日の計算博士」、略して「毎計」と鉛筆、消しゴムとタイマーを用意していた。タオルで顔を拭き、少ししゃきっとしたようで、翼の目がようやく開く。毎計には全ページに日付がついていて、一日十問、十分。

「用意、スタート!」

円佳がタイマーのスイッチを押す。翼が問題に向かっていく。寝癖のついた髪の毛がつんつん撥《は》ねている。少し離れたところで、夕食の下ごしらえをしながら見守っている。

「終わった！」

タイマーが鳴る前に、翼は鉛筆を置いた。

「あと一分二十秒あるよ。見直ししなくていいの？」

「見直しもした」

「そう。早いのね」

前回は九点、その前は八点。簡単な問題なのに、なかなか満点が取れないでいる。今日こそは取れるだろうか。円佳は切り取ってファイルに入れておいた解答を取り出した。採点するのは円佳の役割だ。翼が横から緊張した顔で見ている。丸、丸、丸、丸……。

「あ！」

円佳はちいさく叫んだ。一問だけ、間違えていた。分数と少数が入り交じった複雑な計算問題だ。翼は「あれ⁉」と短く声をあげ、「おかしいなあ」と言いながら解き直しをし、今度は正答した。どうやら途中で書いた自分の数字を読み間違えて、計算を続けてしまったようである。

「つーちゃん、いつも言ってるでしょう。雑な字で計算すると、途中で間違えちゃうって。加藤先生にも言われたでしょう」

「はい、はい」

翼はどうでもいいことのように雑に答えると、毎計のドリルをテーブルの端に投げるようにして置いた。この態度に、円佳は腹の底が熱くなるのを感じた。

「そういう態度だからケアレスミスをしちゃうのよ！　どうしてもっと真面目にやれないの？　覚えてるでしょ？　『イッセイ』で、つーちゃん、あと二問で行けなかったことあったでしょう。二問だよ。たったの二問！　悔しくないの⁉」

「分かってるよ」

「分かってない！　分かってないから、同じミスを繰り返すんだよ」

「分かってる……」

「ほんとに分かってるの？　分かってるのに、決勝に行けなかったの？　違うでしょ。分かってなかったから、行けなかったんでしょ。あの時、算数でケアレスミスして悔しかったの忘れたの？　もう絶対にしないって言ったのに、嘘《うそ》だったの？　つーちゃん、いつも、口だけなんだね。パパにも言われたでしょ？　ケアレスミスは心の問題だって。つーちゃんの心が、受験を舐《な》めてるんだよ。入試ってさ、こういうミスしたら落ちるんだよ。一点がどんなに重要か、分かってないからテキトーにやっちゃうんだよ。そんなんだからつーちゃんはエスゼロでいられなかったんだよ！」

最後のほうで、円佳は涙声になっている。

翼が無言で唇を噛む。

ちょっと言いすぎた気もしたが、自分が言っていることは間違いではないと思った。翼はちょいちょいこういうちいさなミスをし、直らないのだ。前に真治が、ケアレスミスは心の問題だと言うのを聞いて、その通りだと円佳も思った。翼は、エスワンに戻るとか、決勝に連れて行くとか、調子のいいことを言うだけ言うけれど、その実、勉強を舐めていて、真剣にならない。だからこういうミスを繰り返すのだ。

「罰として、今日は計算マラソンだよ」

円佳は言った。

「ええー⁉」

翼が抗議の声を発する。

「前に約束したよね？　ケアレスミスをしたら、計算マラソンだって」

計算マラソンは円佳が温ママのブログで知った教材で、複雑な計算を山のように解かせる苦行のような学習だ。泉太郎はこれを六年生の最後の追い込み時期にやっていたが、四年生の翼でも解けないことはない。今日はこれをやるために、加藤に作ってもらった勉強セットの、休み時間を急きょ減らさなければならないと思った。仕方がない。ケアレスミスをしてばかりの翼が悪いのだ。スケジュールを立て直し、夕食と入浴の時間を短くする。それでも足りない。いつも足りない。やるべきことはたくさんあった。やるべきことがなくなることなどきっと最後までない気がした。日々、どこかで線を引いて、次の日に回すだけ。それなのに翼はあくびをし、水を飲みたいなどと言う。トイレに行きたい、頭がちょっと痛い、足の横んとこがなんか痒《かゆ》い……。集中力のない翼を、脅したりすかしたりしながら机に向かわせるのは、全く楽しくないことだった。はっきり言って、母にとってもこれは苦行だ。先の見えない苦行なのだ。

「つーちゃんのためなのよ」

疲れてばかりいる息子に、円佳は何度も言うしかなかった。毎計と毎漢を終えたら、基礎力の算数βと応用力の算数α、国語の言葉ノート、それから理科の計算ドリルと、文章題、お風呂に入った後で、社会。記憶が定着するように寝る直前まで社会のテキストの暗記をする。全部終わるまで、机から逃げることを禁じるしかない。

夜になると、円佳はスマホのお気に入りに登録してある中学受験関連の情報サイトを立ち上げ、**【☆☆☆エイチで頑張る4年生を全力で応援する集い☆☆☆】**というクチコミスレッドを開いた。

タイトル名の通り、エイチで頑張る四年生とその保護者に対して励ましの言葉をかけたり、勉強法や志望校の選び方など有益なアドバイスをすることなどが奨励されている。非常にニッチな世界なので、見ている人は少ないだろうし、書き込む人はさらに少数だろうが、常に不思議な盛り上がりを見せている。円佳もここの「常連」のひとりだった。

新しく書き込まれたものを確認するが、模試などもない今は、わりに静かな時期だった。「全力で応援する」というタイトルを掲げながら、受験は甘いものではないぞと脅したがる自称先輩保護者も少なくはなく、そういうものを読んでしまうたびに、円佳は加藤の優しい「大丈夫ですよ」を脳内再生して正気を保たなければならなくなった。どうしてわざわざそんな場所を毎日のように覗《のぞ》いているのかといえば、時に、中には泣きたくなるほど共感できる書き込みや、優しい励ましもあるからである。そして何より、円佳にひとつの活躍の場を与えてくれるからでもあった。

たとえば前回のクラス分けテストの直後、このような書き込みがあった。

〈誰か助けてください。今回のテスト結果が悪すぎて、次のテストが不安で、夜も眠れません。主人からはお前が一喜一憂してどうするんだと言われましたが、ずっと心が張り裂けそうな状態です。まだ受験まで二年半もあると思うとこの先生きていける心地がしません。苦しいです。ひまわりママ〉

予想通り、おなじみの「エイチ卒親」やら「四天王保護者」といったハンドルネームの人物たちが、

〈お母様がそんなメンタルでどうしますか！〉とか〈中学受験やめたほうがいい。向いてませんよ〉などとお決まりの叱咤《しった》をぶつけていた。そこで円佳の出番である。

〈ひまわりママ様の投稿は、私の書き込みかしらと思うくらいに、全く同じ心境です。クラス分けに一喜一憂しても仕方がないと頭では分かっているのですが、前回のエスワン落ちのショックで眠れない日々を過ごしています。次のテストに向け、先生に相談もし、勉強の計画を立ててもらいましたが、次のテストが不安です。今は心を静めて息子を見守りたいと思います。今は苦しいですが、一緒に頑張っていきましょう　サクラサクヒマデ〉

すると、三十分もしないうちに、ひまわりママさんから長文の返事がきた。

〈サクラサクヒマデ様、書き込みを読ませていただき、涙があふれそうになりました。私は現在、睡眠導入剤を飲まなければ眠れない状態です。諸先輩方の厳しい言葉を受け、母親である私の弱さが全ての原因ではないかとさらに落ち込んでいたところ、サクラサクヒマデ様に共感していただけたことでようやく立ち直れる思いがしております。サクラサクヒマデ様は先生に相談して勉強の計画を立ててもらえたとのことですが、やはりエスワンにいらっしゃったお母様はしっかりされているのだなと感動しております。先生も、エスワンのお子さんのためには勉強の計画を立ててくださったりするのですね。よほど期待されているのでしょう、とても羨ましいです。うちの娘はエヌ上位なので先生にそれほど目をかけてもらえていないのかもしれませんが、まずはエイチの先生に相談の電話をかけてみるところから始めたいと思います。サクラサクヒマデ様、心優しいお言葉をありがとうございました〉

これを読み、円佳の心はほかほかと満たされるのである。自分の言葉が人の心を動かした手ごたえがあった。自分こそ子どものひどい結果に喘《あえ》いでいるというのに、ひまわりママを喜ばせたサクラサクヒマデとしての手ごたえは、つかの間、クラス落ちのショックから円佳を逃避させた。とはいえ、つかの間はつかの間に過ぎず、すぐに我に返る。翼はこの先どうなってしまうのだろう。家事をしていても、テレビを見ていても、心のどこかで不安が常在し、焦っているのだった。

【☆☆☆エイチで頑張る4年生を全力で応援する集い☆☆☆】に面白い書き込みがないことが分かると、円佳は指先を細かく動かして、**【話題のブログ♪ウォッチング】**スレッドへ、瞳の行き先を移動した。

案の定、皆の話題の的は温ママのブログ書籍化についてだった。しかしその内容は、円佳が思っていたことと、少々異なる。

〈需要ある?〉〈ないよね。完全に出版社のマーケティングミス〉〈だよね。売れるわけない〉〈温ママ、ウキウキしちゃって、出版社に乗せられてるの見てられない〉〈泉太郎の学校はどこ?〉〈Z中かQ学院でしょ〉〈学校名を明らかにしてくれないと、完全にフィクションかと誤解されますよね〉〈脱出発言が本になったら公立関係者にキレられると思う〉〈消しゴム事件も本にするのだろうか〉〈泉太郎、P学園ていう噂もあるよね〉……

温ママのブログは、以前は好意的なクチコミが多かったのだが、公立校からの「脱出」発言や、「消しゴム事件」などから、急に誹謗《ひぼう》中傷されるようになってきた。

消しゴム事件というのは、泉太郎が大日ゼミナールの前に通っていた地元の小規模塾でやらかしたことで、いつかのブログに回想の体で書かれていた。その内容によると、泉太郎は、テストの直前にトイレに行った隣の子の机にあった消しゴムを接着剤で机に固定させたというのだ。テスト中にそれに気づいた子が消しゴムを使えなくて、どうしたらいいのか分からなくてパニックになり泣いてしまったらしい。

温ママは**「実録！　泉太郎　反省の弁」**といったドキュメンタリー形式で書いており、自宅で実際に接着剤で消しゴムを固定させ、本当に接着剤を使われると取れなくなるのだという再現写真まで撮って紹介していた。本人は笑えると思ったのかもしれないが、明らかにやりすぎだった。案の定その日のコメント欄は大荒れで、〈やられた子がかわいそう〉〈迷惑行為です。退塾させてもいい〉〈この記事の書き方、反省していないでしょ〉など、さんざん苦言を呈された。翌日、温ママは子に顔を伏せて土下座させ、それを写真に撮ってブログに載せた。アクセス数はすごいことになったが、今度はこんなことをさせられた泉太郎がかわいそうだ、毒親だ、と批判された。ここまでいくとさすがの円佳も、この人は注目を集めるためには何でもやるタイプの目立ちたがり屋なのだと思うしかなかった。その姿は、「変わった人」としてＰＴＡの中で有名だったという楠田にどうしても重なるのである。

無事にエアチケットを入手できたようで、その情報が真治からメールで送られてきた。同じメールが届いていたのだろう、同タイミングで義母からも電話がかかってきて、空港まで行くモノレール駅のホームという不思議な場所で待ち合わせることなどが決まってしまう。受話器を通して声だけはにこやかに応じながら、鏡に映る円佳の顔は強張り続けた。

最初真治からは一週間と言われたが、夏期講習の日程が分散していたおかげで、八月頭の三泊四日という短い滞在におさえることができたのは幸いだった。

しかし、たった四日でもきつそうだ。義父母との会話が不安なのか、息子の成績が落ちた状態で行くのが嫌なのか、おそらくはその両方なのだろう。中国に行く日を思うだけでいらいらし、翼にあたってしまいそうになる。

口に出して言ったことはないのだが、円佳はどうにも義父母が苦手だった。他人として会って、ちらと付き合うくらいならば、たいした印象を持たずに済んだかもしれない。眼科医の義父と茶道を嗜《たしな》む義母は、一見上品で社会性もある夫婦だ。しかし、家族という立場で距離を縮めて話をしてみると、彼らがちょっとおかしな人物たちであることに気づかざるを得ない。

翼のお食《く》い初《ぞ》めをした日だったか、義母は円佳の両親もいる前でこんなことを言った。

「長男の誠治《せいじ》は地方の医学部に行っちゃったせいで、向こうのおうちに取られちゃったの。でも、あっちはどうせ女の子しか産んでないから、いいんです。わたしは有泉家の直系は翼だと思ってますから、円佳さん、翼には一流の教育を与えてくださいね」

それから義母は、まだ歯も生えてないちいさな孫に、「翼ちゃんは将来何になるのでしゅかねえ。お医者様でしゅかねえ。じいじの病院継いでくれましゅか」と語りかけたのである。円佳の父は無表情だったが、母はこの会話に顔を引きつらせた。そして円佳は、母がこうした物言いを不快に感じる人だというのをよく知っていた。

母は勤め先の盥《たらい》工場が閉鎖した後も、資格があったことですんなりと地元の給食センターに転職した。その数年後には副責任者に就任したというから、栄養士として優秀なのだろう。努力家で、家でもよく勉強をしていたが、円佳に高偏差値の学校に行くことを強いたりはしなかった。贅沢《ぜいたく》を嫌い、華美な服装やブランド物などを好む人間を軽蔑するようなところもあった。そんな母にとって、「一流の教育」という単語はどう響いたのだろう。母は、去年の夏休みに帰省した時も、塾の宿題をやっている翼を見て、「無理をさせているんじゃないか」と懸念していた。

かたや、義母は孫の教育の動向に興味津々である。円佳は、義母に何を言われても毒にも薬にもならないぼんやりとした反応で押し通し、関係を薄く薄くしようと心がけてきたが、うっかり翼の幼稚園がモンテッソーリ教育で有名で、お受験をする子も多いのだと話してしまった時など大変だった。大学附属の小学校ではなく、中学受験をする子の多い私立小学校に入れて、完全中高一貫の男子校を目指したらどうかなどと口出ししてきた。どれほど素晴らしい教育をしてくれるか力説したのだ。その内容はあまり覚えていないが、義母は自分の息子ふたりを完全中高一貫の私立男子校に入れたことが誇らしいのである。

といっても、真治は第一志望の学校に受からなかった。それについては義母もほろ苦い記憶があるらしく、あまり詳しくは話さない。ただ、第二志望だった学校の教育が良かったおかげで、真治が良い大学に入れたと信じているようだ。あの子は中学受験で失敗した分、大学受験で帳尻を合わせたという発言は、その時に義母の口から出たものである。

「へぇえ、すごいですねえ」

と、その時はあえてぼんやりした反応を返した円佳だったが、今こうしてエイチに通わせることになり、日々成績と睨《にら》めっこでやきもきするに至った背景には、翼の幼少期に義母から刷り込まれたものが少しはあるのかもしれない。義母も義母なりに、息子の成績にやきもきしたこともあったのではないかと、体験談を聞いてみたい気にもなるが、何を言われるか分からないという怖さもあって、あまり踏み込まないようにしている。

幸い義母は、彼女の世界の社交に忙しく、反応の鈍い嫁をそれほど構ってはこなかった。だが、盆や暮れにはどうしても顔を合わせないといけなかった。誠治たち医師夫婦は多忙を理由に実家にあまり帰ってこない。来る時も、わざわざ都心のホテルを取って、義父母のもとには数時間滞在するだけというそっけなさだ。長い時間を義父母と一緒に過ごしている、そういう時、義母だけでなく、義父もまた、なかなかに癖のある人物だと気づかされるのである。

そういえば、翼に義父が「将来は何になりたいんだ?」と訊いたことがあった。

今も円佳はあの時の義父と息子のやりとりを思い出しては、笑い出しそうになる。その笑いには、薄ら寒い靄がかかっている。ばかばかしくて、おかしいのに、少しばかり怖いのだ。

翼は、久しぶりに会う祖父に突然突きつけられた質問にもじもじした。すると義父は「誠治おじさんみたいな医者か、真治みたいなサラリーマンか、どっちだ」と言った。

「どっちでもない」

翼は言い、だよね? というふうに円佳を見た。そして、

「水泳選手」

と、答えた。

「そうか」

頷いた義父は、そのあと何を思ったのか、真治の兄である誠治が、小学生の時にいかに優秀だったかということを話し始めた。その話は「振り」で、いつ翼の話に戻るのかと思ったら、最後まで戻らなかった。翼だけでなく、これには傍らで聞いていた円佳もポカンとした。

普通の大人なら、水泳選手になりたいと子どもが言えば、何らかの反応を返す。社交辞令であっても、「すごいね」くらいは言うものだし、少しでも興味があれば、普段の練習の話を訊いたり、得意

な種目を訊ねたりするかもしれない。

円佳はまじまじと目の前の男を見つめた。ちょうど翼は、育成Bに上がった直後だったのだ。長年の夢だった育成コースへの合格が、翼はとても嬉しくて、決まった時はプールサイドでガッツポーズをしていた。しかしあの子はそのことについて以後ひと言も祖父に告げなかった。祖父にとって水泳が全く価値のないものだと、子ども心に感じたのだ。

後になって円佳は、義父がやっている病院名を入れてネット検索してみたのだが、〈腕のいい先生です〉〈適切な薬を出してくれます〉といった良いクチコミの合間に、〈子どもに対して冷たい〉とか〈質問をすると嫌な顔をする〉といったネガティブな意見も散見され、〈無視された〉という書き込みには、妙に納得すらしたのである。

翼の成績が落ちている今、義父母と一緒に中国に行くことを思うと、円佳の心は重く沈んだ。

思えば夢中でリースの飾りを選んだあの短い時間は、本当に貴重だった。緑や枝や煌《きら》めく貝殻に触っていたあの時間だけは、心が凪《な》いだ気がする。今はいつも頭の隅でエイチのクラスのことばかり考えている。スマホに触れれば、自動的に掲示板を見てしまう。東大ダディは毎日元気いっぱいに嫌味な投稿を続けている。

相変わらず翼は口だけで、自ら勉強しようとしない。よく見ていると、国語の学習は楽しそうだし、社会の資料集もいつまでも眺めているのだが、算数の勉強を嫌がる。掲示板を見ていると、算数は好きだが国語ができないという男の子のほうが多いようだが、翼は逆だ。文系なのだ。しかし、中学受験の点取りにおいて算数より国語の得意な子は損をしているように思う。エイチのクラス分けテストで、算数のできる子は高得点を取りやすいのだ。国語は、どれほど得意でも記述問題で満点を取ることは難しい。だからこそ、翼が最も勉強時間を割かねばならないのは算数だ。翼がそこを避けようとするので、自動的に円佳が勉強をさせないといけなくなる。

今日のノルマは全て考えた。五十分刻みで五本、しっかり家庭学習をさせるのだ。本当なら四本の予定だったが、十分の休み時間を七分に減らし、夕食や入浴にかける時間も削ることで、なんとか五本確保した。とにかく算数。計算力の時間と、思考力の時間。あとは理科が二コマ。社会が一コマ。加えて漢字テストの対策も。四時から始めなければならないスケジュールなのに、三時を過ぎた今もまだ息子は帰宅しない。

円佳は夫に息子のクラス落ちについて打ち明けていない。何度か話そうと思ったが、なぜか言えないままだ。

どうして言えないのだろう。がっかりさせたくないから？　悲しませたくないから？　不機嫌な顔を見たくないから？　母親である円佳はリアルタイムで結果を知って、がっかりしているし、悲しいし、不機嫌な顔をしているのに、この辛さをひとつとして共有してもらえないのだ。共有させないようにしているのも、ひとりで背負い込もうとしているのも自分自身なのに、円佳は腹が立ってくる。真治は、知らない国で、息子が難関2まで落ちたことを知らずに過ごしながら、のほほんと両親を招こうとしているのだ。

円佳はちいさく頭を振る。今は嫌なことばかり、考えてしまう。そういう時期なのかもしれない。

スマホに指を這わせ、**【大日温泉でゆるふわ中学受験ブログ　♪♨浸かってたら受かっちゃいました♪】**を開く。

更新頻度が高い温ママなだけに、新しい記事が更新されていたが、**「ファミレスにて息子とランチ」**

という平々凡々なタイトルに、少しがっかりした。もっと刺激的なものを読みたかった。

刺激的……。

たとえば、このあいだ泉太郎が中学校の定期テストで赤点を取った時の話は面白かった。泉太郎が赤点を取ったため、温ママは中学に呼び出され、先生と面談をするのだ。そのやりとりを面白おかしく描いたブログは大きな反響を呼び、アンチサイトでは「どこの学校だろう」とますます激しい予想合戦が繰り広げられた。

ああいう記事を読みたかったのに……。


「ちょっとぉ　ちゃんと口の周り拭きなさいよ」

温ママが言うと　ゴシゴシゴシ
目の前の紙ナプキンで　泉太郎　口の周りを拭いている

が
あれ？　汚れが落ちてない‼
全然落ちてない

また食べ始める泉太郎　よく食べるねえ

その顔をじっと見ている温ママ

「げ！」

途中で気づいて叫んだよ

「ヒゲだよ！　あんた　それ　ヒゲだよ！」

なんで今まで気づかんかったのかー　母親！

中学に入って以来　泉太郎　忙しくなっちゃってさ
真正面から顔をじっと見る機会なんか　ずーっとなかったんだよね

「え　ヒゲ……？」

戸惑ってる泉太郎　その表情はチビッ子　けど　ヒゲ付き

「ヒ・ゲ！」

温ママ　つい身をのりだして　そのほっぺたを両手でつかんじゃう

「や　やめてよ！　何するんだよ！」

のけぞる泉太郎　のけぞるヒゲ

でもね　泉太郎はまだ　ママの手を振り払わなかったよ　困った顔はしたけど　振り払わなかったよ

あ　両手にナイフとフォークを持ってたからか　なーんだ

あんなにちっちゃくて　ほっぺがぽちゃっとしてて　私の肩あたりに頭があって「ママー」って呼んでくれて

私が差し出した手を　いつも握り返してくれた

ちいさかった泉太郎

そうか　君は　どんどん大人になっていくんだね

画面が滲んで見えなくなった。

下世話な刺激欲しさに読んでいたはずが、うっかり感動してしまったようなのだ。涙の膜が、瞳を覆う。

子どもはどんどん成長してゆく。そんな当たり前の喜びと寂しさが、温ママのおちゃらけた文章の中に綴《つづ》られていて、なんだか泣ける。どうしよう。

急に、翼に会いたくなった。時計を見る。もう少ししたら翼が帰ってくる。

四時から勉強させないといけないと焦っていた気持ちが、嘘みたいに薄れていた。

見慣れた翼のつるりとした頬も、握り返してくれる手も、「ママー」と呼ぶ甘い声も。考えてみたらそれらは全て、十歳の翼の今だけのもの。それがどれほど貴重で、人生の中でどれほどの刹那《せつな》かとふいに気づく。さっきまで全く別のことで苛立ち、落ち着かなかった心が、今はまっすぐに翼を大切に想《おも》う。夕ご飯は何にしようか。あの子の好きなつくねを作ろうか。喜ぶ顔を見たかった。誰もが言っているように、勉強より大切なものはいっぱいあるし、算数ができなくたって、翼が翼である限り、それが最高のことなんだ。

円佳の中に息子を抱きしめたいような甘い気持ちが満ちてゆく。

だけど、その気持ちが長く続くわけではないということもすでに知っている。

夏期講習のクラスを分けるテストは七月頭に行われた。

試験範囲が決まっているテストだったので、とにかくもうみっちりと、出るところは完璧にやりこんだ。**【☆☆☆エイチで頑張る4年生を全力で応援する集い☆☆☆】**の掲示板では「ドーピング」と呼ばれてタブー視されているが、今回だけ特例だと自分に言い聞かせ、円佳はテストの直前に学校を二日休ませた。もちろんその二日間には朝から晩まで円佳が横に貼りつき、勉強を見た。睡眠確保の約束がきつかった。算数の問題はテスト範囲の問題を全て三度ずつ解き、漢字も完璧、熟語も完璧、理科と社会もテキストを舐めるようにやった。

テストの日、翼の手ごたえは、「微妙」というものだった。自己採点をしてみると国理社はそれなりに取れていたものの、算数の点数が前回よりも下がっている。円佳はがっくりし、二、三、ひどい言葉を息子にぶつけてしまった。

しかし、数日後にスマホに通知された結果を見た彼女は、思わず目を見開いたのである。

有泉翼さんの新コースは「四天王1」です

「やった!」

ひとりの部屋で円佳は叫んだ。

次に、成績帳票を見て、「嘘⁉」ともう一度ちいさく叫ぶ。

なんと、翼はこれまでで最高の順位を取ったのだった。六千人を超える受験生の中で、総合順位が二桁‼

「え⁉　嘘でしょ⁉　え⁉」

偏差値も、入塾以来初めて、星波のそれを上回ったではないか。

勝因は理社だった。かけた時間がそのまま点数になったのだ。算数も、自己採点の点数が低かったのでつい翼を怒鳴りつけてしまった円佳だったが、今回は平均点がとても低かった。普段よりも難しかったようなのだ。範囲が決まっているテストなのに、初見の問題も出たんだと翼が言っていたのは本当だった。結果的に、順位も偏差値も前回から大きく跳ね上がり、エスワンに戻れたのである。

この事実は円佳の心を晴れわたらせた。義父母との中国行きという大きなストレスさえ吹き飛んだかのようである。

つーちゃん、ありがとう！　本当にありがとう！

円佳はほとんど涙ぐみながら、学校から翼が戻るのを待ち焦がれた。翼に、クラスアップしたことを、早く教えてやりたかった。義父母にも真治にも、皆に伝えたいくらい、円佳の心は晴れわたった。

一喜一憂しないようにとはよく言われるが、これが「一喜」と分かっていても、長いこと「憂」の時間が続いたのだから、この「喜」を思い切り味わいたかった。そして、出てきた数字に円佳が上機嫌になればなるほど、翼は、成績を上げれば母親は自分を好きになってくれると思うのである。

一学期の終業式の翌々日から夏期講習が始まった。

エスワン復帰である。久しぶりの最上位クラスに翼がついていけるか、円佳ははらはらしながら見守ったが、特に問題はなく、楽しそうに通っている。

二日目の夕食時には、

「エスワンの子たち、みんな星波を受けるんだって」

という報告もあった。

「ええ⁉　もうそんな話なんてしているの」

「加藤先生がみんなに訊いたんだよ。ＭＭコンビも岡野くんも星波が第一志望だって答えてたし、七段も、お兄ちゃんが通ってるって」

「七段って相沢くんだっけ」

「うん、そうだよ」

加藤は、エスワンの子たちには、もう志望校のことなど訊くのか。円佳は驚いた。相沢くんというのは、たしか将棋が得意な子だ。お兄さんも星波とは、なんという天才兄弟なのだろう。そんな子の親は、どんな人なのだろうか。

嫉妬心が全く湧かないことに、円佳は安堵《あんど》した。エスワンの子たちは次元が違う天才なのだ。彼らに良い刺激をもらえているのだから、嫉妬どころか感謝しなければなるまい。

「つーちゃんも訊かれたの？」

味噌汁を啜《すす》りつつ、円佳は訊ねた。

「うん、まあね」

好物のまぐろの刺身に醤油《しょうゆ》をつけながら、翼は大人びた答え方をする。

「で？　つーちゃんはどこって言ったの？」

円佳が訊くと、翼は「それは……」と言って恥ずかしそうに伏し目になる。その顔がたまらなく可愛くて、円佳は「教えてよ」とほっぺたをつつく。

「星波」

ちいさな声が返ってきた。瞬間、円佳の心はぱあっと広がった。

「ええっ。つーちゃん、星波に行きたいの⁉」

大声を出すと、

「でも、まだ、パパには言わないで」

翼が慌てる。

「どうして？」

「どうしても」

可愛いなと思う。

「オッケー。ちょっと恥ずかしいもんね。でも、ママは大賛成だし、全然目指せると思うよ。それに、つーちゃんにあのブレザー、似合うと思うな」

「星波ブルー、いいよね」

と、翼が言うので笑ってしまう。ブレザーの色が、たしかにちょっと青みがかっていて、変わっているのだ。星波ブルーなんて言われているけれど、翼は、この春に星波の文化祭を訪れた時、制服を着た生徒たちを見ても何の感想も告げなかった。おそらく星波ブルーがかっこいいという発想も、他の子や先生の受け売りだろう。それでも円佳は嬉しい。こうやって周りの子たちから良い刺激を受けていく。それは、親が与えられるものではない。だからこそ、子どもには、環境作りが大切なのだと実感する。加藤はさすがだ。まだ五年生になる前の時期から、こんなふうにして、子どもたちに、日本のトップ受験生としての自覚を促していくのだ。

「でも、星波って、入るのすっごく大変だよ。なんてったって日本一の学校なんだからね。つーちゃん、大丈夫？」

試すように円佳が言うと、

「分かんない」

少し自信なさそうな答えが返ってきてしまい、円佳は自分の質問を悔やむ。せっかく息子が希望の名前を言ったのだから、全面的に応援すればいいのに、どうして自分はすぐにいらぬことを言ってしまうのだろう。

「でも、行きたいんだよね？」

「うーん」

「何、何」

「ただ、ちょっと問題があってさ……」

「問題？」

「まあ、プールがないってことなんだけどね」

と、翼は言った。

ああ、やっぱりそのことか、と円佳は思った。星波学苑にはプールがないのだ。代わりに年数回、近隣の区営プールでの水泳学習および中学一年生と高校一年生を対象に海辺の宿舎を借り切って数泊の水泳教室が開かれるということだったが、やはり水泳部はないらしく、それは円佳も少しばかり気になっていた。

「プールっていえば、パパの学校のほうが良かったし、水泳部もなんか、すごい感じしたからさ」

と、翼が言ったので、円佳は少し身構える。

「でも、プール以外の面では、星波がいいんだよね？」

慎重に確認すると、

「星波にはリンカイがあるから、それは、かなりポイント高い」

と翼が言う。

「リンカイ？」

「臨海教室。相沢くんが言ってた。全員ふんどしで海、泳ぐんだって」

言いながら、翼は嬉しそうに笑う。

「ふんどし⁉」

円佳も笑う。水泳教室を「リンカイ」と略すあたりも、在校生の兄弟ならではだなと、なんだか眩しく思える。

「星波志望のみんな、リンカイだけは嫌だって言ってるけど、俺はむしろ、それ、やりたいんだよね。だって、水泳できる子だけ特別チーム組んで、沖まで泳ぐって言ってたし。俺、絶対、特別チームだからさ」

「それは絶対そうだよね。つーちゃんくらい泳げる子なんて、いないと思うよ」

「まあね、俺、選手だったしさ」

「じゃあ、星波を目指して、もっともっと頑張ろうね」

円佳は、なんだか心が明るく光っていくような喜びに包まれる。

この一年間、円佳は翼を連れて、星波をはじめとする名だたる学校の文化祭に足を運んだ。そのたびに、円佳は落胆してきたのだった。

中学受験関連の雑誌や漫画などを読むと、たいがい小学生というのは中学の文化祭に目を輝かせ、「この学校に行きたい！」「あの部活をやりたい！」などと言い出し、そこから必死に努力してゆくというストーリーである。しかし翼に関しては、そのような素敵な展開にならなかった。小学生男子たちが夢中で見て回っている生物部や歴史部などの手の込んだ展示にも、脱出ゲームや縁日といった楽しそうな催しにも、実験クラブの体験コーナーといった企画にさえも。「やってみる?」「いい」「見てみる?」「いい」……そんなやりとりだけで廊下を歩き、二時間も滞在しないうちに、「疲れた」「もう帰ろう」と言い出す始末。

翼が目を輝かせた文化祭は、小三の時に初めて見に行った政徳《せいとく》中学のアーティスティックスイミング発表会だけだった。

海パンの少年たちが、音楽に合わせて水面で力強くジャンプをしたり、かっこよく決めポーズをしたりし、客席からは大きな拍手が湧いた。

拍手をしながら円佳が隣を見ると、翼はまばたきも忘れたかのような顔だった。見学席のガラス窓に額を張りつけ、目を丸く開いて見入っていたのである。

その顔を見た時、円佳の心に生まれたのは、あろうことか若干の後悔であった。父親の母校だからといって、この学校を最初に見せて良かったのだろうかと思ってしまった。ここが、この子の第一志望になってしまうかも……。もっと上を目指せるのに、ここで満足してしまうんじゃないかという思いが、スゲエ……と無邪気に呟いた息子に対し、

「いろんな学校があるからね。いろいろ見てみようね」

と、円佳にクールな態度を取らせた。

だが、最初の感動が大きかったせいだろうか、その後、政徳中学よりも偏差値の高い学校をいろいろと回ってみたものの、翼の反応はいまいちだった。

この子に「熱望校」などできるのだろうか……。そんなことを思っていた矢先に、ようやく出てきた固有名詞が「星波」だった。これこそ文句のない、ぴかぴかの志望校だ。

エスワンに戻れて良かった。今、改めて、そう思う。

もう志望校が決まっている意識の高い子たち。しかもそのほとんどが星波を目指すという。そんな仲間たちが息子の気持ちを引っ張っていってくれる。「リンカイ」の話を出してくれた相沢くんには特に感謝しなければなるまい。星波にプールがないことは、円佳も若干気になっていたのだが、「リンカイ」は翼にとって素晴らしいアピールポイントになったようだ。

円佳は文化祭見学をした時に見た星波ブルーのブレザーたちを思い浮かべる。襟に、星波のトレードマークである星とペンを重ね合わせた校章がついていて、あれがキラリと賢げに光るのがたまらない。道行く人は、翼の姿を見て、「星波の子だ」とすぐ気づくだろう。学校指定の、白い斜め掛け帆布鞄《かばん》にもこのマークがついている。かっこいいんだな、あの姿が。円佳の脳裏に、星波の生徒になった息子が、西阿佐ヶ谷の町を友達と語り合いながら歩いてゆく姿が浮かぶ。

——星波を目指して、もっともっと頑張ろうね。

さっき口にした自分の言葉が、その姿に重なった。

中国行きの飛行機で、最新のクラス分けテストの成績帳票を見た義母は、またたく間に上機嫌になった。

周りの乗客たちに聞こえそうな大声で、「この子、誠治より賢いんじゃあない？」「玄陽にしたらいいわ」「将来、うちの病院を継いでくれたりして」などと浮かれまくり、しばらくおさまらなかったのだ。

のちに、あの人にあんなものを見せなければ良かったと何度も悔やむことになるのだが、その時は円佳の精神状態もおかしかった。義母の浮かれ具合を不快に思わなかったのである。夏期講習の前半タームを無事に終えた満足感で、円佳の心もまた、はしゃぎ続けていた。

中国に行くのは二度目だ。

一度目は、真治が赴任して最初の夏である。家族で大陸の大都市を巡る旅行をしたのは良い思い出だ。その頃真治が住んでいたのは、中国系のシティホテルだった。クローゼットや洗面所や風呂場をすっかり自分仕様にしていたうえ、少しは自炊もしているのか、ミニキッチンにはみりんや料理酒など、こちらでは手に入りにくい日本の調味料が並んでいたのを覚えている。細長い部屋にエキストラベッドを入れてもらい、三人で並んで寝た。その後、真治の仕事が忙しくなったことに加え、政治情勢が安定しない時期が続き、円佳たちが中国に行くことはなかった。

今回、中国を訪れるのは三年ぶりである。以前はタクシーだったのが、この日は運転手付きの大型リムジンで迎えてくれた。駐在が四年目の真治は、来た頃に比べるとすっかりこちらの空気に馴染《なじ》んでいる様子で、運転手とも中国語で楽しげに語らい、指示を出していた。街は、ほんの三年間でさらに発展を遂げたようで、アジアンな賑《にぎ》わいと、SFチックなインテリジェントビルが混在し、翼は窓ガラスに額を押しつけるようにして見入っていた。

ひと通り市内見学をした後で、夕食前に、真治の現在の住居であるタワー型のホテルに連れて行ってくれた。社内で昇格した時に、住まいのランクも上がったと言っていたが、まさかこんなに良い部屋を借りているとは。リビングルームと寝室が分かれており、トレーニング室までついた部屋の窓からは市街が広く見わたせたし、丸いかたちのお風呂にはバブリーな浴槽ライトまでついていた。中国の、上海《シャンハイ》や北京《ペキン》ではない内陸の都市で働くことをどこか不安に思っていた節のある義父母も「ここならわたしたちでも暮らせるわねえ」「引退後はこういう暮らしがしたいわねえ」などと感心し、その様子を真治は満足そうに見ていた。次に真治は、義父母と円佳たちが泊まるホテルに連れて行った。真治が住んでいるホテルはもう部屋が取れなかったということで、少し離れたところにある別のホテルを取ってくれたのだ。

初日の夜は、ホテルの最上階にあるレストランで、中華のフルコースを食べた。息子と孫がそれぞれの場所で大活躍をしていることに心を満たされた義母は、丸テーブルをくるくると回しながら、旺盛な食欲を見せた。そしてその席でふたたび翼の塾の話になったのである。

「真ちゃん、つーちゃんは本当にすごいのよ。もしかしたら誠治よりも上に行くかもしれないくらい」

上に行く。いかにも義母らしい言い回しに円佳は苦笑するも、悪い気はしなかった。

「ほら、円佳さん。あれ真ちゃんにも見せてあげたら？　それとも、もうネットか何かで見せてるの？」

あれ、というのは、飛行機の中で見せた最新の成績帳票とクラス分け通達書だ。すでにテレビ電話で話した時に真治には見せていたが、バッグから抜き出してわたした。

真治の手の中で広げられたクラス分け通達書は、改めて見ると、ちょっと凄《すさ》まじいものがある。この夏期講習からさらに生徒数が増えたのだろう、クラスが三つも増え、合計で十八もある。それが全て点数順に並べられているのだ。

「おまえ、ここか」

一番上を指さして、真治がにやりとする。

「そうだよ」

翼が澄ました顔で言う。

「前からずっとここだったもんな。エイチで一番上のクラスなんて、日本でもトップレベルってことだって、大石も言ってたぞ」

少し前に難関2にまで落ちたことを知らない真治は、義父母に聞かせようとするかのように言った。

義母が、

「あのねえ、わたし、つーちゃんに、玄陽はどうって勧めてたのよ。誠治伯父さんの制服がきれいに残ってるから、それを着てもいいからね。どうせ、あっちの家は女の子しかいないんだから」

と言い、

「そんな古い服を着るやつがあるか」

否定する義父の顔も、紹興酒《しょうこうしゅ》で赤らんでいる。

「あら、そうやって代々譲り受けたものを着ているんですっていう方、誠治の時にも、何人かいらしたわよ。ボタンだけ譲り受けたっていう方もいたわよ。おじいちゃまから玄陽っていう家系もあるんだから」

周りが日本語を喋《しゃべ》っていない安心感からか、義母の声は一層大きくなってゆく。

真治が、

「いや、翼は志望校がもう決まっているんだよな」

と皆に言った。

え、と円佳は彼の顔を見た。

「あら、そうなの。どこなの」

義母が訊ねる。

「星波だよな」

あっさりと、真治は言った。

翼の顔が赤くなる。

円佳は少し焦った。直近のテレビ電話で、翼の言葉を真治に伝えたのは円佳だったが、その時にちゃんと口止めしたつもりだった。

「あら！　つーちゃん！　星波に行きたいの⁉」

義母の声がウサギのようにぴょんと跳ねた。

「あそこの運動会は今も有名なのかしら。ほら、障害物競走をやるのよね。とっても本格的なの。あれの、匍匐《ほふく》前進でね、お腹《なか》に血を流しちゃった子がいて、ほら、あの学校は運動会を上半身裸でやるのよ。それを見ちゃったもんだから、誠治は星波を嫌がって、それで受けなかったの。玄陽はね、式典の時以外は私服でもいいくらい、星波より自由で」

「今は四天王の中では星波がひとり勝ちなんだよ」真治が遮《さえぎ》った。「それに、もう今はそんな血ぃ出すようなアレはないよ。変なこと言って、翼を怯《おび》えさせないでくれよ」

「そうだ。おまえはいつもひと言多い」

義父も義母を窘《たしな》める。しかしその程度でめげる義母ではない。

「そうだ！　たしか和《かず》ちゃんのところの下のお子さんが星波に行って、東大出て農林水産省に勤めてるから、良かったら今度、和ちゃんに訊いてあげるわよ」

「何を」真治が眉根を寄せる。

「何をって、だから、どんな学校だったかとか、先生のこととか、いろいろよ。和ちゃんにだったら、なんだって訊けるから」

「やめてくれよ。ていうか、意味ないでしょ。もう、何十年も前の卒業生に何訊くの」

真治がやれやれとばかりに首を振り、義父もちいさく舌打ちをする。義母はしかし動じず、その後も、星波と玄陽の比較をしたり、西阿佐ヶ谷ならうちからのほうが近いから朝練があったら泊まりにくればいいだとか、友人の孫が晃ヶ丘中学に合格したのに都立一貫校に行ったのよ信じられないでしょうだとか、油でてらてら濡《ぬ》れたくちびるでずっと喋っていた。翼は静かに料理を食べ続けていた。

円佳は途中から、翼がほとんど喋っていないことに気づいた。心がここにはないような、どこかぼんやりとした顔で、彼はご飯を食べ続けていた。

「まあ、この成績をキープできれば、日本中のどの学校もよりどりみどりだよ」

真治が言い、義母がはしゃぎ、義父が満足げに杯を重ねるその横で、円佳は急に息苦しさを覚えた。しかし、この旅行に成績帳票やらクラス分け通達書を持ち込んだのは円佳だった。真治に翼の星波志望を告げたのも円佳だった。自分がすべてのきっかけを作った。こういうやりとりを、せめて息子に聞かせないようにしたほうが良かったのではないかと思ったが、今さら遅かった。

真治はホテル前のタクシーに乗って帰り、義父母とエレベーターに乗って、部屋の前で別れた。

翼とふたりきりになったとたん、円佳は体中の力が抜けるのを感じた。翼も同じだったようで、ベッドにダイブし、そのままごろごろしている。

真治と同じ部屋でなくて良かったかもしれないと思った。最初は、義父母はともかく自分たちまで別のホテルに泊まるなんて宿泊代の無駄だから前みたいに真治の部屋にエキストラベッドを入れてもらえないかと言ったのだが、夜中にも欧米支社とテレビ会議があるし、義父母だけ離れたところに泊めるのは心配だと返され、ここになった。そうしてもらって良かったと、今は思う。真治に久しぶりに会ったばかりなのに、もう疲れている。たぶん義父母とずっと一緒にいたせいだと思うのだが、真治と離れられたことにもほっとしている。

「つーちゃん」

円佳は、翼に呼びかけた。

志望校の話……、口止めされていたことを勝手に喋ってしまったのだから、やはり謝らねばならない。ごめんね、つーちゃん。ママ、つーちゃんが星波を目指すっていうの聞いて、嬉しくなっちゃって、つい、うっかり、言っちゃったの。だけど、じいじもばあばも大喜びしてくれてたし、良かったじゃない。みんなでつーちゃんのことを、応援するよ。

そう言おうと思って迷う。案外、翼は気にしていないかもしれない。だったら、蒸し返さないほうが良いかもしれない。

「疲れてる？　先にお風呂に入りなさいね」

優しく呼びかけながら、こういう声を出す自分を卑怯《ひきよう》だとかすかに思った。謝ることで母親の罪悪感を翼に知られてしまう気がし、他愛《たわい》もないことだと認識させるべく、明るく振る舞おうとしている。もし同じことを人にされたら、こんな軽んじられ方はないと思うだろうが、母が子にそれをする。

「う」

翼は顔を見せずに短く答えた。円佳は風呂場へ行き、浴槽に湯を張ってから戻り、

「あれ、もう寝ちゃった？」

珍しく俯せて顔を隠している翼に訊ねる。

「う」

もう一度、翼が短く言った。

俯せたまま起きない翼に、急に不安を覚えた。

泣いてる？

と思ったら、

「寝てないよー」

翼が顔をあげてこちらを見た。おでこをつけていたみたいで、赤くなっている。泣いてはいなかった。ほっとした。

「今日のご飯美味《おい》しかったね」

円佳が明るく言うと、

「お腹いっぱいで、痛いくらいだよー」

翼が答えた。

その顔が思いがけず朗らかだったので、円佳はほっとした。どうしてさっき、翼が泣いているなどと思ったのだろう。「食べすぎたー」と翼はお腹に手をあてて、足をばたばたとして、可愛らしい、

いつもの翼だった。円佳は翼の隣に横たわり、顔を近づけて、「あー、そういえば」とまるで今思い出したかのように、「ママ、つーちゃんが星波を目指すっていうの訊いて、嬉しくなっちゃって、こないだ、つい、パパに言っちゃったんだよね。ほんとママ、そそっかしくてごめん」と、軽薄な口ぶりで言った。やはり、何も言わないわけにはいかない気がしたのだった。

するとは、翼は、

「あ、そっか！」

と、頓狂《とんきょう》な声をあげた。

「俺、なんでパパが俺が星波に行きたいこと知ってるんだろって思ってたら、やっぱりママが言っちゃってたんだー」

けろりとした顔でそう言う翼に、円佳は拍子抜けした。なんとなく、義母の勢いや、真治からの圧のせいで、翼の心がきつくなっているのではないかと思ったのだが、子どもはそんなにヤワでもないようだ。円佳は頰を緩めた。同時に、息子に対して、さっきとはまた違う申し訳なさを感じた。目の前で大人たちが、自分をだしにあんな下品な会話をして……。そう、下品だったよね。あの会話は下品だった。こんな純粋なつーちゃんの前で、ごめんね。

思えば、義母は始終、誰かや何かと比較する話ばかりをしていた。真治も、翼の成績の話ばかりをした。誰も、翼に、今の学校のことや、友達のことや、翼が勉強以外で頑張っていることを訊かなかった。翼の未来をもてあそぶように、あれやこれやと好き勝手に期待した。

「ばあば、星波に友達がいるって自慢してたね」

と、翼は言った。

「自慢って……」

円佳は苦笑した。あれは子どもからみても自慢なんだと思ったら、おかしかった。

「でも、ばあば、玄陽のほうがいいみたいだったね」

翼が言う。

「そんなことないわよ。星波のことだって……」

「誠治伯父さんが出た学校だから、玄陽に俺のこと、行かせたいんだよ」

「そうかもね。そういう気持ちがあるのかも」

「だけどさ、パパの政徳中学のことは、一回も言わなかったね」

「……そうだったっけ」

「そうだったよ」

当たり前のことのように、翼は言った。その顔をちらりと見た。少し眠たげで、どこかきょとんとした幼げな、あまり深く考えてはいなそうな顔だった。だから円佳は安堵した。そして、もうこれ以上、義父母の価値観に触れさせるのは良くないと思った。

「お風呂、入っておいで」

話題を変えようと明るく声をかけた。

「政徳の偏差値が低いからだよね」

と、翼が言った。

「え?」

何か冷たいものを、背骨のあたりに感じた。

「ちょっとぉ。つーちゃんだって、政徳の文化祭、すごく気に入ってたじゃない。それに、パパが出た学校を、低いなんて言わないでよ」

わざとむくれた顔を作ってみせて、円佳は言った。

今思えば、政徳中学の文化祭こそ、翼が心から楽しんでいるように見えた唯一の学校ではなかったか。温水プールで男子生徒たちが繰り広げるアーティスティックスイミングにびっくりしていた。見学席のガラス窓に貼りつけた額。スゲェ……、ともらした吐息。その後見て回った校内の様々な教室で、プラモデル部やボードゲーム部の活動に、「全部遊びじゃないかあ！」と無邪気に顔を輝かせていた。

「相対的なことだよ」

今、翼はそんなふうに言う。

「相対的？」

「星波は70超えてるじゃん。玄陽は63だし、赤学は67だし、あと、ばあばが滑り止めにしたらって言ってた城王だって60あるけどさ、政徳ってもっと低いでしょ」

円佳は息子の顔を見た。

翼は澄んだ目をしていた。全ての学校に数字がついていることを、小四にもなれば、知っていて当然だ。塾の壁に貼ってある。

「つーちゃん、そんな数字、覚えてるんだね」

「ふつうだよ」

「ねえ、つーちゃん」呼びかける息が掠《かす》れた。「そういうふうに偏差値で学校を見るの、ママはどうかと思うな」

「なんで?」

「なんでって……学校の価値って偏差値だけじゃないでしょ。校風とか、お友達とか、部活とか。それぞれにいろいろな良いところがあるんだから、もっと視野を広げてほしいの」

「うん」

自分はこの子に何を求めているのだろうと思った。一ポイントでも上を取るよう強いるその口で、偏差値など見るなと言うのか。

急に、自分が、いろいろなことを間違えてきた気がした。

何がどうとははっきりは言えないが、本当に、いろいろなことを。

何か言わなくてはと思って、円佳が深く息を吸い込んだその時、

「たしかに政徳のプールは良かった。あそこはまじで、いいタイム出そうな気がする!」

力強い声で、翼が言った。

それを聞き、円佳はなんだか泣き出しそうな気持ちになって、

「最初に見た時から、つーちゃん、気に入ってたものね」

と、言った。

「これで、偏差値が低くなかったらなあ」

「何、その言い方」

「50台だからなあ。低すぎだよなあ。三次は60あるけど」

「つーちゃん……。偏差値って、真ん中が50なんだよ。その、真ん中だって、中学受験をする子たち

の中の、エイチに通っている子たちの中での真ん中なんだよ」

自分で言いながら、そうだなあ、と円佳は思った。

高い山のてっぺんのような場所に、この子たちはいるのだ。

四天王1クラスで政徳を目指す子はいない。それどころか、赤学や柊美といった他の名門四天王校の受験生すらいないようだ。エイチの保護者会では、毎年そのクラスの子たちの進学先が発表される昨年の四天王1クラスの卒業生の行き先は、男女四天王校トップの星波学苑と桃友女学園に集中が、していた。


エスワンの子どもたちがここまで偏差値表の最トップにこだわった受験をしていると知った時は驚いた。彼らはなんと狭い場所にいるのだろう。遠くまで見わたせる、高い高いそのてっぺんの空気の薄さに緊張する。それでいて、卒業生たちの結果を知ってしまった以上、我が子にもエスワンにふさわしい志望校を目指してほしいと願ってしまうのだった。母親の願望は、隠そうとも表情や語尾から滲み出て、子どもに見抜かれている。

「お風呂に入ってくる」

翼がベッドから降りて、浴室へと走って行った。

日本から持ってきたシャンプーやリンスを、先に浴室に置いておいた。もしシャワーの使い方が分からないようだったら、すぐに行こうと思って待っていたが、やがて水を使う音が聞こえてきたのでほっとした。

そのまま布団に横になり、ちいさなシャンデリア風の照明を真上に見ながら、円佳はしばらくぼんやりしていた。

残り三日間、義父母と過ごすことを思った。明日と明後日《あさって》は、彼らの希望で博物館や世界遺産にもなっている渓谷、それから工芸品の製作現場に見学に行く予定だった。さすがにあの人たちも日がな中学受験の話ばかりはしないだろう。もしも、あまりにもその話題ばかり出してきたら、真治を通じて抗議し、きちんと距離を置こう。あんな虚栄心いっぱいの、学校を数字でしか見ない人たちと一緒にいたら、翼にますますそういう考えが染みついてしまう……。

円佳は、「政徳の偏差値が低いからだよね」と息子が言った瞬間の、背筋を這ったひやりとしたものが、心の中から全く消えていないことに気づいた。

あの子があんなことを言い出したのは義父母のせいだと思いたかった。

しかし、ひやりとし続けているその原因は、彼に最も影響を及ぼしているのが他でもない自分なのだと、心のどこかで気づいているからだった。

帰国後の夏期講習の二ターム目は、完全にイッセイ対策に終始したということだった。

九月のイッセイを入試のつもりで受けるようにって言われた、と翼は鼻息を荒くしていた。加藤がエスワンにだけ配布した「イッセイの全て」と題された集中対策テキストを丸ごと解いたそうだ。これは、受験生の応援やフォローのために塾が休校になる期間中の学習として配布される冊子だが、加藤の考えでエスワンだけはこの新小五用の冊子が配布されたという。いわば半年飛び級したようなものだ。この冊子をもらうためにも、夏期講習のクラスをエスワンに上げたことは大きかったと円佳は思った。

夏期講習の最終週は、イッセイそっくりの模試を何度も解き、時間配分を叩きこんだ。

二学期が始まると、円佳と翼は話し合い、小学校の授業時間の長い日を選んで数日休み「イッセイの全て」に取り組むことにした。さすがのエイチもそこまでは推奨していないが、「入試のつもりで」というならば、そのくらいはやらなきゃいけないような気がした。星波も玄陽も中学校に小学校からの報告書を提出することはない。もしもその必要がある国公立や大学附属の中学校を受けることになった場合も、欠席日数が問われるのは五年生からなので、この時期に学校を休ませても入試には響かない。単純な話、学校を休めば、勉強時間が増える。地名を、川や山の名を、植物の知識を、漢字をひとつでも多く覚えられる。円佳はつきっきりで翼の勉強を見守った。

そして、決戦の日を迎えた。

九月最後の日曜日。今、円佳はエイチ花岡寺校の正面玄関前の道路で、翼が出てくるのを待っている。

あれだけ勉強して、学校を休んでまで勉強して、「イッセイの全て」をやり切って、過去問を何本も解いて、時間配分もしっかり決めて、昨日は睡眠もきちんと取って、これ以上ない絶好のコンディションで送り出したのだ。

今回の全国一斉実力テストは、後半のクラス編成の参考にもなるという。

またクラスが落ちたら？

想像しただけで円佳の心ははらはらと痛む。スマホの画面で「難関」という文字を見た時のショックは、まだ心のどこかに貼りついたまま、完全に剝《は》がれきってはいない。だから、クラス分けのテストについて考えるたびに心がキュッとなる。これだけ根を詰めて勉強してもなお、ＭＭコンビらエスゼロの子たちに比べて、翼には、どこか安定感が欠けている気がしてならないのだ。ＭＭコンビや岡野大臣、相沢七段や、エスワン常連の女の子たちは、毎回ではないものの決勝に出た経験があり、たびたびその時の思い出話をしているそうだ。決勝進出経験がない子たちも、全国算数大会のメダリストや作文コンクールの入賞経験といった華やかな実績がある。エスワンで何のタイトルも持っていないのは翼だけのようだ。

どうか翼をエスワンに留《とど》めてください……！　そして、もしもチャンスがあるなら、どうか決勝大会に出させてあげてください。

祈るような思いで、円佳は息子のテストが終わるのを待っている。

いつの間にかエイチ花岡寺校の入り口付近には保護者たちの姿が増えていた。屋外の暑い空気の中、汗を拭いながら、それぞれがビルの影の細長い日陰を求め、あるいは日傘の下で、試験を終えて出てくる我が子を待ち続けている。

去年も、ここで待っていたなと円佳は思った。来年も同じ場所で同じテストを受けて、きっと同じようにわたしは息子を待つのだと思った。待つ時間は重たくなり、この緊張にはなかなか慣れない。日傘の下でも脇に汗が滲んでゆく。

「円佳ちゃん」

ふいに呼びかけられた時、円佳は一瞬硬直してしまい、「あら！」と、頓狂な声を出した。自分の緊張を恥ずかしく思い、どぎまぎした。

目の前にいたのは貴子だった。白いブラウスにデニムを合わせた軽快な格好で、見たことのない、つばの広い水色の帽子をかぶっている。見たことがないと思ったのは、リースサロンに一緒に行ったきり、本格的な夏に入ってから彼女に会うのが初めてだったから当然だ。

「テスト、受けてたの？」

と貴子に訊いてから、そうに決まってると思った。そうでなければ、こんな場所にいるわけがない。

貴子は、

「そうなのよー。冷やかしで」

と明るく言った。

「円佳ちゃんもいるかな？　って思ったけど、やっぱりいた」

そう言われても、円佳はどう反応すればいいのか戸惑った。いるかな？　って……。いるに決まっているじゃない。だって、うちはこの塾に通っているんだから。受けるなら、ひと言言ってくれても良かったのに。そんなことを思ったが、最近はあまりメッセージを送り合っていなかったから、言うタイミングもなかったのかもしれない。

「えらいね、円佳ちゃん。わざわざお迎えに来てるんだ。うちは、この場所初めてだから来たけど、つーちゃんは普段通ってるのに」

「普段はここまで迎えには来ないんだけど、今日は帰りにパフェ食べて行こうって約束してたから」

「え、パフェいいね！　どこ行くの？」

「……通りの向こうのエンジェルズ」

「じゃあうちも行こうかな」

えっ、と内心思いながらも、

「ぜひぜひ」

とっさに笑顔を作る。

厄介なことになったと思った。翼とテスト後にエンジェルズに行く約束はしていたが、それは呑気《のんき》にパフェを食べるためではない。毎回、このテストを受けた後はエンジェルズに行き、答え合わせと復習をしっかり終わらせてから帰宅するのが決まりになっていた。小二の時にこのテストを初めて受けてから、これで四回目だが、「イッセイの後はエンジェルズで復習」が、一度も欠かしたことがない半年おきのふたりのルーティンなので、突然現れた貴子親子に邪魔されたくないというのが本音だ。

「なんかさー、やっぱりあっちの温泉とは保護者たちの雰囲気、全然違うわ」

貴子が少し声をちいさくして言った。

「そうかな?」

「他塾生向けの保護者会みたいのに一応出てみたんだけど、みんな超真剣て感じで、怖いくらいだった。先生のスピーチも理路整然としてて、時間通りにピッタリ終わるし、やっぱり温泉とは違うー」

「そんな……大日だって、いい塾だって聞くし」

「あっちはいつも、ぐだぐだよ」

貴子が、出来の悪い子をいとおしむように笑う。

「ふうん、そうなんだ」

「エイチの先生、転塾するなら小五になる前のこの時期が一番いいって言ってたけど……」

と、貴子が何か続けて言おうとした時に、周りで待っている保護者たちの体が一斉に揺れ動いた。その視線を追うと、入り口から子どもたちが次々に出てきたところだった。

「あ、終わったみたいね」

貴子がすっと足を前に出し、前の保護者の肩先から我が子の姿を探すように覗きこんだ。その素早い動きに、円佳は心を突かれる思いがした。貴子は大ぶりのバッグを肩から下げていて、そこには「他塾生向けの保護者会」でもらったと思われる資料の封筒が覗く。「冷やかし」とか「一応出てみた」などとポーズを取っているけれど、本当にそれだけなんだろうか。ぞくぞくと出てくる子どもたちを貴子はじっと見守っている。そのまなざしは真剣だ。ひとりで帰ってゆく子もいるが、保護者の姿を見つけて飛びついていく子もいる。いつ翔太から電話がかかってきてもいいように、貴子はスマホを握りしめていて、その姿は初めての場所に来た子どもを心配する愛情深い母親にも、テスト結果を真剣に待つ教育ママにも見える。

「翔太！」

突然、貴子が手をあげ、大きな声で呼んだ。

翼より先に、翔太が出てきたようだ。いつの間に、と思うほどガタイが良くなり、しばらく見ないうちに浅黒く焼けた翔太は、円佳を見てぺこっと頭を下げて、それから貴子に向かって顔をしかめた。

「激ムズッ」

と言う翔太の素直なしかめ面に、貴子と円佳は顔を見合わせて微笑んだ。

それからしばらくして、翼が現れた。きょろきょろと母親を探す彼の手には、解答の冊子がある。

円佳の心は上向いた。

こちらに気づいて小走りでやってきた翼の顔が明るい。翔太を見て「翔太も受けてたんだ」と照れたような顔で言い、エンジェルズにパフェを食べに一緒に行くことにも嬉しそうな顔をした。

しかし、歩き出してから、

「ちょっとママ」

途中で翼が円佳を引っ張った。

「なに？」

傍らで、貴子は翔太とテストの出来について話しこんでいる。円佳はさりげなくふたりから離れ、翼との会話が聞こえない程度に距離をあけた。

翼が「答え合わせしたんだけど……」と囁くように言った。円佳は頷いた。翼が母親の耳元に口を寄せる。息子がテスト直後に答え合わせをし、その結果を言いたがるのは、手ごたえがあった証拠だ。だめだった時は、答え合わせを先送りにする。解答用紙を手に持って出てくることなど、ない。

「うん。どうだった？」

そして、息子の報告を聞き、

「うっそお！」

円佳はつい、大きな声をあげたのだった。

「シッ！　シッ！」

翼が慌てて注意する。

貴子が振り向き、「どうしたの？」と訊いてくる。

「ううん。なんでもない」

しばらくは、今聞いた自己採点の点数を誰かれ構わず自慢したい衝動と、戦わなければならないだろう。

貴子が円佳に近づいてくる。緩みそうになる頬に力を入れ、円佳は肩を竦めて見せる。

貴子が言う。

「なんかさぁ、うちの子、理社がぼろぼろだったって。大日でまだ習ってないことも出たみたい。やっぱりエイチのほうが、ずっと進度が上なんだよね」

と、ぶつぶつ言っている。円佳は、にっこり微笑んで、

「受けに来るだけでもすごいことよ。一生懸命頑張ってきたんだから、そんなこと言っちゃだめよ」

とやわらかく友人を諭す。

「分かってるんだけどねえ」

貴子がため息をついている横で、

「翔ちゃんもつーちゃんも、よく頑張ったね。涼しいところで休みましょう」

円佳はふたりの小学生に微笑みかける。

さっきまで、テスト後の時間を貴子たちと一緒に過ごすことを億劫《おっくう》に思っていたのが嘘みたいだ。

むしろ今は頑張ってきた子どもふたりを、甘いものでもてなしたい。

夏の空はまぶしい水色に輝き、光の粒を含んでいるような空気が街の輪郭をくっきりと映えさせる。

横断歩道を渡り、ゆるい坂道をのぼってゆくと、エンジェルズの赤い看板が見えてきた。


台風が明け、秋晴れの空が広がった日、円佳のスマホに着信があった。

ちょうど夕飯の買い物をして帰路についた時に鳴ったその番号を見た瞬間、ある予感がくっきりと輪郭を結んだ。立ち止まって通話ボタンを押したら、加藤の声がした。

「なんの電話だと思います？」

いつになくハイな調子の加藤に訊かれ、「え？」と戸惑った声を出しながらも、円佳はもうその知

らせを予想していたのだ。ああ、これからわたしは、生まれて初めてのような喜びを知る。それを耳に焼きつけようと身構えた。

「翼くんが決勝進出しましたよ」

予想していたことなのに、息が止まりそうになった。

「ええ⁉　本当ですか⁉」

「本当です。いやー、すごいですね」

「本当ですか⁉」

「本当です本当です、いや、まさかこんなに伸びるとは。わたしも、正直、驚きましたが、まあ、彼は最近、ものすごく頑張ってますから、やってくれましたという感じですかね」

短く息継ぎをするように言葉を切る加藤の喋り方が、いつもと少し違った。加藤すら興奮している！　そうさせたのが息子の成績なのだと思うと、円佳の心は誇らしさで満ちた。

「ぜんぶ先生、先生のおかげです、本当にありがとうございます」

「いやー、油断しちゃだめですよ、まあ、決勝がありますから。決勝では面接や討論もありますが、翼くんは、初めてですよね。それで、うちの校舎とお隣の小金橋《こがねばし》校から、決勝進出した子を、まあ、今回は合わせて五名行けましたので、もし良かったら、決勝前の金曜日に、その五名合同で、決勝対策の授業と、決勝大会で行われる討論の練習会のようなものを、しようと思っているんですが、翼くんは参加できますかね」

「もちろんです！　ぜひ、お願いします。あ、でもそれって、あの、費用は……」

「もちろん、無料です。決勝進出者のための、特別授業ですから」

「ああ、そんなことをしてくださるんですね。ありがとうございます！」

「分かりました。詳しいことは、翼くんにお手紙を持たせますから。まあ、これは通過点ですからね、本命のニシアサを目指して、このままぶっちぎっていきましょう」

夢の中にいるような気分で通話を切った。知らない世界が開かれたかのようだ。無料での対策授業。討論の練習会。こんな特典があるとは思わなかった。円佳は体が軽くなり、少女の頃のように走り出したいような喜びに包まれていることに気づく。これまでの人生で、ここまで嬉しかったことなどあっただろうか。

帰宅するや、義父母の家に電話をかけた。中国旅行の時は、距離を置いたほうがいいなどと思ったのに、げんきんなものだと自分でも思うが、この価値を分かってくれるのは、誰よりも彼らなのだった。実家の親にも電話をした。話したい気持ちをおさえられず、無料で特別授業をしてもらえるのだということまで伝えた。円佳の母はそのテスト自体がぴんと来ていないようだったから、予選を通過するのがどれほどすごいことなのかを一から説明しなければならなかったが、その説明をすること自体が幸せだった。「あんまり無理させちゃだめだよ」と言う母は、周りに私立の学校などひとつもない田舎の人だから、小学生の勉強がどれほど大変で、決勝大会がどれほど貴重な機会なのか、分かっていないのだ。

一方で、義母は分かりやすく舞い上がってくれた。円佳さん、あなたが翼をちゃんと見てやってるからね、円佳さんのおかげですよ、と褒めてもくれた。その言葉に、円佳は思いがけず、泣き出しそうになったものである。義母は翌日にも電話をかけてきて、友人から教えてもらったという星波学苑の話――ほとんどがネットに転がっているような内容だったが――をとくとくと聞かせた。「でもわたしは玄陽のほうが合うと思うんだけどねえ」といちいち挟んでくる義母の学歴ネタ絡みたがりぶりについて、以前はうんざりしたものだったが、この時の円佳は少しでも長くその話をしたいくらいだったから、終始愛想よく相槌《あいづち》を打てたほどだ。

決勝大会は、湾岸《わんがん》エリアにあるホールマーク進学塾の本社で開かれた。

子どもたちが、全小学生を代表する「選手」として決勝大会に出場しているあいだ、保護者たちは程近い場所にあるコンベンションセンターで待機する。待機といっても、それはさながら大きなパーティのようなものだ。会場には、丸テーブルが並べられ、華やかな花が飾られており、指定されたテーブルには各自の名札とともに、教育雑誌や最新の参考書や問題集、文具まで、豪華な土産《みやげ》が用意されていた。

会が始まるまで、円佳は温ママが出版したばかりの書籍**『温ママ×泉太郎　中学受験って美味しいの?~湯ったり親子の愛と青春の日々~』**を読んでいたが、途中でそれを閉じた。途中から、テレビでたまに見かける教育評論家と、決勝大会最多出場者であり財団の寄付を得て海外の有名大学に進学したという星波学苑高校出身の息子を持つ保護者と、ホールマーク進学塾の社長とによるトークショーが始まったからである。各テーブルにケーキと紅茶が振る舞われ、決勝進出者の保護者たちは、優雅なティータイムと有益な鼎談《ていだん》を同時に味わえる。

トークショーを終えてから、ふと隣に座っている主婦の名札を見て、もしや、と円佳は思った。さすがに同じ苗字《みようじ》の子がもうひとりいる可能性はないだろうと、思い切って訊ねてみると、やはりエイチ花岡寺校四天王1クラスの三津谷仁《ひとし》のお母さんだった。自分より年齢はだいぶ上だろうか、目立たない色の服を着た、柔和そうな顔立ちの母親だ。多くが夫婦で参加する中、母親ひとりで参加していた三津谷には話しかけやすかった。

円佳が、自分も花岡寺校なのだと名のると、三津谷がちらりと円佳の名札を確認した気がした。あ、そうか、と円佳は悟った。翼はしょっちゅうＭＭコンビの話をしているが、三津谷さんのお子さんは翼の話をしていないのだろう。彼は入塾して以来ずっと四天王１クラスに在籍しているが、翼は出たり入ったりだ。存在を認識されていなくても、当然だった。

聞けば、三津谷は決勝大会参加が四度目なのだという。年に二回、恒例行事のようにこのコンベンションセンターで、土産をもらって、鼎談を聞いて、ケーキを食べている。世の中にはそんな人もいるのかと、円佳は目もくらむような思いになりながら、普段の勉強の仕方や、中学校の説明会や文化祭にどの程度行っているかといった話を三津谷に訊いた。三津谷は穏やかに笑みを浮かべながら、どの質問にも丁寧に答えてくれた。のんびりした話し方で、特に偉ぶる感じもない。

安心した円佳は、

「三津谷くんって、エスゼロなんですってね」

と言った。

えっという顔で、三津谷は円佳を見て、

「何か、うちの子、塾でしてます？」

と、的外れなことを言った。「エスゼロ」という言葉を知らないのかと、円佳は驚いた。今いるクラスがあまりにも当たり前の居場所すぎて、もはや称号など気にもならないのだろうか。

「エスゼロって、四天王１クラスから絶対に落ちない子だそうです。三津谷くんは落ちたことないんですよね？」

「そうですねえ。今のところは」

天才児の母親とはこういう人かと、円佳は惚《ほ》れ惚《ぼ》れするような思いで彼女を見つめたが、よく考えてみれば、小四の夏までに四度も決勝大会に出ているということは、小学校低学年からそれ相応の「訓練」はしているということかもしれない。天才児ではあるかもしれないが、完全に野山を駆け回り続けていたわけでもないのだろう。

その後、花岡寺のケーキの名店や、教育評論家の出ているテレビ番組など、他愛もないことを話した記憶があるが、決勝大会を終えた子どもたちが会場に戻ってくると、三津谷とは挨拶をしてそのまま別れてしまった。

しばらくののちに決勝大会の結果が出た。エイチの公式ホームページに、五十名中の上位二十名が発表されており、三津谷は七位に入っていた。一方で、翼の名前はなかった。

「つーちゃん。予選を通過しただけでもすごいことなんだから、満足しなさいよ」

などとからかいながら慰めるのは、円佳にとって楽しいひとときだった。

部屋の食器棚の一番上に、決勝大会進出記念の盾を飾り、しばらくはそれを眺めて、頬が緩むままに任せた。小学校の保護者会に行くと、噂を聞いた親たちが醸す称賛の空気を感じとることもあった。貴子や千夏ら、これまでも翼を褒めていた親たちはもちろん、挨拶程度の仲だった人からもいきなり「うちの娘が翼くんは天才だって言ってますよ」などと言われたりした。いえいえそんな、と困り顔を作りながら、自分の人生で、こんなふうに分かりやすい尊敬を勝ち得たことなどかつてあっただろうかと、円佳はうっすら感じた。

その保護者会の後に貴子に声をかけられ、彼女の家に久しぶりに上がった。

そういえば、翔太の結果はどうだったのだろうと若干の好奇心を持ちつつ、円佳は差し出されたスリッパを履く。同じマンションだから床材や壁紙は全て同じで、間取りもほぼ同じだが、子だくさんの貴子の家は子ども関連の鮮やかな色味の雑貨があふれ、ふたり暮らしの円佳の住まいと比べると賑やかにも狭くも感じる。

「つーちゃん、決勝大会に行くなんて、ほんとすごすぎる」

コーヒーを淹《い》れてくれた貴子は、もらいものだというマカロンと一緒にテーブルに出してくれながら、いつも以上に熱のこもった称賛の目で、円佳に言った。

「そんなことないわよ」

「ねえ、つーちゃんていつもどのくらい勉強しているの」

貴子から真面目な顔で訊かれると、円佳は、分刻みのスケジュールを組み立てて息子に小学校を休ませてまで勉強をさせたことなどすっかり忘れ、

「どうかしら……、わたし、ちゃんと見てないから、分からないのよ。水泳もあるし、あの子、学校のことも頑張ってるから、そんなに塾の勉強ばかりしているわけじゃないわ」

と、たまたま優秀な子を産んでしまったぼんやりとしたお母さんという顔で、そんなふうに言っている。驚くことに、そういうことを告げる時、円佳は半分本気でそう思っているのだ。これに対し、

「やっぱり地頭がいい子は違うのね……」

と、貴子もしみじみとした口ぶりで返す。

「あんなに仲良かったのに、なんか、つーちゃん、ずっと遠くに行っちゃう感じで、ちょっと寂しいわ。これからも翔太と仲良くしてあげてね」

そんなセンチメンタルなことまで言ってくれる。

たしかに、子どもが幼児の頃はしょっちゅう行き来していた部屋だったが、学年が上がり、互いの家に子連れで訪問することはなくなった。翼は忙しいから、学校の友達と遊ぶ時間などほとんどないだろう。円佳にしても、ママ友とゆっくり話すのは久しぶりだった。三人の子がいる貴子の家は、相変わらず適度に散らかっているが、あちこちに転がっている玩具《おもちゃ》は翔太のものではないのだろう。五十音や地図のポスターがあちこちに貼られた居間のダイニングテーブルの端には、大日ゼミナールのテキストが、適当に端に寄せた感じで積み上げられていて、普段の翔太がここで頑張って勉強している様子が窺えた。

「ショウちゃんも、エイチに来たらいいじゃない。保護者会で先生の話が良かったって言ってたでしょう。その、加藤先生に、翼はずっと習っているの。本当に教え方が上手で、とっても面白い授業なんだって」

円佳は優雅に誘った。

「それがね、円佳ちゃん」貴子が顔をしかめて、告白した。「翔太ね、あの時の全国一斉実力テストの点数、エイチの入塾基準に達してなかったのよ」

「えっ」

「二点だけなんだけど、足りなかったの」

惜しかったのだとばかりに貴子は言うが、そもそも入室の基準は四年生のうちはそれほど高くないはずだ。

円佳は笑い出しそうになった。その笑いは、決して貴子や翔太を馬鹿にするものではなく、初めて自分の心のどこかにあった黒々としたものを認めた笑いであった。いずれ翔太がライバルになりそうだ、そうなったら面倒だ、という恐れが、長いこと自分の心の中にあったのを、円佳はようやく認めた。

なにせ翔太は学校公開でもよく発言し、歴史に詳しいと評判で、学級委員もやっていた。聡明《そうめい》な子というのは、言動が光るものである。翔太はたしかにそうした子なのだった。

しかしながら、小学校の授業やテストでは、中学受験の世界での学力など見えやしない。そのことがよく分かった。まさか翔太が、入塾基準に達しない程度の実力しかなかったとは。

笑みを堪える円佳の真ん前で、貴子は暗い面もちを浮かべ、言う。

「ワンチャン一番下のクラスにひっかかったら転塾もアリかなーってパパと話したりしたんだけど、まー、ないわ、あんな成績じゃ。けど本人が最近急に中学受験をしたいしたいってうるさくなっちゃって。つーちゃんに、いい学校は中高一貫ばかりだから高校受験だと選択肢が少なくなるし、入試問題に英語もあるから大変だって、言われたみたいで」

「えっ。うちの子、そんなこと言ったの？」

円佳はびっくりした。そんな考えを翼が持っているとは思わなかった。

「そうみたい。ほんと、つーちゃんて大人顔負けのことを言えるのよね」

「いやだ、それきっとエイチの子か誰かが言っていたことの受け売りよ」

誇っていいことなのだろうか。受験の世知に通じすぎている子どもというのをどうとらえればいいのか、円佳には分からなくなる。

「ううん。つーちゃんは精神年齢が高いの。幼稚園の頃から、地頭が良かったもの」

貴子が褒めすぎるので、円佳はちいさく首を振ったが、そうかもしれない、と心のどこかで思った。しかし、

「それにしてもさぁ……」

と、その時貴子の口から聞いたのは、あまりにも意外な情報だった。

「颯ちゃんがエイチに受かるなんてね」

二杯目の珈琲を淹れながら、貴子がため息まじりに言ったのだ。

「え？」

「これ、悪口じゃないからね。ユキちゃんのこと大好きだしね。けど、やっぱりちょっとショックだったー。だって、ずっとトランポリンやってたのに、だよ？」

「颯ちゃん、エイチに入るんだ？」

円佳は首をかしげて、ゆっくり訊いた。

「あれ、訊いてなかった？　ユキちゃん、ぎりぎりだったって言ってたけど、入塾基準に達してたってことだもんね。入塾したらしいから、今度ユキちゃんからエイチのこと、いろいろ訊かれると思うよ？」

貴子がユキちゃんと呼ぶのは、一緒にリースサロンに行った優希のことである。あの時は、進学塾なんて遠い世界とばかりに、ぼんやりした顔をしていたではないか。週に一度のトランポリン教室では足りず、地区のトランポリンクラブに所属して大会などに出ていた颯太郎が、なぜ突然エイチに入ってくるのだろう。そしてそのことを、円佳は優希からひと言も聞いていなかったのである。

「颯ちゃん、地頭いいもんなあ」

細い指でマカロンを割りながら貴子が言うのを聞いて、ちょっと「地頭」という言葉を乱用しすぎではないかと円佳は思った。

それにしても、大日ゼミナールでずっと頑張っていた翔太が「二点だけ」とはいえ落ちてしまい、中学受験など考えてもいないようだった颯太郎が「ぎりぎり」とはいえ合格するとは、一体どういうことだろう。円佳はマカロンを舌にのせる。モカ味のそれは、甘い粉雪みたいにさくっと溶けて、すぐになくなってしまう。

冬が近づき、世の中が受験ムードになってくると、**【☆☆☆エイチで頑張る4年生を全力で応援する集い☆☆☆】**は一層熱を帯びていった。

年末から入試を始める学校もあり、年が明けるとテレビのニュースや、新聞でも、受験会場に向かう六年生の姿が報道された。

円佳は**【☆☆☆エイチで頑張る4年生を全力で応援する集い☆☆☆】**の他に**【星波受験していいですか】**スレッドや**【このままでは全滅かもしれません!! 誰かうちの子をなんとかしてください!!】**スレッドも見るようになり、忙しい。**【今年の中学受験事情について冷静に話そう】**もお気に入りスレッドだ。あちこちに次々と新しい文言が書き込まれてゆくため、あれもこれもと見ていると時間がたちまち過ぎてゆく。

そうこうしているうちに、あっという間に先輩受験生たちの勝負の時は来て、やがて円佳は**【入試待合室から実況スレ】**から片時も目が離せなくなる。

受験前の六年生保護者の不安や焦りの書き込みには切羽詰まったものがあり、はらはらと心が痛む。

〈昨日は一睡もできず……〉〈食欲がなくなって……〉〈死んでしまいそう……〉といった、震える指先で打っているかのようなひりひりした書き込みを見ると、その内容以上に、いい大人たちがこんなふうになってしまうのかという恐怖も生まれる。出産を経験し、乳飲み子を立って学んで試験を受けるまでに育ててきただろうに、あるいは一家を支える大黒柱であるかもしれないのに、外では部下や後輩を育成している立場かもしれないのに、大の大人たちがこんなにも冷静でいられなくなるのか。

〈四年生の母親です。先輩パパさん、先輩ママさんの思いが伝わってきて、私も涙が出そうです。これまで頑張ってきたお子さんの力を信じて、どうか見守ってあげてください。皆さんのもとに吉報が届きますよう、心から応援しています。絶対に絶対に、桜咲きますように!!! サクラサクヒマデ〉

それにしても、最近の、まるで自分のスマホにメモする程度の軽やかさでインターネットの掲示板に書き込みできるこの感覚は何だろう。

初めて書き込みをした時はたいそう緊張したものだ。心のお仲間ともいうべき書き込みを見つけ、どうしてもその書き手に共感を伝えたく、言葉遣いに気を付けながら、心を込めて文章を書いた。書きながら、指が滑ってつい自分の名前を書いて送信してしまったらどうしようなどと、今思えば滑稽な心配をしてどきどきしたほどに初心《うぶ》だった。その後もしばらくは、送信ボタンを押す前に、誤字脱字はないか、誰かを傷つけたり、誰かに馬鹿にされたりするような間違いがあったりはしないかと、何度も読み直したものだ。

「サクラサクヒマデ」というハンドルネームでそうしたことを書くうちに、〈サクラサクヒマデさまは優しいお母様なのでしょうね〉〈サクラサクヒマデさんの書き込みのおかげで立ち直れました〉などと返信をもらえるようになった。

貴子や千夏や優希といったリアル友達とは、中学受験の話を深くしにくい。そういえば最近はあまり連絡を取り合ってもいない。翔太がエイチの入室基準点に達しなかったという話をして以来、貴子は円佳の前で中学受験関連の話を一切しなくなった。エイチに入塾することになった颯太郎の母の優希からも、円佳にその報告はなく、千夏からの誘いもない。もしかして避けられているのかと思うほど周りは静かなままだった。

円佳にとって、受験の情報集めや、思いを交換する場所は、今はインターネットの中にあった。この受験期に六年生の保護者たちの書き込みを見て回り、応援メッセージを書き込むのはほとんど日課のようになりつつあった。

〈四年生の母親です。合格おめでとうございます！　なんとかあやかりたいものです！　愚息も息子さんの後に続けるように、このさき二年間、しっかりサポートしたいと思います!!!　うれしいニュースをありがとうございました。サクラサクヒマデ〉

〈四年生の母親です。人間万事塞翁《さいおう》が馬という言葉があります。おそらくその学校はお嬢様とご縁がなかったのでしょう。きっと第二志望の学校のほうがお嬢様が輝ける場所なのです。きっと素晴らしい青春が待っていると思います‼　サクラサクヒマデ〉

〈四年生の母親です。私も決勝大会経験者です。息子さんが決勝大会に進出されたお友達と星波の試験会場で再会したという話を聞き、素晴らしい巡り合わせだなと思いました。お友達と一緒に星波学苑の一年生になる春が今から楽しみですね！　サクラサクヒマデ〉

とはいえ時間はあっさり過ぎてゆくもので、二月もいく日か経ち、星波学苑を目指す子たちの合格発表でのドキュメントがニュース番組で報じられると、後はところてんのように学年が押し出されるばかりなのが恐ろしい。新小学五年生向けの全国一斉実力テストが近づいてくる。

「つーちゃん、次も決勝大会を目指そうね」

最近、円佳は口癖のようにそれを言う。

「うん、絶対行く」

翼はそう答える。

九月に決勝大会に出た時はあれほど嬉しかったのに、もう、盾を見ても円佳の頰がほころぶことはない。一喜一憂の、「喜」の時が過ぎるのはいつも早い。直近のクラス分けテストで、翼のクラスはひとつ落ちた。決勝進出者がエスワンに留まれないというのはひどく屈辱的なことだと思うのに、翼はどこ吹く風で、円佳の叱責を聞き流しているようにも見える。

最近、掲示板にこんな投稿を見た。

〈サクラサクヒマデって人、他人を励ますように見せかけて所詮は自慢話ばかりだよね。四年生の親、決勝大会経験者の親、大規模校エスワン、国語男子、ひとりっ子、ダンナさんが海外赴任中。身バレしそう〉

〈それ思ってた。高度なマウント取りしてくる人だよね〉

これを見て一気に怖くなり、以来、掲示板を覗くのをやめたのだったが、発散しどころがなくなったからだろうか、最近、自分がいつも苛々している気がする。次のテストのことを思うと気が気でない。心が落ち着かない。

エイチの保護者会で加藤から全員に、小学校を休ませてイッセイ対策をするというようなことはやめてください、という通達があった。なぜそのような話が出たのかは分からないが、イッセイ前に学校を休んで勉強する子が増えているからだろうか。ライバルたちがそこまでしているならば、翼こそ休んでても勉強時間を取らせたいような気がしてしまうが、「テスト勉強のために学校を休んじゃいけないって、加藤先生に言われた」と翼に言われれば、何も返せない。次のイッセイまでに勉強できる時間を算出し、スケジュール帳に書き並べると、砂時計の砂がさらさらと見えなくなるような想いにとらわれ、一分一秒を惜しく感じる。

〈五年生からが本当の勝負——〉

「つーちゃん、頑張ってね」

不安を覚えれば覚えるほど、円佳は息子に言いたくなるのだ。

「大丈夫だよね？　頑張れるよね？」

〈少しずつクラスのメンバーの入れ替わりが始まり——〉

いつか掲示板で読んだ東大ダディの言葉は呪いのように、思い出すたびキュッと心を締めつける。

「うん、頑張る」

食べながら、勉強しながら、時にテレビを見ながら、母の言葉がけに翼は素直に答えるも、滑らかな水のように返されるその言葉はつるりと耳を通り抜ける。

「つーちゃん、頑張ろうね」

「うん、頑張る」

「次のイッセイでも、決勝経験者として恥ずかしくない成績を取らないとね」

「分かってる」

最近、翼はいつも眠そうだ。喉が渇いたと言っては、計算の途中でも席を立って水を飲みに行く。

「ねえ、大丈夫なの？　つーちゃん」

　もはやそれを聞くことで何を得たいのか、円佳自身も分からない。だが、口は勝手に動く。成人し、子どもを産み育てている母親の口が、我が子相手だと、こうも制御なく動くのだ。傷つけたいわけでも、プライドを損ないたいわけでも勿論なく、ただ自らの不安ゆえに思ったことを垂れ流す母の口を前に、息子は何を言えばいいのだろう。白い頬を持ち上げて、大丈夫だと答えるしかない。

第三章　十二歳

サンバイザー越しに琥珀色《こはくいろ》の日光が眩《まぶ》しい。目尻にちいさな汗が滴り、円佳は細かくまばたきをした。

長袖を着て、日灼《や》け対策ばっちりのつもりで出たのだが、グローブだけ忘れてしまったことが悔やまれる。行きは少し曇っていたが、帰りはぎらぎらと太陽が照りつけ、自転車のハンドルを握る手の甲を強い日光が灼いている。体感温度は体温を優に超えているんじゃないだろうか。下着の中まで汗だくだ。指先の、さっきコピー用紙で切ってしまったちいさな傷に汗が染みこみ、ちりちりと痛んでいた。

だいぶ長いこと自転車を漕《こ》いで帰ってきたが、ここから自宅マンションへ、最後の難関の坂道が待っている。いつもはそれほど傾斜を感じないのだが、暑さと疲れでぜいぜいと息を吐《は》く身にはきつい。

あともう少し。なんとかのぼり切れば、自宅マンションが見えてくる。顔を歪《ゆが》めながら円佳は一心にペダルを漕ぎ続けた。

「円佳ちゃーん」

ようやくのぼり切ったところで、明るい声に呼び止められた。

「ちゃん」付けで円佳を呼ぶのは、このあたりでただひとりだ。片足を地面につけて振り返ると、自転車で追いかけてくる貴子がいた。スポーツキャップをかぶり、ポロシャツにデニムの彼女は、日灼けなど気にもしていないというふうに健康的な小麦色の肌を輝かせている。前籠に大きなショッピングバッグがのっているから、買い物帰りだろうか。

「あっついよねえ～」

すいすいすいと円佳に追いついた貴子が、サドルからひょいと降りた。ああ、そうか、と円佳は気づく。彼女は電動自転車なのだ。

「お昼何にするの」

貴子は人懐こい笑顔で訊いてくる。彼女がサドルから降りて円佳の横を歩きたいようだったので、

「サンドイッチにしようかと」

答えながら、円佳も合わせて自転車から降りた。ふたり並んで自転車を押し、喋《しゃべ》りながら歩いてゆく。

「あー、いいね。うちは冷やし中華。流水麵で」

「美味《おい》しそう」

「なるべく火ぃ使いたくないよね」

「そうね」

「つーちゃんは夏期講習?」

さらっと訊かれ、

「あ、今日はお休みなの」

と答える声がかすかにざらつく。それ以上のことは訊《き》かれたくない。

しかし貴子は屈託のない口ぶりで、

「じゃあ、家で勉強してるんだ?」

と訊いてきた。

「どうだろ。ごろごろしてるかも」

笑いながら、円佳は言う。

「そりゃあ、ひと休みしたいよね。夏休みも週に一回しか休みがないって、ユキちゃんから聞いたよ。えらいよね、小学生なのに」

「ショウちゃんは今なにしてるの」

円佳は話を変えた。

「うちのは学校のプール。もうちょっとしたら帰ってくる」

「今日は、プールは気持ちよさそうね」

「ほんとだよ〜。わたしも泳ぎたい〜」

自転車置き場で別の棟に住む貴子と別れ、エレベーターに乗った。炎天下でお喋りをしながらゆっくり歩いたせいで、頭が少しふらふらしている。エレベーターの中の空気も暑くこもっている。

居住階を押そうとすると、子どもらしい賑《にぎ》やかな足音が近づいてくるのが聞こえた。「開」ボタンを押して少し待っていると、男の子が三人、勢いよくエレベーターに乗ってきた。見覚えはあるけど名前は知らない子たち、同じマンションの小学低学年で、翼の後輩にあたる。

「何階？」

円佳が訊《たず》ねると、

「三階」「六階」「七階です」

口々に答えるので押してやった。

三人ともすっかり日に灼けて、髪は濡《ぬ》れたまま。プールバッグからバスタオルやら水筒やらが覗《のぞ》いている。あんなに大騒ぎして入ってきたのに、急に黙る。エレベーター内に他の住人がいる時は喋らないように躾《しつ》けられているのだろうか。何年生くらいだろう？

円佳は自分の母親が、こういう時に知らない子に平気で声をかける人だったことを思い出した。何年生？　くらいのことを、母ならたやすく訊くだろう。プールやってきたの？　おうちどこ？　先生は誰？　訊きたいことをすぐに訊く。話しかけられた子どもたちも、警戒もせずに答えた。時代のせいか、土地柄か、そんなふうに子どもに気軽に声をかける大人が珍しくない集落だった。円佳も、近所のおじさんやおばさんとは親戚みたいな気分で挨拶していた。学校の帰りに、いつもと違う道を帰っていたら、知らない家の知らないおばあさんにちょっとおいでと声をかけられ、玄関口で棒つきアイスをもらったこともある。今だったら知らない子どもにちょっとおいでだなんて、完全に不審者だ。通報されてもおかしくない。

呑気《のんき》な日々だったな……。

微笑《ほほえ》もうとしたのだけれど、なぜだか胸が締めつけられるように痛んだ。

六年生の頃の自分を思い出す。赤いスイミングバッグをくるくる振り回しながら、近所の子たちと待ち合わせて、毎日のようにラジオ体操とプールに通っていた。他にすることもなかった。帰り道に誰が言い出したやら、自然とふたチームに分かれて、ドロケイが始まる。途中で誰かのお母さんがスイカやらおにぎりを持ってきてくれて、礼も言わずにかぶりついた。一学年三十人もいないちいさな小学校だったから、大人数のきょうだいみたいに、男の子も女の子も仲が良かった。塾に通っている子などひとりもいなかったし、中学校を選んだり、中学校に選ばれたりするという発想もなかった。夏の終わりには誰もが真っ黒く日灼けしていて、手も足も、皮がぽろぽろ剝《む》けていって、蛇みたいにまだら模様の姿になるのが、くすぐったくて、おかしかった。

勉強は……？

ふと思う。

成績は良かったはずだ。だけど、根詰めて勉強した覚えはない。毎日普通に宿題をやっていれば、問題はなかった。扇風機を回した居間のテーブルに、足をぺたっと投げ出して座り、つけっぱなしのテレビをちらちら見ながら、ドリルを解いていた自分の姿を思い浮かべる。隣で祖母が麦茶を飲んでいた。風鈴が鳴っていた。勉強には十分ついていけた。

三階、六階、七階……子どもたちが順に降りて行き、いつの間にかひとりになっていた。

急に、コピー用紙の入ったバッグがずしりと肩に食い込む。

もう一度ドアが開き、円佳もエレベーターから降りた。

バッグの中には、「難関中学校入学試験過去問題集」という分厚い冊子と、そこからコピーした何十枚というプリントが入っている。塾から指定されたページ全てと、それから真治に指示された通りに星波学苑と赤坂学園と晃ヶ丘中学の過去問を十年分もコピーしたのだ。

こんなにたくさんの学校の過去問のコピーを取っているところを近所のママ友に見つかるのは避けたかった。家から二十分以上自転車を漕いだ先にあるコンビニエンスストアまで行ってきた。全てのコピーを取るのに一時間以上かかった。途中で学生風の男の子がコピー機まで来たので「お先にどうぞ」と言ったのだが「大丈夫です」と言うものだから、それならばとコピーを取り続けたら、いつの間にか彼はいなくなっていた。いくらなんでもここまで大量のコピーをし続ける人がいるとは思わなかったのだろう。やはり途中でもう一度声をかけるべきだっただろうか。申し訳ないことをした。

鍵を差しこみ、ドアを開けた。ひとまずは、中は静かだ。そういえば今日は真治が取り寄せた関西の塾の模擬テストをやると言っていた。

円佳は足音を忍ばせて、廊下を歩いた。

キッチン兼居間のドアに手をかけた時、

「何やってんだよ！」

いきなり真治の怒鳴り声が聞こえてきて、円佳はビクッと身を竦《すく》ませた。

「だからどうしてそこで6って書くんだよ！」

模擬テストはもう終わり、答え合わせをしているようだ。

そろりとドアを開け、「ただいまー」と、円佳はちいさな声で言った。

「これが0に見えるか？　どう見ても6だろ！　おまえ。見直した時に絶対間違えるだろ。はぁ、何度も同じことやってんじゃねーよ！」

真治は円佳などいないかのように怒鳴りつけてから、「ばっかじゃねーの」と吐き捨てるように言う。そして、息子の愚かさを嘆くように天井を仰いだ。

何を言われても、もう翼は反応しない。黙ったまま、もくもくと鉛筆を動かし続けている。円佳は台所に向かい、昼食の準備をし始めた。

昼食はおにぎりかサンドイッチか、あるいはカレーかシチュー。片手で食べながら、片手で鉛筆を持ち続けられるものにしている。そうでもしないと、食べるのが遅いと、翼が怒鳴られてしまう。

少し経《た》ってから、

「オーケー。やればできるじゃないか」

と、真治が翼に言うのが聞こえて、円佳は泣きたいくらいにほっとした。そのタイミングを逃さずに、

「そろそろご飯にする？」

明るく呼びかけると、

「お。もうそんな時間か。予定の半分も終わってないけど、まあ、さっさと食べて、午後で追いつくか」

と、真治がひとり言のように言った。

円佳は手早く作ったコンビーフのサンドイッチと、ポテトサラダのサンドイッチを、今やふたりの勉強机となったリビングテーブルに運ぶ。

「手ぇ、洗ってらっしゃい」

円佳が言うと、翼は返事もせずに立ち上がり、洗面所に行った。真治は手も洗わずにサンドイッチにかぶりついている。円佳は、テーブルにちらばったプリントやテキストをまとめて端に寄せてから、麦茶のコップを三つ並べた。

「翼はなかなか頑張っていたぞ」

真治が洗面所にいる翼に聞かせるつもりで大きな声を出す。厳しく叱った後、こうしてバランスを取ってくれることに円佳はほっとする。

だが、洗面所から戻ってきた翼を見て、胸が詰まった。その目は真っ赤で、前髪が少し濡れている。顔を洗ってきたのだろうか。泣きながら勉強をしていたのだ。

翼の様子を見て見ぬふりで、真治は陽気にも聞こえる声で、

「テストに出た浮力の問題を一通り解いた。な、翼。結構難しかったけど、丁寧にやっていけばできるだろう。困った時は、アルキメデスの原理に立ち返ればいいんだ。あとは、0と6や、1と7を、読み間違うなんていうことは、絶対にするな。ちゃんとやればできるからな」

と言う。翼が、

「うん、分かった」

と、意外なくらいに張りのある声を出したので、円佳はほっとした。それが今日、初めて聞く翼の声だった。

「つーちゃん、難しいことやってるのね。すごいじゃない」

円佳は翼を褒めた。しかし翼は何も反応しなかった。代わりに真治が、

「いや、単純。水の中に物を入れると、それが押しのけた分だけ軽くなる。水以外の場合、物が押しのけた体積の液体の重さと同じだけ軽くなるっていうこと。そうだよな、翼」

と翼に言う。翼は頷《うなず》いた。

「へえ。でも、ママには難しいな。つーちゃん、よくこんなのやってるね」

円佳がわざと自虐して微笑むと、

「別に、ふつうだよ」

無表情で翼は言った。

「おまえが勉強しているあいだに、ママはコピーを取ってきてくれたんだから、もっと感謝しろ」

サンドイッチを頬ばりながら、真治が雑な感じで言う。円佳は、

「そうよお、大変だったのよ。でも、これでコピー機をリースする分を節約できたと思えば、ね。そうだ。レジの前に豆大福があったから、つい買っちゃったの。後でおやつに食べよう」

と、わざと明るい声で言った。

「すぐそうやって無駄遣いするんだからな。でも、まあ、いいか。脳のためには糖分補給が大事だからな。将棋の棋士たちも甘いものをよく食べるらしいし」

さっきあんなに怒鳴り散らしていたのに、真治の機嫌はすこぶるいい。昔も、多少は気分の上下のある人だったが、この春に帰国して以来、さらに上がり下がりの幅が大きくなった気がする。

あっという間に食べ終えると、

「さあ、時間がないぞ。急いで算数の見直しをしないとな」

まだ口をもぐもぐさせている翼を急《せ》かした。目を白黒させながら、サンドイッチを麦茶で流し込む

翼を見て、もうちょっとゆっくりさせてあげてほしいと円佳は思ったが、黙っていた。

ついこのあいだ、真治に言われたことを思い出したからだ。

夏期講習前の保護者会で加藤から、「講習中、お子さんたちは塾でかなりハードなスケジュールをこなすので、家ではゆっくりさせてあげてください」という話があったので、それを真治に伝えたのだ。

「馬鹿が」と、吐き捨てられた。「『家ではゆっくり』は、成績に余裕がある子のためのアドバイスだろ。翼は崖っぷちなんだ。休みの日こそ、ゆっくりしているやつらに追いつく最後のチャンスなんだよ」

そう言われれば、そうかもしれなかった。

「俺は小六の夏、毎日十四時間くらい勉強していたぜ。それでも塾の先生からは殴られてばっかりだった」

真治いわく、当時の塾講師は怠ける子を殴る蹴るは当たり前だったというのである。「親父《おやじ》にだって殴られた」とも言った。しかも真治は、父親や講師らのそんな横暴ぶりを肯定しているようなのだ。あの時、親父や塾の先生が殴ってくれなかったら、俺はきっと全滅していただろうなと、感謝でもしているかのように話した。全滅したら荒れた地元の中学に入って、俺みたいなやつは周りにつられて馬鹿になって、高校も大学も底辺だった。そうしたら、今の年収の半分もなかっただろうし、結婚してマンション買って子どもを育てることなんか、できなかったんじゃないか。何が何だか分からないうちに、そこそこできる奴が集まってる中学に押し込んでもらえたおかげで今の俺があると思っている。翼も同じだよ。子どもなんて、まだ何にも分かっちゃいない。だからこそ、塾が気合入れてくれないといけないのに、今時の塾の講師は腰抜けだろ。だから俺がやらせるしかないんだよ。俺だって、忙しいし、サボって怠けて世の中甘く見てるようなガキの面倒見るくらいなら、会社で部下を育てていたいよ。だけど、自分の息子が人生の分かれ目にいるって分かってるのにそんなことはできないだろう。親があいつを中学に押し込まなくて、誰が押し込んでやるんだよ――。

ものの五分で昼食を食べ終え、ふたたび父子《おやこ》は勉強に取りかかる。今度は算数をやるという。皿を洗いながら、円佳の鼓動は少し速くなった。算数が一番荒れる科目だと分かっているからだ。

案の定、勉強を見始めて真治はすぐにいらいらし出し、貧乏ゆすりを始める。カタカタとした振動音を聞いていると、円佳でさえ焦る気分になってしまうから、ましてや問題を解いている翼はどんな気分だろう。

しばらくすると、唐突に真治が大きな声を出した。

「ほら、てーをーうーごーかーすー!」

翼の肩がびくっと震える。

「なに止まってんだよ! 分かんなかったら図にしてみろって言ってんだろ! 明日、この問題が出たらどうするんだ? 止まってボーッと眺めてるのか!? 十四頭の牛が十一月に食べた草の量だろ!? 十一月は三十日だろ!? 掛け算もできないのかよ!」

翼はしばらく鉛筆を動かし、また止まる。

「じっと見ていたら、分かるのか? そんな天才か? おまえは。あー?」

翼が何かを書こうとし、その手を止める。

「凡人だろーが! 凡人! 凡人はとにかく手を動かすんだよ!」

真治が怒鳴りつけるたび、円佳は胸をじりじりと切り刻まれてゆくような痛みを覚えた。

「手ェ動かせ！　手ェ動かせ！　手ェ動かせよ！」

円佳は静かに廊下に出て、浴室に向かった。換気を「強」にし、スポンジに洗剤をつけて、浴槽の内側を洗い始める。窓がない浴室は、どこか黴臭《かびくさ》い。額に汗が滲《にじ》んでゆく。泡だらけにした浴槽を流し、それから洗い場にもスプレーをして、ブラシをかけてゆく。タイルの隙間を全て潰すように、丁寧に丁寧に磨き上げてゆく。

どれくらいやっていただろうか。ようやくひと呼吸《いき》ついた。すっかり汗だくになったので、ついでにシャワーを浴びた。髪を乾かして着替えたら、少し気持ちが落ち着いた。

耳をそばだてるが、もう怒鳴り声はしなかった。算数が終わったのだろう。ほっとして、居間の戸を開ける。

「いいぞ！」

と、突然真治が叫んだので、円佳はびくっと震えた。

「やればできるじゃないか！」

今度は褒めていた。しかし後ろ姿の翼はぴくりとも動かない。

「そうやってやっていけばいいんだよ。ちゃんと手を動かして、見直しもした。おまえは本当はデキるんだから、サボらずにちゃんと解けばできるんだ！」

円佳は、ふう、と息を吐いた。そして、

「……真ちゃん」

機嫌のいいこの機を逃さず声をかける。

「午後、ちょっと出かけたいって言ってなかった？」

「あー？」

「ずっと、つーちゃんの勉強見てくれて、真ちゃん、疲れちゃったんじゃない？　ちょっとは気晴らししてきたら」

努めて穏やかに言うと、

「なんだ、もうこんな時間か。そうだな、ちょうどキリがいいところだしな。じゃあ翼、俺がちょっと打ちっぱなしに行ってるあいだ、数値替えの解き直しをやれるところまでやっておけ」

真治が翼に言う。翼は少しほっとしたように息をついて、「それだけやればいい？」と訊ねた。

「そういうところだよ！」

と、ふたたび真治の顔が険しくなり、円佳の心が縮む。

「『それだけやればいい？』って訊くような、そういう姿勢だから、おまえはだめなんだ！　ずっとだめなんだよ！　やり終わっても、国語と社会残ってンだろまだ。今日中にやらないと、明日から講習で時間がないだろ？」

「あ、そうか」

「『あ、そうか』じゃねーよ。ちゃんとやるべきことを考えてしっかりやっとけよ。すぐに解答を見るんじゃないぞ。まずは解き直してみて、本当に分からなかったところだけ、解説を見て理解するんだ」

翼が俯《うつむ》く。

「後でノート、チェックするから、ごまかすなよ。よし。それじゃ、円佳。俺ちょっと、ゴルフの打ちっぱなしに行ってくるわ」

円佳はほっとし、頷いた。ゴルフでストレスを発散してきてほしいと願いながら、「夕ご飯までには帰ってきてね」と、いちおう言った。

「そんなに遅くはならないよ」

真治は笑って立ち上がる。支度をした夫を玄関で送り出し、中から鍵をかけた。

居間に戻ると、けなげに勉強の続きをしている息子の後ろ姿があった。

「つーちゃん、疲れてない？」

問いかけながら円佳はコップに氷と麦茶を注ぎ、まず翼の手元に置いてやり、それから向かいの席に座った。

はっとした。

「つーちゃん。顔あげて」

もしや、と思い、ノートに覆いかぶさるようにして勉強をしている翼に声をかけた。翼がちらと円佳を見た。

「ここ、どうしたの」

円佳が訊ねると、翼は頰を隠すようにぱっと下を向いた。

「パパにやられたの？」

「……大丈夫だよ」

ぶっきらぼうに言い、鉛筆を動かし続けている。片頰が赤くなっていた。

「つーちゃん、教えて。パパに叩《たた》かれた？」

「いいから」

「よくないよ。帰ってきたら、ママからちゃんと話すね」

「ええっ」

と、翼が顔を強張《こわば》らせた。

「だめ！　痛くなかったし。パパも謝ってたし……」

「でも」

「もう、いいから！　絶対、余計なことをパパに言わないでよ」

必死に言ってくる息子に、円佳はどう返せばいいか分からない。

「ママ、言う気でしょ」翼が睨《にら》みつけてくる。「言ったら一生許さない」

「これまで、ママの見てないところで、パパがつーちゃんを叩いたの、何回くらいあった？」

「一回もないよ！　本当に、絶対に、パパには言わないで！」

「どうして言っちゃいけないの？」

「だって、言ったら、もう勉強を見てもらえなくなるから！」

翼の目から涙が噴き出す。

円佳は黙って、くちびるの裏側を、血が出るぎりぎりくらいまで嚙《か》む。

この状態が異様だということは分かる。間違っているということも分かる。だけど、以前、真治に言われた言葉が頭を過《よぎ》る。

——俺が見ないと、どこまでも堕《お》ちてゆくぞ。

「……分かった。じゃあ、ちょっと休もうか。アイスでも食べる？」

翼は一瞬きょとんと、嬉《うれ》しそうな顔をした。だが、その表情はすぐに強張り、玄関のほうを見る。

「まだ大丈夫よ」

円佳が言うも、翼はちいさく首を振る。

「数値替えのやつは、最低限やっとかなきゃ。アイスはそれ終わったら食べる」

「ねえ、つーちゃん、本当に大丈夫？」

「なにが？」

「だって、毎日お勉強で、大変でしょ。パパも……怖いし。ねえ、本当はもう、勉強したくないんじゃない？」

円佳が言うと、

「うるさいな！」

と、急に翼の声が荒くなった。

「ママ、邪魔なんだよ！　どこか行ってくれる⁉」

邪魔、と言われ、円佳の心は立ち竦む。本当に邪魔かもしれないと思う。翼がこんなにやる気になっていて、父親を信頼しているというのに、自分が余計な口出しをしたせいで、ここまで積み上げてきたものを全て台無しにするようなことになってはいけないのかもしれない。

――翼は本当は頭がいいんだ。だけど、自分に甘いし、弱いし、怠け癖がある。ズルをするのもそのせいだ。こういうやつは、中学受験のノウハウを知っている大人がしっかり正して、導いてやればちゃんと伸びるものを、中途半端に甘やかしていたら、どこまでも堕ちてゆくぞ。

真治は言った。翼の怠け癖には覚えがある。弱さも狡《ずる》さもすでに十分知っていた。

円佳には中学受験のノウハウなどない。中途半端に甘やかしてしまうこともあった。今は小六の夏だ。ここまでやってきたのだ。「人生の勝負どころ」となる夏だ。熱い思いから真治がちょっとくらい暴走してしまったところで、それで一点でも多く取れるようになるのなら。結果的にはそれが翼のためになるのかもしれない。

「でも、つーちゃん」

「わあああああああああ！」

突然、翼が頭を振って怒鳴り出した。

「うるさいな！　明日が何の日だか知ってるだろ！」

明日は星波オープン模試だ。合格判定が数字で出る模試とあって、真治もそこに懸けているようだし、この子も真剣なのだ。

「わああああああああああ！」

翼が頭をかきむしった。円佳はまだ何も喋っていないのに、

「ママ、黙れ！　ママなんか！　何も分かってないんだから！　黙れ！　黙れ！」

と叫び、机の上のものを払い落とす。がらがらと筆箱が落ちた。コップが倒れ、まだ少しだけ入っていた麦茶がつうっと床下にこぼれる。

「ごめんっ、つーちゃん。ごめん」

円佳は慌ててしゃがみ込む。翼が癇癪《かんしゃく》を起こすのは初めてではない。真治がいない時に、円佳の前でだけ暴れるのだ。早くあれを拭かなくちゃ。でも、今動いたらこの子もっと暴れるかもしれない。翼はまだ声変わりをしておらず、怒鳴っても、すごみはない。だけども円佳は怖かった。翼は、

今はまだ物に当たるだけだが、そのうち、手をあげるかもしれない。親に暴力をふるう子など、遠いニュースの中の話だと思っていたけれど、この先どうなるかは分からない。とはいえ、今は脅しても媚《こ》びてでも勉強はしてもらわなければいけない。真治に出された課題をしっかりやって、成績を上げてもらわなければいけない。明日は大事な模試なのだ。

「分かったわ。ママ、黙ってるね。ここだけ片付けたら、向こうに行くね」

　機嫌を取るような口ぶりで言い、円佳は居間を出ていく。しばらくのあいだ、翼の足を踏み鳴らしているような、ドスッドスッという音が聞こえていたが、やがて静まり、しばらくして真治が戻ってくると、父子の集中特訓は夜中まで続くのだった。


　どうして翼の成績はここまで下がってしまったのだろうか。本当に不思議だ。二年前の夏に、一度だけとはいえ、全国一斉実力テストの決勝大会に行くことができたのだ。あれはほんの二年前のことである。

　ほんの二年？　大人にとっての二年と子どもにとっての二年のあり方は全く違う。

　あそこからの二年で、翼の中のあらゆるものが変わった。いや、その前から、じわじわと翼を蝕《むしば》むものがあったのかもしれない。

状況の変化がどこから始まったかといえば、五年生のあの時期か。夏前に円佳の実母が交通事故に遭ったのだ。勤め先の給食センターからの帰り道、雨の中で自転車を走らせていたら車輪を溝に嵌《はま》らせてしまい転倒したという。副責任者としての仕事と祖母の介護とを一手に引き受ける日常で、疲労がたまっていた。倒れた時の記憶はなく、通りがかりの人が救急車を呼んでくれたのだった。

幸い大怪我《おおけが》ではなかったが、前から悪かった腰を痛めて手術をすることになったため、入院中、円佳はたびたび特急に二時間揺られて実家に帰り、家のことを手伝わねばならなかった。父はその年代の高齢男性にしては珍しく、きちんと家事のできる人ではあるが、退職後もビル管理のアルバイトをしており、同居の祖母の介護まで手が回らない。母の退院後は、だから円佳は彼女のリハビリに付き添いつつ、父と叔母と手分けをして、祖母を介護し、施設探しに奔走し、翼をちゃんと見ることができなかった。一学期の間、義母に助けてもらいながら、週に一度、多い時は二度、ふたつの家を往復した。

とはいえ、翼の受験勉強を疎《おろそ》かにしたわけではないと、円佳は思っている。毎日のように、「やるべき勉強」を大量の付箋に書いて貼った。毎朝テキストのあちこちに付箋を貼りつけて、「このページをやるように」と課題を与えてから出かけたのだ。もちろん塾のある日は必ず確認テストの点数を確認した。帰りが遅くなる日は義母に翼の世話を頼んだし、塾のある日は最寄り駅まで迎えに行くのを一度も忘れなかった。

炊事が得意ではない義母は、いつもデパートの弁当を買っていたようで、帰るとプラスティックゴミが増えていた。うな重やらステーキ丼やら美味しいものを食べさせてもらっていたようだが、翼はあまり義母の話をしなかった。代わりに義母から、翼のだめ出しをさんざんされた。昼間に机で突っ伏している、起こすと不機嫌になる、ドンドン音をたてて床を蹴る、勉強に集中できていないようだ、言葉遣いが悪い、野菜を残す……。くどくどと聞かされた。誠治も、もっと勉強していたわよ。円佳さん、ちゃんと翼を見てあげないと、取り返しがつかないことになりますよ。そんなふうに言われたが、翼に確認すると、円佳が付箋に書きつけた課題は全てきちんと終わらせているのだった。

実家の母は、体調が良い日は円佳に意見するようになった。こまめに電話して翼に勉強の進捗を訊ねる円佳を見て、「あんま締めつけんように」と言った。母は工場に勤めながら独学で管理栄養士の資格を取った人で、努力することの大切さは知っている。勉強が無駄などと思うタイプでもないのだが、現代の中学受験がどれほど熾烈《しれつ》かは知らない。だから、赤ん坊だった翼のお食い初めの時に義母が言った「一流の教育を与える」という言葉に、いまだ引っかかりを持っているのだった。「勉強なんざ、一流だろうが、二流だろうが、やらされているうちはだめだけんよ」と母が言い、「そんなの分かってる」と円佳は返す。「あれをやれ、これをやれ、なんてわたしはあんたに言ったこともないよ」「お母ちゃんには分からんことなんだから、黙ってて！」「だけどね、円佳……」「そういうんをわたしに言うことで、お母ちゃんが何かできるの？ 翼の学力を上げられるの？ 翼が行きたい学校にお母ちゃんが翼を入れられるの？ 今だって、お母ちゃんがここでわたしに面倒を見させてることで、翼の足を引っ張ってんだよ。分かってるの？」

それきり母は何も言わなくなったが、その日の別れ際は不安そうに、東京のやり方に引っ張られすぎないようになさいね、と釘を刺した。東京のやり方というのが、義父母の教育方針のことなのか、エイチを含む今の中学受験全体のあり方をさすのかは分からなかったが、どちらにしても円佳は、もはや自分が何かに引っ張られているというよりは、自らが必死に翼を引っ張らなければいけないという責任感しかなかった。

五年生の夏休みも、夏期講習の合間に翼と一緒に実家に帰ったが、当然塾のテキストをたくさん持参させた。電車の中でも向こうについてからも、勉強時間はしっかり確保した。墓参りも施設探しも円佳だけが付き添い、翼はほとんど円佳の実家で勉強していた。とにかく彼の学習時間確保を最大限に優先したのである。

往復の特急料金は馬鹿にならず、円佳も疲労してきたが、夏の終わりにはなんとか祖母の介護施設入所が決まり、母も身の回りのことは自分でできるようになった。綱渡りのような日々をなんとか乗りきったと、円佳は思った。この時期に作った「やるべき勉強」の付箋は大量だったが、翼はそれらを全てこなしたのだった。

だから、夏の終わりに保護者会の後で、加藤から声をかけられ別室に案内されるまで、円佳は何ら事態をのみ込んでいなかったのである。

「いつもお世話になっております」

案内された部屋のドアが閉められ、密室になった時に、若干の違和感があったが、にこやかに円佳は言った。夏期講習のためのクラス分けテストで翼は四天王1クラスに戻っていた。加藤に目をかけられる権利は十分にある。もしかしたら、次のイッセイに向けて、決勝への見込みのある子たちへの特別な対策授業の話をされるのかもしれない。そんな予感が過った円佳の目の前で、加藤はにこりともせず、「どうぞ、おかけください」と、囁《ささや》くような声で席を勧めた。以前の保護者会で対面した時よりも、鋭い目つきだった。五年生も後半にもなると、先生もこんなにぴりぴりしてくるのかしらと思った円佳に、

「確認テストの結果はご覧になっていますよね」

と、加藤は訊ねた。

囁くような低い声と真剣な目にどきどきしながら、

「はあ……」

円佳は慎重に頷いた。

「とにかく彼は、答えを出そうと、焦るところがあるようです」

と、加藤は言った。

「私がきちんと見ていなかったせいです。今ここで現実をちゃんと見て、基礎固めをしっかりやりましょう。力のある子ですから、学年が変わる前ならなんとかなりますから」

「あの……」

嫌な予感がした。どういうことですか、と訊きたくて訊けない。八割取れれば十分と言われる確認テストで、翼はほぼ九割以上の点数をキープしているはずだが。

「クラスの見直しも考えましたが、どうやら問題は算数だけです。なので、もし可能でしたら、『ベストチーム』で基礎固めをすることもありかと思います」

ベストチームとは、エイチと提携している補習塾で、授業に沿った個別指導をしてくれる。もちろん、授業料とは別途、指導料を取られる。

「でも、主人が……」

いくらかかるのだろう。なんとかかき集めることもできないことはないが、真治は反対するだろう。

「もちろん、ひとつの提案というまでのことです。ただ、六年生になると演習がメインになりますので、少なくともその前には手を打てればと」

「すみません、あの……」

「お母さん、大丈夫です。こういうことは実は、よくあることなんです。全く、翼くんは悪くない。決して翼くんを責めないでください」

どこか痛ましげな目をして、早口に、彼は言った。

「他科目の先生にも確認しましたが、特に国語の記述などは本当によく書けているようですし、理社も頑張っています。問題は算数だけですから、私の責任です」

その後聞かされたことを思い出すと、今も心臓が鉛のように重くなる。

円佳は帰宅するや、これまでの算数の確認テストの答案を探し出し、点検した。授業の最後に行うこのテストは、隣の席の子と交換して採点するシステムだ。もしや……と思い、得点に消しゴムをあててみると、赤く記された「98」という文字はするりと消えた。やはりフリクションのボールペンだった。いや、まさか、それでも、と思いながら注意深く翼の文字を見てみたが消し直した跡は見当たらない。だが、問題用紙を探してみると、たしかに、正答しているはずの後半の問題に、思考の形跡が全く残っていなかった。翼は答案の改竄《かいざん》を試みていたのだ。

さらに円佳は確認テストを遡《さかのぼ》って調べてゆく。夏期講習中、七月、六月……。確認テストの答案用紙に少しずつ変化があった。答案に消し直しがたくさんある。直した後の答えに○がついている。相変わらず、フリクションペンで。

夏前の答案は、まだ素直だった。最初の答えを直した跡がしっかり残っている。だが秋に入ると、跡がなくなっていった。改竄することを前提で最初から空白にしたのか。あるいは、簡単に消せるように、薄く書いたか。そして翼は、毎回、フリクションのボールペンで採点する子の隣の席に座ることも忘れなかった――。

そこまで考えた時、円佳は疑問を持つ。クラス分けテストで、翼の算数の成績はすこぶる好調だったのだ。確認テストより、クラス分けテストのほうがずっと難しい。確認テストがこれほどできていないのに、どうして……。

そこまで考えた時、円佳の脳裏にいつか読んだ東大ダディの文言が浮かんだ。

〈――プレッシャーからカンニングに走る子も多い……〉

その文言を思い出した時に、「まさか」と一蹴できなかった自分に、円佳は軽くショックを受けた。その場にへたりこみそうになりながらも、いつから？　と頭のどこかは冷たく問えば、すぐに恐怖がせりあがってきた。

決勝大会に行った、あの四年夏のイッセイでもやったのか。

マークシートの解答用紙だから、そんなことはできるはずがない。あれは、実力だったはずだ。

そうは思うものの、体の芯が不吉なほどに震えているのが分かる。算数だけ、算数だけ、と自分に言い聞かせながら家に帰った。他の科目ではそんなことをしていないと加藤は言った。本当かどうかは分からないが、今はその言葉に縋《すが》りたい。

その日、帰宅した翼に訊ねると、すぐさま顔色が変わった。どうやら加藤から注意され、話し合いもしていたらしい。

わたしだけ、知らなかったのか。

ズルをして、その場で点数を取り繕えば取り繕うほど、周りから取り残されてゆくというのに。

「パパに話すわ」

円佳が言うと、翼の顔色が変わった。

「だめ！」

鋭い声で翼が言った。

「話さないわけにいかないでしょう！」

翼は青ざめ、震えだした。

こんなことを言っておいて、円佳はもとより真治に話す気はなかった。真治の名を出せば、息子を脅せるというのが分かっていたのだ。

怯《おび》える翼の様子に、円佳は多少同情したが、不正行為を働いたことは絶対に許せなかった。

「ママ、信じられないわ。あんたが、こんなことする子だなんて、本当にショックよ。そんなズルいことをしても実力がつかなくなるだけじゃない」

「分かってる」

「分かってるならどうしてそんなことしたの！」

「もうしないよ！　だから、絶対に、パパには言わないで！」

翼は泣きながら言った。

これだけ聡明《そうめい》な子なのだから、自分がやっていることが恐ろしく無意味だということを分かっていないはずがない。母親に知られた以上は、もうこんなことはしないだろうと円佳は思った。

しかし翼は繰り返したのだった。すぐその翌週のことだ。持って帰ってきた確認テストの解答を全て消して、その場でやり直させたら全く解けなかった。答えだけは覚えていた。解き方が分からないのだ。

自分が取り乱し、怒鳴り、涙を流したことを円佳は覚えている。確認テストの答案用紙をびりびりにちぎったのもあの時だ。

「イッセイでも、やったのね⁉」

「やってない」

それまで平然とした顔を崩さなかった翼の目に、急に涙が浮かんだ。

「嘘《うそ》だ。信じられない」

「やってない!」

「あの決勝大会は嘘だったのね!」

体の中から突然強い衝動が湧き上がった。円佳は目の前のテキストを、息子に向かって投げつけていた。ノートも投げた。翼が青ざめ、怯えた目で母を見た。円佳は自分の行為に驚いたが、止められなかった。これは衝動などではなく当然の行為なのだとばかり、他のテキストもノートも、筆箱も、机の上にあるものを全部投げた。ついには円佳が食器棚に飾ってあった決勝大会出場記念の盾に手をかけた時、

「やめて!」

と、喚《わめ》くように言いながら、翼が円佳の腰にしがみついた。

思いがけない体重に、円佳の体は揺らぎ、床に腰をついた。

「痛い! やめてよ!」

憎たらしいものから逃れんとばかりに息子を振り払い、

「恥ずかしくないの⁉　こんなことして。全部バレてるんだからね！　加藤先生にバレてるんだからね‼」

と怒鳴った。

翼は、え、え、と嗚咽《おえつ》をもらした。

「あんたなんかベストチームに入りなさい！　コースも、ちゃんと、今の実力に見合った場所に変えてもらう！　難関5でも6でも、もうどこでもいいわよ！　颯ちゃんより下になってもいい！　下げてもらいます！」

「い……いやだ……」

「颯ちゃんより下のクラスにします！　それが嫌なら、塾も受験も、全部やめなさい！」

子どもみたいに泣きながら繰り返した。翼も泣いた。絶対に受験すると言って泣き続けた。親子で泣きながら怒鳴り合う。

「ごめんなさい……ごめんなさい……」

「謝るなら次の確認テストで、絶対にズルをしないって誓える？」

「ち……ちか……う」

泣きじゃくりながらも、翼はこくりと頷いた。

「じゃあ、本当に、ラストチャンスだからね。もう一回、こういうことしたら、颯ちゃんより下のクラスに落としてもらうからね」

翼の気持ちを、円佳は十分に分かっていた。翼なりに、小二の終わりからエイチでひた走ってきた自分が、後から来た颯太郎に追い越されるのは耐えがたい屈辱なのである。その屈辱を、円佳は、息子への脅しに使った。ベストチームに入れるために使った。母親が十一歳の息子のプライドを打ち砕くことなど、簡単なのである。

しかし、ベストチーム入りは、費用を聞いた真治から画面越しに猛反対された。

「月三万もかかるエイチに通わせているのに、さらに個別指導って、どういうことだよ。営業エグいな。そんな金がどこにあるんだよって返してやれよ。あったって、六年生ならともかく、五年でそこに使うのはバカバカしすぎだろ」

それはそうだろうと円佳も思う。しかし、もうそれしか道がないのだ。そのことを真治は知らないのだ。

「わたしが働いて、わたしが払うわ」

「そういう問題じゃないだろ！　必要ないって言ってるんだよ。あいつは今、一番上のクラスにいるだろ。今の成績をキープすればいいだけじゃないか」

だからその成績は虚構なのだ、と、円佳は話せなかった。

「そろそろ次のイッセイだろ。あいつ、また決勝に行けるといいな。文化の日あたりだって言ってたよな。一時帰国するのはさすがに難しいよなあ……」

円佳は自分が働くことを真剣に考え始めた。千夏はパン屋で働いているし、優希も颯太郎がエイチに入ったのと同じ頃からスーパーでレジを打ち始めた。そのスーパーが時給千円で募集している貼り紙は、円佳も見た。ベストチームは一時間五千円かかるのだ。五時間分の立ち仕事が、翼の一時間に消える。

貯金を下ろそうと円佳は決めた。いつかのためにと祖母が積み立てしておいてくれたものがあったのだ。それを使ってベストチームに入れよう。同時に自分も仕事を探そう。この子のために、できることは全てやろう。

夫を頼らないと決めると、円佳は少しだけ清々《すがすが》しい気持ちになった。求人情報を眺めながら、同時にベストチームにネットで入会申し込みをした。

そして迎えた夏の終わりの全国一斉実力テスト、翼の総合偏差値は57・0だった。

心配だった不正行為については、していないことが証明された。翼は、誰の答案も見ることのできない最前列の端で受けさせられたそうだ。後になって加藤からそのことを聞いた時、息子の現在の本当の実力が数値化されたのだと、冷静に受け止めることができた。これまで受けた全ての全国一斉実力テストの中で最も低かったし、決勝大会経験者がここまで下がった例が他にあるかどうか考えたくもない。ただ、紐《ひも》づけされた新クラスは、ぎりぎり難関2に留《とど》まった。一度経験したことのあるクラスだ。ここが本来のこの子の居場所だったのかもしれない。そういえば政徳中学の第一回入試の偏差値もまた、57だったと、円佳はぼんやり思い出していた。

それから九か月が経った。

現在、翼は四天王6クラスに在籍している。六年生になり、四天王クラスが6まで増やされたのだ。難関クラスも12まで増えた。首都圏で中学受験をする子の数が増えた今、エイチ花岡寺校は、開校以来最高の在籍生徒数を誇っている。

全18クラスの中で、翼は上位三分の一に入っている。だが、加藤が算数を受け持つのは四天王6クラスまで。つまり、難関1に落ちると、加藤に見てもらえなくなるのだ。夏の終わりの重要なクラス分けテストのために、真治の協力が不可欠だと円佳は思う。

今年の頭に国内勤務に戻った真治が、勉強を見るようになってから、翼の成績はいくらか回復した。

帰国後、真治が、翼のポータブルゲーム機を風呂に沈めた時のことを、円佳はよく覚えている。ゲーム機は、四年生の時の全国一斉実力テストの決勝進出のご褒美に買ってやったものだった。それほど使っているようには見えなかったが、いくつかのゲームで遊んだ形跡はあった。そういえばテスト前にも時間制限はしていたが、遊んではいた。直近のクラス分けテストの結果は、一度底を見た翼にしては少し上がってきたものだったが、これまでの流れを知らない真治は激怒した。そして決めていたゲーム時間をほんの少し、過ぎてしまった時に、ゲーム機を風呂水の中に打ちつけるようにして沈めたのだ。ぷくぷくと細かい空気を吐き出しながら、ゲーム機が底に沈んでゆくのを見て、こんなことをするのならばネットの売り買いサイトに出したかったと円佳は思った。円佳も今年に入って、ホームセンターで働き始めていた。

「おい、座れ」

と、あの時、真治は翼を呼びつけた。

円佳が風呂からゲーム機を取り出そうとすると、「そのままでいい、こんなもの」と真治が言った。彼の剣幕に、一歩、二歩、と下がって、円佳は脱衣所の扉の前に立ち、狭い空間に向き合って座る真治と翼を、見下ろすかたちになった。そして、

「翼。受験まで残り一年だ。おまえは男なんだから、今から自分の人生を決めるんだ」

と、真治が右手と左手の人差し指を立てて、翼の前に出すのを見ていた。

真治はまず右手を示し、

「こっちは、今日から来年の二月一日まで死ぬ気で勉強して星波に合格し、その後、一流の仲間たちと世界の中心に向かって羽ばたいていく一流の人生だ」

次に左手を示し、

「こっちは、ここできっぱり受験をやめて公立の中学に進む人生だ。高校受験で数学や英語をやらなければいけないし、星波は完全中高一貫校だから、もう入れない。一生、星波には縁がない人生だ」

と言った。

翼の肩が細かく震え、ヒックヒックと喉が鳴る音がした。

「今決めろ。おまえが決めるんだ。どっちの道を選ぶのか」

円佳は翼の頭を見下ろしていた。その表情は見えなかったが、彼が、ふたつほど肩で息をしてから、そろそろと自分の指を持ち上げ、かすかに震えながら、真治の右手を指すのを見た。

「本気か？」

血走った目で真治が訊いた。

こくりと頷く息子の、ちいさな白いつむじが揺れた。

「それなら、この指を握れ」

真治が言った。

戸惑う翼に「決意を込めて、力いっぱい握るんだ！」と真治が怒鳴った。びくっと体を動かした翼がその手で真治の指を握った。

「もっと強く！」

「う……」

「もっとだ！」

「はい……」

「いいか！　こうやってパパの指を強く握ったことを忘れるなよ！　おまえが決めたんだ！　だからパパは決意した！　仕事よりも優先で、おまえを支える！　これからは俺がおまえの勉強を見てやる！　絶対に星波に受からせる！　その代わり、泣き言は言うなよ！　サボったり、舐《な》めたこと言ったりしたら、見捨てるからな！　分かったか⁉」

近所に聞こえてしまうのではないかと思うほどの大声に、円佳は身を竦めた。

息子は肩を震わせ、指から手を放し、ヒック、ヒック、と喉を細かく鳴らしながら、「頑張ります」と言った。

夜になって真治が、夫婦ふたりの寝室で、

「あいつ。力いっぱい握ってきたぜ。やっと本気でやるようになったな」

と、にやりと笑って言った時、円佳は、自分の心がその光景を思い出すのを拒否していることに気づいた。

泣きじゃくる息子に自分の指を握らせる父親の姿は、思い返せばどこかしら滑稽で、しかしながら不気味で、まがまがしく、あの空間は痛々しい狂気に満ちていなかったか。

「真ちゃんがあれだけ言ってくれたから、翼もきっと分かってくれたね。ここからが勝負だね」

円佳はそう言ったが、あの時の息子の姿をもう思いだしたくなかった。

もともと良かった子の成績を、ここまで落としてしまったのは、自分に導く力が足りなかったせいだと思っていた。義母にも、真治にも、そう言われた。

小学生の勉強とはいえ、算数など、円佳にはちんぷんかんぷんなのだ。しかし、中学受験をした経験のある真治なら、直接教えられる。ベストチームでは成果が出ず、結局退会したところだった。その分のお金を節約し、貯金しておける。何よりそこらの講師より、真治にとっては息子なのだ。真剣味が違う。

「真ちゃんがついていてれば、百人力ね」

自分がへりくだることで、真治の気持ちを乗せられるなら。

翼の勉強をしっかり見てもらえるなら。

あの時の自分はそう思ったのだった。


夏休みが終わり、二学期が始まった。円佳はホームセンターでのパートタイムを週三から週四に増やした。

自転車で十分ほどの国道沿いにあるホームセンターだ。今年の頭、「レジ急募」の貼り紙を見て店員に声をかけたら、あれよあれよという間に面接まで行き、その場で採用となって、以来働き続けている。

「レジ急募」ということだったが、レジ仕事をようやく覚えた頃に無人レジ機が導入され、それから円佳は商品の品出しや陳列から、客への案内、売り場の整理など臨機応変に何でもやるようになった。事務室で、セール品用のＰＯＰを書くよう頼まれたこともあるし、商品の発注の仕方も習った。広い店内を歩き回らなくてはならない仕事なので、決して楽とは言えないし、客からの質問に戸惑ったり、うまく対応できずに嫌味を言われたこともある。だが、夏の間は空調が効いている空間で働けることはありがたく、わずらわしい人間関係がないのも楽だった。時給も、千夏が働くパン屋より百円高く、日用品を社割で買えるのも大きい。

そして何より、仕事をしている間は、翼の中学受験のことを忘れられる。

今日は品出しの日だったので、いつもより一時間早く出勤した。事務室の勤務表で持ち場を確認すると、今日の円佳は「日」、つまり日用品コーナーを指定されていた。倉庫に入ってきた品物を、かご車で運ぶものと、台車にのせるものとに仕分ける。台車もかご車も二種類ずつあり、なんとなくどれで何を運ぶかが定まっているが、日用品コーナーは商品が小ぶりなので、主に台車を使う。品出しをしている最中に開店時間となり、客がぽつぽつと入ってきた。

もうじき昼休憩だと思いながら商品整理をしていると、

「すみません」

と、声をかけられた。

「ウェットティッシュ、どこでしたっけ」

さっき品出ししたばかりだったので、円佳は機嫌よく、「お客様こちらへ」と案内しかけて、はっと気づく。帽子を目深にかぶっていたのですぐには気づかなかったが、

「楠田さん?」

呼びかけると、

「あら」

楠田が円佳を見た。

「あなたは……ええと」

目をしばたたかせる。

「四小の書記の引継ぎで」

「ああ、あの時の。ええと、ごめんなさい、お名前」

「有泉です。うちの子、六年生になりました。来年、中学受験なんです」

と言って、円佳は楠田を見た。

「中学受験」という言葉にどう反応するかと思ったが、楠田は、「早いわね。うちは中三と高一よ」と明るく答える。以前、レストランで引継ぎ会をした時よりも、表情に張りがあり、にこやかだ。その快活さにつられるように、「あの」円佳は思い切って声をかけた。

「良かったらランチしませんか、今度」

勤務中に何を言っているのか。おまけに唐突すぎた。楠田が警戒の表情を浮かべる。

円佳は慌てて、

「前に楠田さん、すぐそばのコールセンターで働いてるって……。昼なら抜け出せるって言ってましたよね。わたしも昼抜けできるんで」

と、付け足してみた。

すると楠田は合点したとばかりに頷く。

「よく覚えてたわね。今もまさに、その昼抜け中よ。一時間だから、すぐそこのエンジェルズでさくっと食べるくらいしかないけど、いい？」

ほっとした円佳はついはしゃいで、

「ええ、ぜひ。良かった。わたし、受験のことで、いろいろ相談したくて。うちの子、成績が下がっちゃって、こないだの志望校オープンも、ホントひどかったんですよー」

などと軽薄に言った。実際は時給に含まれている休憩が三十分で、昼抜けでレストランは難しい。だが、もし楠田と約束できるなら、その日は午前と午後に分けてシフトを入れよう。昼休み分の時給は損するが、そのくらいは構わない。

そんな算段をしていると、

「相談っていっても、うちは結局、ふたりとも中学受験しなかったけどね」

と楠田が言った。

「え？　でも下のお子さんには私立に行かせたいって……」

「六年の夏に中学受験から撤退したの。何そのタイミングー、ここまでかけた金返せーってやつよね」

「ごめんなさい」

とっさに円佳が謝ると、「なんで謝るの」と楠田は笑った。「ああ、でもわたしも昔、有泉さんみたいな価値観だったから、なんか、謝っちゃう気持ちも分かるけど」。

有泉さんみたいな価値感。そう言われた時、ほんの一瞬、心が引っかかれた感じがした。不意に自分が遠くまで来てしまった気がした。――ちょっとやってみて、大変だったらやめればいいし。そう思っていた自分を思い出しかけた。だけど、楠田が、からりとした笑顔で、

「上の子は結局、四中から高専に進んだの、下がこれから高校受験よ」

と言うのを聞いたとたん、高専……と、ますます円佳は恐縮する。それはつまり、普通の高校には行けなかったということだろうか。あまりのことに、どう返せばいいのか分からず、円佳はもごもご

と口を動かし、俯きがちに相槌《あいづち》を打つしかできなかった。楠田はけろりとした顔で、ずっと前に引継ぎをした時に交換したLINEのアドレスがお互い変わっていないことをてきぱきと確認してくる。その後、円佳がウェットティッシュのコーナーに案内すると、いくつか手に取り、さっぱりした笑顔を浮かべて礼を言い、レジへと向かって行った。

その日、帰宅した円佳がまっさきにしたのは、寝室のベッドの下のプラスティックケースから、表紙がよじれたソフトカバーの単行本**『温ママ×泉太郎　中学受験って美味しいの?~湯ったり親子の愛と青春の日々~』**を取り出すことだった。

つるりとした表紙カバーに描かれた温ママの似顔絵をまじまじと見つめる。ターバンを巻いて眼鏡《めがね》をかけた温ママと、額に温泉マークをつけた坊主頭の泉太郎。さっき会った楠田さんのソバージュへアを思い出す。イラストと本人は似ても似つかない。どうしてこのふたりを重ね合わせたりしたのだろう。知らないうちに、知らない時間が流れ、楠田さんはあれほど強く推し進めていた中学受験を諦めて、公立中に進んでいたのだ。

この本について思い出すのは、発売直後に東大ダディ氏が掲示板に記した所感だった。

〈その昔、中学受験なぞしてみるのはクラスのごく一部、裕福な家の子と本当に賢い子だけだった。しかし時は流れ、今や勉強以前のことができない（ex.忘れ物常連、授業前に着席しない、授業中にも着席しない、宿題やらない、教室にゴミをまき散らす……）子猿、もとい、お子さまたちまでもがぞくぞくネクタイを締めて私学に進学。そんな実態を如実にリポートしたドラマと思えばこの本、十分に読みごたえあり、日本の未来を考える資料の一つとしても貴重〉

子猿だなんて、あなたは人の親ですか。匿名の誰かが怒り狂い、別の誰かが猿は猿だと嗤《わら》い、反論、同調、批判、中傷……掲示板は大荒れだったが、円佳もリアルタイムでそのやりとりを面白がっていたひとりだった。

その後本は売れ、広く読まれるようになると、東大ダディ氏のような感想はかき消された。エイチの保護者たちの世界は極めて狭い世界なのである。世間一般の人々は、子どもの頑張りに対し、純粋に応援する心を持っている。

一時は書籍通販サイトで品切れだった人気の本を、円佳が花岡寺駅前の大型書店でたまたま見つけて入手したのは、翼が飛ぶ鳥を落とす勢いで成績を上げていた小三の終わり頃だったか。

全国一斉実力テストの決勝大会の待ち時間に、コンベンションセンターの席に座ってこの本を読んだことを思い出す。

円佳の感想は、といえば、どちらかといえば東大ダディのそれに近かった。ネットのクチコミに〈共感!〉〈感動!〉〈涙!〉の文字が並んでいるのが不思議なくらいに、読みながら白けた。いちおうは最後までめくってみたものの、そのあいだじゅう楠田さんの顔が頭にちらつき、「こういう子を持っちゃうと大変ね」以上の感想が浮かばなかった。

再読する気もなかったが、そういえばどんな感じだったっけと、軽い気持ちで今、円佳は本をめくっている。

そして。

それからどれくらい時間が経っただろう。

円佳は目の前の文字が滲みながら揺れていることに気づく。

まばたきするとそれらは紙の中に溶けて、何も見えなくなった。

できない問題をできると言ってしまう泉太郎。こっそり問題集の答えを写してしまう泉太郎。どんなに机に向かっても、平均点には届かない。正答率99%の問題を間違えて、1%がここにいますと温ママ。おそらく進学塾の授業は、彼にとって外国語のようなものなのだ。分からないことばかりが耳を通り抜け、クラスで一番できないやつと皆に知られ、先生にも哀れまれる、そんな世界を生きている泉太郎。現実逃避。隠れてゲーム。沼に溺《おぼ》れていくようにゲームをやって、やって、やって……。

ある時、オンラインゲームのプレイ時間が異様に長いことに気づいた温ママは、話し合いながら、こみ上げる感情に負けてしまう。泣き叫びながら、泉太郎に殴りかかる。そんなにゲームをやりたいか⁉ そんなにゲームをやりたいかと聞いているんだ！ この馬鹿が！ 殴られ蹲《うずくま》る泉太郎。これだけゲームをやって、まだランク78なのか⁉ と、そこを攻める温ママ。ゲームの才能もないくせに！ そう言われて泉太郎がついに反撃する。親子で殴り合い。空気清浄機の表面パネルを割ってしまう、温ママいわくの「空気清浄機破壊事件」が起きたのはその時だ。夜、息子の中学受験についてほとんど口を出してこなかった父親も交え、遅くまで家族会議。次のテストで目標点に達しなかったら中学受験をやめようと決める家族。そこから猛勉強……といきたいところだが、やはり集中力に欠ける泉太郎。鼻をほじくり、鼻くそを机に並べ、リアルのび太《た》がここいますと温ママ。目標点に達しなかったと分かった日、親子はふたたびやり合った。この時は「武器」を手にしていた。温ママはドライヤーを、泉太郎は水筒を。さあ、バトル開始だ！ 中学受験なんかやめろ！ 嫌だ！ 約束だったじゃないかやめろ！ 嫌だ！ やめない！ 私立の中学に行きたい！ だめだ！ 約束しただろ！ 嫌だ！ やめない！ 受験させせない！ 受験する！ 受験させせない！ 受験したい！ 泉太郎は目を腫らし、涙ながらに受験したいんだと繰り返す。こんなに馬鹿なのに、どこも受かるわけもないのに、なんでおまえはやめることもできないほどの馬鹿なのか。嘆く温ママ。そこで初めて彼女は、息子に訊ねるのだ。そもそも、どうしておまえはそんなに受験をしたいのか。その答えはシンプルだった。だって、みんな、俺が受験すること知ってるんだもん。え？　それで？　呆然《ぼうぜん》とする温ママ。そんな理由で⁉　頷く泉太郎。おまえは友達のために受験するのか⁉　この見栄《みえ》っ張り！　人のために受験するのか⁉　すると、涙をいっぱいためた泉太郎は、力の限りに叫ぶのだ。ママだって！　俺が！　いい学校にいったら！　見栄張れるから！　どうせそれで受験！　受験！　させようとしたんだろう‼

円佳はもう、先が読めなかった。

事実だけを列挙すれば、そこにあるのはあまりにも壮絶な一家の姿だが、温ママのユーモアあふれる筆致と、ところどころに入るノリツッコミのせいで、全体的に明るく、空気清浄機破壊事件ですら、それほど深刻には受け止めさせない。そのせいだったのだろうか、決勝大会の待合室でこれを読んだ時、自分は苦笑したのだった。適性のない子にここまでして中学受験をさせるなんて虐待みたい。そう思って呆《あき》れたのだ。

そこに、軽薄な優越や、下衆《げす》な哀れみはなかったか。

――ママだって！　俺が！　いい学校にいったら！　見栄張れるから！　どうせそれで受験！　受験！　させようとしたんだろう‼

泉太郎の叫びを、今、耳元で聞いた気がした。

結局、楠田に連絡しないまま、ふた月が過ぎた。楠田からもＬＩＮＥは来なかった。

そのあいだ、小学校では運動会が開かれた。翼は持ち前の足の速さでリレーの選手として活躍し、ピラミッドなどの危険な種目を廃した穏やかな組体操でも、しっかり踏ん張って頑張っていた。「文武両道は基本だからな」と真治も嬉しそうで、我が家は勉強一辺倒の教育方針ではないのだと確認できた気がした。

しかし、中学受験をする子どもにとって、秋は特に忙しい。運動会に続いて、合奏会もあり、合間に一泊二日の宿泊行事もあるのだが、塾は日曜特訓の他に模擬試験をいくつも受けさせる。まさに体力勝負の季節だ。

運動会の翌週に、エイチのクラス分けテストがある。二学期後半の所属クラスを決める重要な試験で、真治はここに焦点を絞って、勉強を見ていた。

夏の終わりの星波オープンで、翼の星波学苑合格確率は20％だった。成績帳票は、怒り狂った真治によって真っ二つに破られ、それをセロハンテープで留め直したのは円佳だ。受験やめろ、やめたくない、星波志望やめろ、やめたくない。父と子の壮絶なやりとりは、まさに温ママ本の内容と丸かぶりしていた。「中学受験をやめろ」は、親が子に言ってはいけない言葉Ｎｏ．１だとどこかに書いてあったが、同時に、言ってはいけないのに言ってしまう言葉Ｎｏ．１なのかもしれなかった。

クラス分けテストの日、帰宅した翼の表情からは、最初のうち、何も読み取れなかった。手ごたえを、すぐに訊いてはいけない気がして、円佳は黙っていたのだが、真治は耐えられなかったようだ。翼が何か言うより先に、「どうだった？」と訊いた。

「まあまあ、かな」

翼は答えた。

暗い表情ではなかったことに、円佳はほっとした。

「分からないぞ。自分が書いた答えを思い出して、書き出してみろ」

責め立てるように、真治が言った。

「今？」

「今だ。記憶が新鮮なうちにもう一度解いて答え合わせをしたほうが、理解が深まるからな」

夕食時間を遅らせることになり、翼は居間のテーブルで、両親の目の前で解き直しをし始めた。

真治は大幅なクラスアップを画策しているようだったが、円佳はそこまで望んでいなかった。なんとか四天王クラスに踏みとどまってほしい。ぎりぎりでいい。6でいいから、加藤に習える四天王クラスのままでいてくれと祈りながら、翼の鉛筆のゆくえを見守った。

書き出した答えを、すぐに夫が採点した。

同時に円佳は台所のこちら側で、スマホで掲示板をチェックし、保護者たちが子どもが伝えた難易度の感触などを報告し合っているのを読んでいた。難しかったという声が多く、平均点は低くなると予想されていた。

「力、ついてきてるじゃないか！」

真治が大声で言い、翼の頭をくしゃくしゃと掻き混ぜているのを見て、円佳は涙が出そうなほど嬉しかった。翼の成績は全科目八割を超えていた。この成績なら四天王1に戻れる可能性も十分にあると真治が言った。されるがまま頭を揺さぶられながら、翼は嬉しそうだった。

「すごいじゃない、翼」

円佳が褒めると、

「パパと勉強したところが、結構出たんだ」

と、翼は嬉しそうに鼻のあたりに皺《しわ》を寄せた。

「翼の好物を用意して良かった。ビーフシチュー、たくさん食べてね」

もう夜十時近かった。これを食べたら、風呂に入って、年号の暗記テストと、漢字と、計算マラソンの十問だけ解いて、それでなんとか十二時前に寝かせることができると思った。真治が遅い時間に帰宅してから勉強を見ることが多いため、最近翼は、少し睡眠不足なのだった。


クラス分けの結果は、三日後の昼間に、エイチのマイページに表示された。

誰よりも先に、それを見たのは、円佳だった。

有泉翼さんの新コースは「難関4」です

「嘘でしょう……」

まっさきに考えたのは、何か大きな間違いが起こったということである。ありえないような採点ミスか。それとも翼は、解答の仕方を間違えていたのか。

震える指で、翼の答案を確認する。マイページに、スキャンされたものが載っているからだ。

自己採点で告げた点数の、半分も取れていなかった。

まさか……まさか……と思いながら解答用紙のスキャンしたものを確認すると、八割できたと言っていたはずの算数が、半分以上、誤答だった。理科、社会も自己採点よりずっと低い。答案のスキャンデータは、テストの翌日にアップされていたが、すでに自己採点が終わっていたので、わざわざ照らし合わせたりしていなかった。そしてその内容は、自己採点で告げたものと、あまりに大きなひらきがあった。

この子……。

円佳は得体の知れない恐怖に包まれて、酸素の少ない金魚のように、必死に息を吸った。

画面の上に、真治から着信が表示された。指を這《は》わすとすぐ繋《つな》がり、

「おい、見たか」

と、訊かれた。

「え、なにを」

分かっているのに、なぜか円佳はとぼけてしまう。

「あいつの結果だよ、このあいだの。エイチのマイページにアップされたから早く見てみろ、言葉をなくすぞ」

低い声で怒鳴るように真治は言い、すぐに電話は切れた。円佳はちいさく息をついて、耳からスマホを離す。LINEにもメッセージがたくさん送られてきていることに気づいた。

Shinji：見ただろ

Shinji：あいつはもう駄目だ

Shinji：言ってたことと　結果が　真逆
Shinji：卑怯《ひきょう》な嘘をついた　俺もすっかり騙《だま》された
Shinji：終わったな　こんな結果じゃ　どこも受からねえよ
Shinji：中学受験やめさせるしかない

怒りのこもった細切れの文字たち。ぼんやり眺めていると、さらに送られてくる。

Shinji：あいつが帰ってきたら俺がもう一円も払わないことを伝えてくれ
Shinji：エイチもやめさせる
Shinji：金の無駄

円佳はのろのろと指を動かし、

Madoka：仕事は？

と書いた。すぐさま既読のマークがついたことに笑ってしまう。
さっきまで「難関４」にショックを受けていたのに、夫が仕事の合間にスマホで息子の結果をチェックして、怒りに任せてＬＩＮＥ連打したことを思ったとたん、自分の気持ちが引き潮のようにおさまってゆくのを感じた。

ちいさく首を振り、きっと真治は今、仕事どころじゃない精神状態なんだろうと思うことにした。あの人は、あの人なりに、息子のことが心配でしょうがないのだ。このテストは本当に重要だったから。このテストに懸けて、真治なりにスケジュールを立てていた。二学期後期の、大事な二か月間の所属クラスを決める重要なテスト。難関4か……。改めて、円佳は頭がくらくらするようだった。難関4。まさか、ここまで落ちるなんて。

颯太郎が前回のテストで難関2まで上がったことは、翼が漏らした言葉で知っていた。追いつかれないようにしないとね。そんなふうに言った。よその子と比較してはいけないと言われているが、どうしても意識してしまう。ただし、颯太郎は共学志望なので、ライバルではない。ぐんぐん伸びてきた颯太郎のことを思う時、円佳はそれを慰めのように自分に言い聞かせた。

ホームセンターで働き始めてから、ママ友たちと時間が合わず、お茶の誘いを何度か断っていた。翼のことをあれこれ訊かれたくないという気持ちもあった。

このあいだの運動会の時に四人で立ち話をしたのは、だからすごく久しぶりだった。もしもエイチのクラスのことや、志望校のことなどを詮索されそうになったら、別行動している夫に呼ばれたふりをして抜け出そうとまで警戒していたが、心配するような質問はひとつもされず、むしろ彼女たちとの久しぶりのお喋りは、円佳にとって楽しいひとときとなった。

貴子は以前と変わらず朗らかに先生の言葉や行事の情報を教えてくれたし、千夏も優希もその話に相槌を打ちながら、学校で起こった他愛《たわい》のない事柄を教えてくれた。

一度だけ、話題が中学受験に触れた。優希が、千夏と同じパン屋で働き始めたという話になった時だ。

「だって、うち、このままじゃ破産しちゃうもん」

優希が笑いながら言ったのだ。

「エイチって、月謝高いの？」

千夏が聞き、

「高いよねえ」

優希が円佳に同意を求めた。円佳が頷くと、

「月謝以外にいろいろ模試とか特訓とか？　怖いお手紙が来るのよ。ゴールデンウィーク特訓なんて、うちは不参加で節約しちゃった。三日で四万とかいうんだもん」

と、優希が言った。

「うわっ高い。そりゃ節約だわ」

千夏が顔をしかめる隣で、ゴールデンウィーク特訓に不参加なんてことがあるのかと、円佳は驚いていた。あの三日間は、当たり前のように朝から晩までエイチで特訓し、それ以外の時間、翼は家で勉強し続けた。今年のゴールデンウィークは、行楽どころか、外食だってしなかった。横にはいつも真治が貼りついていた。

貴子が、

「そうなんだね。わたしも、来年一番下が小学校に入学するし、そしたら働かないとだなあ。ねえ、パン屋の仕事ってどう？」

と、千夏に聞き、それから話題はパン屋に移り、最後までパン屋の店長の面白話に終始した。

笑って聞きながら、やはり皆やりくりが大変なのだな、と円佳は思った。

帰国した真治の給与は大きく下がった。海外勤務手当がなくなった上、本社の元いた部署に空きがないからと、一時的に支社の監督のような仕事をさせられているらしい。一、二年で戻れるということだったが、それまでのあいだは減給される。勤務時間が減って翼の勉強を丹念に見ることができるようになったのは良かったが、それにしても減給のタイミングが六年生の時期だったのは痛い。塾代がかさみすぎているのだ。ホームセンターで稼いだバイト代は、ゴールデンウィーク特訓、土曜特訓、日曜テスト、夏期特訓、夏期特講、秋からは志望校対策講座など、通常授業料に上乗せされるあれやこれやに飛んでいく。マンションのローンもこの先長く残っているし、翼を私学に入れるとなれば、削れるところは削ってしっかり貯蓄もしておかねばならないだろう。バイトも、もう少し増やしたほうがいいだろうか。千夏や優希がやっているように扶養控除ぎりぎりまで働くべきじゃないか。そんなことを考えながら、パン屋の店長の話に、円佳は久しぶりに声をあげて笑ったのだった。

その時のことを思い出し、優希は気のいい人だし、颯太郎も翼と友達だし、そもそも志望校が違うのだから、競争相手ではないのだ、などと円佳は自分に言い聞かせる。

だが、今回のテストで負けたと思うと、奥歯を噛みしめたくなった。

真治からＬＩＮＥが来ていることに気づいた。

Shinji：俺はあいつを見捨てるから

「は？」

知らずに声を出していた。

何、この一人宣言。

誰も訊いていないのに、いきなり妻に思い知らせるかのような宣言をしてきて、これがあの人の鬱憤晴らしなんだろうか。だとしたら、なんと子どもじみているのだろう。

円佳は今やはっきりと、冷ややかなものが心に流れてくるのを感じていた。

自分も「難関4」を見た時は本当にショックだった。呆然とした。だが、「卑怯」だとか「見捨てる」だとか、息子に対してそんなふうには思わなかった。どうして、そんなことを言えるのだろう。わたしがショックだったのは、ただ、怖かったからだ。このまま行ってしまって、息子はどうなってしまうのか、怖いと思ったのだ。あの子が、ものすごく傷ついてしまう日が来るような気がして。

真治は怖くはないのだろうか。


数時間後、小学校から帰宅した翼に、円佳はスマホのマイページを見せた。

ちいさな画面の中にくっきりと記された自分の最新の偏差値と、「難関4」という新しいクラス名を凝視している翼を、円佳はじっと見ていた。彼は無表情のまま、

「下がった」

と言った。

「下がったね」

円佳も静かに言った。

目の前には、喜怒哀楽の抜け落ちた顔があった。そのくちびるがわずかに震えている以外に、いつもの顔と同じだった。しかしよく見ると、その顔は、筋力がなく、だらりと垂れているかのようだっ

た。そしてそれが、最近の翼の「いつもの顔」だった。

何か言葉をかけようと思ったら、

「ごめんなさい」

と、翼が謝った。ロボットのような謝り方だと思った。親が求める悔しさを、息子は感じていないように見えた。ちょっとこの子は鈍いのではないか。円佳の中に、あの、マグマのような感情が、ちいさな火種となって心の奥に生まれかけた。円佳はそのマグマを見つめた。金切り声で叫び出す自分の姿をありありと思い浮かべることができた。恥ずかしくないの⁉ とか、悔しくないの⁉ とか、その程度では飽き足らず、颯太郎のことも持ち出すだろう。とうとう抜かれたわね！ あの子に。翼はずっと前からエイチに入っていたのにね！ 授業料をどぶに捨てたようなものだわ！ 十二歳の心を挫《くじ》くそんな言葉を容赦なく並べ立てる自分を、いくらでも思い浮かべることができた。なぜならそれは、少し前まで、様々なテストの後に、自分が息子に見せてきた姿だったから。

しかし、今日、円佳のマグマは燃えなかった。もしかしたら夫からのＬＩＮＥが、それを打ち消してくれたのかもしれなかった。

円佳はそっと息子に手をのばした。肩を撫《な》でてあげたかった。

「ねえ、翼」

瞬間、翼が獣の素早さで身を引っ込めた。肩のあたりを撫でようと思っただけなのに、思いがけず強く拒絶され、円佳のほうが竦む。だが、大きな動きを見せたわりに、翼の目には力がなく、表情は鈍いままだった。

「今日はエイチ、お休みしようか」

手はひっこめたままで、そう言ってみた。

すると、無表情に見えた翼が、初めて怯えた顔をした。

「なんで?」

と訊いた。

「休もう。ママが、電話をしておく」

翼の目尻がぴくっと痙攣《けいれん》した。

「なんで? 行くよ。行かないと」

「でも、翼。疲れてるし、今日は休みなさい」

円佳が言うと、翼の目にみるみる涙が盛り上がった。

そして次の瞬間、「わあああああっ」と声をあげて、翼が突然泣き出した。わあああああああああっ! 芝居じみた声をあげ、翼はテーブルに顔を伏せた。と思ったら、その顔をあげて、額をごんっと打ちつけた。あまりに唐突な動作を円佳は一瞬のみこめず、次にごんっとやるまで一秒間、呆然とした。慌てて、

「やめて! 何してるの!」

と、叫び、翼の背中をつかんだ。覆いかぶさるようにして、動きを止めようとすると、翼は腕を振り上げ、全身の力で円佳を撥《は》ねのけた。その反動で円佳は後ろに倒れ込み、床に尻もちをついた。

「痛い!」

つい声をあげると、ハッとしたように翼は黙り、見下ろす口がちいさく開いていた。円佳はその時、息子の顔を真正面から見た。打ちつけた額が赤く腫れていて、涙でぐしゃぐしゃのちいさな黒目が細

かく泳ぎ、息子は明らかに動揺していて、倒れた母親を心配していた。

「つーちゃん」

円佳の目から、はらはらと涙がこぼれた。

「つーちゃん。つーちゃん」

立ち上がり、よろけるようにして、隣の椅子に座った。翼は円佳から目を逸《そ》らし、体を震わせて、もう一度、思い出したように泣き始めた。ウェッ……ウッ……ウェッエッ……。息が荒れていた。鼻水も出ていた。円佳はそっと手をのばし、その背に触れた。翼は今度は撥ねのけなかった。そして、鼻水と涙を同時にテーブルへと垂らしながら、

「こんなに……下がったから？」

と訊いた。そして、その頭をまたテーブルに打ちつけた。ごんっ。

「翼」

ごんっ。

「やめなさい、翼」

「下がったから……エイチ……やめなきゃならないの？」

テーブルに額をつけたまま、くぐもった声で翼は言った。

何を言い出すのかと、円佳は驚いた。翼はもう一度打ちつけようとして頭を持ち上げたところだった。もうそんなことはさせまいと、守るように上から抱えた。そして、

「違う。そういうことじゃないよ」

と言いながら、頭皮に鼻を押しあてると、汗のにおいがした。汗なのに、全く汚く感じないし、む

しろ懐かしささえ感じるこの甘いにおいに、円佳は自分が今、自分の命を分けた唯一の存在を抱きしめていることを思った。ずっと忘れていた気がしたが、この子が本当に大事だった。そして、この、世界中の何にも代えがたい大切な魂が、今、自分で自分を壊そうとしていることに気づいた。たった十二歳の幼さで、こんなにも自分を痛めつけようとしている。

「つーちゃん。大丈夫だから。大丈夫だから。少し、休んでみたらって、言ってるだけ。ママが、パパにちゃんと話す。先生にも」

「嫌だ。嫌だ。俺が……クラス……下がったから……。もう見捨てる気なんだ、ママも、パパも……」

「何言ってるの」

「俺が……俺が……」

さっきまでの無表情や、円佳を押し倒した時の荒々しさが嘘のように、翼は赤ん坊のように弱々しかった。涙が後から後から出ていた。

これだけの涙を、この子はずっと、体の中に抱えていたのだと思った。

三日前、テストを受けた後、どんな思いで帰宅したのだろう。待ち構えていた両親は、夕食も後回しにし、自己採点をさせた。この子は、採点結果が分かるまでの、たった数日を凌《しの》ぐためだけに、帰りの電車の中で解答を必死に覚えて、それを書き出して見せたのか。

心の皮がポロポロと剝《は》がれ落ちたかのように、円佳は自分たちがしてきたことが何だったのかを、初めて真正面から見た気がした。

——パパに教えてもらったところが、結構出たんだ。

あの日、無邪気な笑顔で翼は言った。「騙された」と真治はＬＩＮＥで激高していたが、翼が騙したかったのは、親ではなく、自分自身ではなかったか。全力でその場限りの嘘をつくことで、その嘘が本当になったように錯覚して、つかの間楽しい気分になって、そして両親の笑顔を見たかった。なぜなら、彼の親は、成績の良い時しか笑ってくれないから。

——翼の好物を用意して良かった。

ビーフシチューを、良い点数を取ったことの、あたかもトレードのように差し出した母。それをこの子は、嘘の世界で、美味しい美味しいと、嬉しそうに食べたのだ。

「つーちゃん。愛してる」

心いっぱいに、円佳は言った。

「本当に、本当に、あなたが一番大事なの。本当に、誰よりも、何よりも」

今、そのことを言わなければいけないと思った。

しかし腕の中で、翼は震えていた。母親の言葉など、もう届かないというふうに。

「やめさせないで、エイチをやめさせないで……」

震えながら、うわごとのように、そう繰り返すばかりだった。

☆

その日は朝から雨が降った。

仕事を上がろうとしたタイミングで客に声をかけられ、ファイバーグラス製の呼び線はどこにあるのかと訊ねられた。ファイバーグラスも呼び線も、円佳には何のことやらさっぱりで、あたふたしながら売り場の専門担当者を探したのだが見つからなかった。結果的に取り寄せの手続きをすることになったのだが、中高年のその男性客から、もっと勉強しなさい、と言われた。ホームセンターの店員が呼び線も知らないのか、とも言われた。円佳は、申し訳ありません、と惨めな気持ちで謝った。

ようやく解放され、百メートルほど先にあるエンジェルズまで小走りで向かった。昼抜けならぬ、昼上がり。今日はもう、午後の仕事を入れていない。シフトを調整してもらったのだ。

店に近づくと、窓側のボックス席で、すでに三人は談笑していた。楠田と、林と、貴子。雨粒が垂れる傘をビニール袋に差して、急いで向かう。三人とも、円佳に気づくとにこやかに手を振ってくれた。

「あー、揃《そろ》った。書記の引継ぎ以来ね」

「大変だったよねー、あの時の仕事」

「円佳ちゃん、お腹《なか》すいたでしょー。座って座って」

三人は口々に言う。よく盛り上がっていたようでほっとした。

「ごめんなさい、仕事がちょっと延びちゃって」

「いいのいいの、わたしも今来たとこ。ランチ、混む前に頼んじゃいましょう」

楠田に言われて円佳はメニューに目を落とし、急いで決めた。

「今日は何？　中学受験の話？」

楠田に振られた。いきなりだったので円佳は、

「翼の脱落の発表です」

と、考えるより先にそう言ってしまい、言葉に合わせて無理矢理、笑った。皆も笑ってくれるかと思ったら、一気に座が静まる。

「大丈夫?」

貴子に訊かれた。

「うん。ごめん急に。あ、翼っていうのはうちの息子のことなんですけどね」と、楠田と林に一応断ってから、「中学受験脱落なの」もう一度そう言って微笑もうとしたのだが、なんだか急に胸が圧迫される感じがした。さっきのファイバーグラス製の呼び線による動揺も相俟《あいま》ったのかもしれない。一気に目頭が熱くなった。と思ったら、自分でも驚いたことに、涙がこぼれた。

「ちょっと、ちょっと」

貴子が焦る。林と楠田も慌てた顔だ。久しぶりに会ったとたん泣き出した自分がこの人たちの目にどう映るか、考えたら笑えてきた。最近、自分が情緒不安定なことは知っていたが、まさかこれほどとは思わなかった。

「ごめんなさい。やだ、どうしたんだろ。私。まだいろいろと、落ち着いていなくて……気持ち的に」

慌てて素手で涙を拭うが、崩れ出した感情をすぐには取り繕えない。

ふいに背中にあたたかいものを感じて、それは貴子の手のひらだった。

「大丈夫、大丈夫」

と言いながら、貴子が背を撫でてくれていた。お母さんのようだ、と円佳は思った。実際に、貴子は三人の子どもを育てている母なのだ。そして、驚いたことに、真正面の林も涙ぐみ、今にも両目からあふれそうである。

「子どものことって、苦しいよね」林が言う。「うちも、ふたり目がお姉ちゃんの学校に入れなくて、子どもたちよりわたしが落ち込んじゃったの。でも今は、妹も、良い友達に恵まれて楽しそうなの。娘の姿を見て、これで良かったって、今ようやく思えるようになったの。わたしもね、それでようやく……、合格発表から一年以上かけて、中学受験を卒業したのよ。あ、ごめんね、わたしのことばかり話しちゃって」

林のあたたかい言葉に、さらに涙があふれてしまう。

しんみりした空気に、「ひとまず水飲も」、楠田が勧めてくれて、そこで四人はようやく笑った。

食事中も、食べ終えてからも、しかし円佳は、自分の涙の核となる、本当の苦しみについては、皆に伝えなかった。話したことと言えば、こんな具合である。――翼は受験勉強に疲れてしまった。成績もじりじりと落ちて、ついに平均点を下回った。彼には水泳や英語など、他にもいろいろとやりたいことがある。もっとのびのびと育てたい。息子の最近の疲労を見て、いろいろと家族で話し合った結果、中学受験はやめて、高校受験を頑張ったほうがいいのではないかと思うようになった。明日、エイチの先生に挨拶をして、そこで終わりにするかもしれない――。

「……すみません、こんな話しちゃって。ほんとにわたし、情けない母親で」

翼がこうなるまでに何があったのか、真治が翼にどのように接していたか、そしてあの日、家にどういう電話がかかってきて、それから夫婦がどのような時間を過ごしたか。そんなことは誰にも言えない。けれど、この心の中にぱんぱんに膨れ上がった苦しい空気を、少しでも抜きたかった。

本音を薄く引きのばして、ふわふわときれいにつくったストーリーなのに、話したことで妙にすっきりした気分になった。楠田から、一対一ではなく四人で集まることを提案された時、少し迷ったのだけど、やはり皆に声をかけて良かったと思った。

しかし、

「それで、エイチを何日間休ませたんですか」

と訊く林の目にはもう涙の痕はなかった。

「一日」

と、円佳は答えた。

「一日……だけ?」

訊き返す林の横で、

「それで『脱落』って言わないで」

と、楠田が少し硬い声で言った。

円佳はハッとした。さっき、他意もなくそう言ってしまったが、楠田と貴子の子こそすでに中学受験から「脱落」しているのだ。

「ごめんなさい。嫌な気持ちにさせてしまいましたよね」

そう言うと、楠田は一瞬きょとんとした。それから破顔した。

「うちのことなんてどうでもいいわよ。そうじゃなくて、そういう言葉をもしかして、ふつうに使っているのかなって」

「え」

「あとあと子どもの心に残るから、翼くんの前では言わないほうが」

「はあ……」

「ていうか、エイチのテストで平均点を下回ったとたんに親が『脱落』とか言い出すくらい、翼くんて、これまですごい成績を取ってきたのね。あまりのレベルの高さに全楠田が泣くわ」

楠田が冗談めかして言い、「全酒井もよ」と貴子も合わせて笑う。

ひとしきり笑ってから、

「『脱落』っていうのはね、うちみたいなことを言うんだよね」

と、楠田が言った。

「うちの息子、塾でもドベのくせに、オンラインゲームを月六十時間やってたんだよ、わたしの目を盗んでさ。ていうか、六年生の夏休みに、だよ。考えられる？　それでわたし、ゲーム機を叩き壊したわけよ」

そのエピソード、温ママ本にもあった。やはり楠田は温ママで、合格したという設定に変えて、あの本を書いたのではないかと疑いたくなってしまう。そう思った時、

「男子あるあるだね。勝手に課金しちゃってたっていう話も聞くし」

当たり前のことのように貴子が言った。

そんなものだろうか。世の中にはゲームのことで揉《も》める親子がそんなに多いのか。水に沈めた翼の携帯型ゲーム機から、ぷくぷくぷくとちいさな泡が立ち上っていたのを、思い出す。月六十時間？　信じられなかった。翼は毎日ほんの数十分、たまたま約束の時間より少し過ぎてしまった、そのタイミングを真治に見咎《みとが》められたのだ。課金など、したこともなかった。

「そしたらね、うちの息子、ゲーム機を壊された抗議に、次の模試を白紙解答したの。全部0点よ」

「ひえぇ。それは肝が据わってる」

「何も書かないって、逆に、なかなかの精神力だよ」

あの時、ゲーム機を壊された翼はそれに対して一切反抗をしなかった。しゃくりあげて、真治の言うことにただ頷いて、そして真治が出した選択肢……たったふたつしかない選択肢の、その片方を父親が強く奨励していると知ったうえで、自分が選ぶという体で、強制的に選ばされた。

「ていうか、頑固なの。私物を勝手に壊した親に支配されたくはないって、中学受験もしないってさ。ふつう六年生にもなったら、中学受験やめなさいって言っても『やめたくない』ってなるもんじゃない。それなのに、うちはもう。馬鹿ダンナまで、ゲーム機を壊したのはさすがにやりすぎたって、息子の肩を持つわけ。それでふたりで逃げ出しちゃったの」

「逃げ出した？」

「そうよ。次の朝、起きたらもぬけの殻よ。『夏期講習はー⁉』って、わたしのほうが半狂乱。居間に『僕たちを探さないでください』っていう手紙があってさ」

「手紙っ⁉」

「あのふたり、深夜にこっそり家を出て、山に登ってたの‼」

「山っ⁉」

楠田の話し方が面白いからか、漫談でも聞いているかのようだが、信じられないような話だ。

「馬鹿ダンナ、登山部出身なの。ちょうどお兄ちゃんの部活の夏合宿中だったんだけどね。こっそり計画していたみたい。ふたりで山の上で話し合って、中学受験やめるって決めて帰ってきた。今こうして話すとギャグみたいだけど、あの時のわたしはマジ泣きしたのよ。もうこの世の終わりとばかりにね。だけど、今思えば、時期じゃなかったんだよね。あのまま息子とふたりでやってたら、刃物が出てきたかもしれない。ぎりぎりであの沼から抜け出せたのよ、うちは」

うん、うん、と林と貴子が頷いている。

「うちは、お兄ちゃんが高専に通ってるんだけどさ、弟も同じところ目指すんだって」

楠田が続けた。

そんな話もしてしまうのか……と円佳が思っていると、

「え。上のお子さん高専なんですか。すごいですね」

と、林が言った。

世辞かと思ったが、貴子も、「ロボコンとかやってたり?」と、身を乗り出すようにして訊く。

「ううん。うちのはバイオとか、物質工学のほうのコース」

「え、それもなんかすごそう。いいな。高専って、企業からも大学からも引く手数多《あまた》だって聞くし」

貴子が言うので、そういうものなのかと円佳は思う。

「そんな甘いもんじゃないわよ」

と楠田は謙遜しながらも、

「でも、先輩たちの影響受けて、将来は大学編入を目指すって言ってる。自分から言い出したから、へえ、ってこっちがびっくりよ。まあ、成績的には微妙だけどね。高専の子ってピンからキリまでいてさ、賢い子は国立大学から来てくださいって言われるくらい賢いけど、中にはうちみたいのもいるから。でも、自分でやりたいことを選べてる気はするし、なんか今、楽しそうよ」

と誇らしげな表情を見せた。

「そんなお兄ちゃんを見ていたら、下もようやく自分から『勉強したい』って言い出してね、大日の高校受験コースに通うことにしたの。それで、小学部でお世話になった息子連れて、大日の先生に挨拶に行けたの。ちゃんとした挨拶もなくやめちゃってから、二年半ぶりにね。息子は、先生に忘れられてるかもしれないって言っていたけど、そんなことなくて。塾の先生って、教え子のこと、親が思うよりずっとよく見てるし、覚えてくれているのよ。それでね、わたしが先生に『あの時は中学受験から脱落しちゃいましたけど』って話したら、言われたの。『お母さん、息子さんは脱落したんじゃなくて、選択したんですよ』って。その時に、中学受験はコンコルド効果との戦いだって聞いたのよ」

「コンコルド効果？」

「人間の心理状態のことよ。『ここまで費やしたんだから』っていう思いで引き返せなくなる心理」

「あ、もうそれ、言いたいこと全部分かるわ」

林が苦笑する。

「でしょう。学年が上がるごとにかかる費用も増えてきて、時間も労力もかけて、ますます、離脱できなくなるじゃない。本当は、過去に費やしたものと現在の状況とを切り離して意思決定をするべきなのに、人間なかなかそれができないから、賭け事とか、企業のプロジェクトとか、時には国家の決定も……泥沼にはまった結果の悪手の例ってたくさんあるのよ。でも、楠田さんはそこにはまらずに意思決定をしたのですから、これは『脱落』じゃなく立派な『選択』でしたよって大日の先生に言ってもらえて、わたし、初めてわんわん泣いた。泣きながら、あの夏に山から帰ってきた夫が『山登りの鉄則は、危険を感じたら引き返せ、だ』って言っていたのを思い出したの……」

楠田が言い、林と貴子も「ほんとそれ」「分かりすぎる」などと言いながらしみじみと頷いている。

円佳はしかし、かえって心が苦しく塞がれていくのを感じた。

コンコルド効果……初めて聞く言葉だったが、なんといっても、まだその真っ只中《ただ》にいるのだ。しみじみとした気持ちになど、なれるわけがなかった。小二の終わりから小六まで。お金も時間も労力も……途方もなくかけてきた。この四人の中の、きっと、誰よりも。

「中学はどうでしたか。あの……南小と一緒になりますよね？」

話題を変えたくて、円佳は訊ねた。

「そうなの。南小って、共働き家庭が多いから、子どもたちもしっかりしてるのよね。最初は微妙に壁っぽいのがあったと思うけど、すぐ仲良くなって、青春してた。息子の代は、南小の女子が可愛《かわい》い子が多かったみたい」

楠田は思い出話を愉快な口ぶりで語った。中二で彼女ができたという自慢話までされ、円佳は呆気《あっけ》にとられてしまう。以前、貧困家庭がどうとか、「南小は荒れている」「南小の子たちに染まってほしくない」などと言っていたことを、覚えてもいないのだろうか。

黙っている円佳に、

「有泉さん。もうちょっとなんだから、翼くんが疲れてるくらいなら、ちょっと休ませて、それで最後まで受験頑張ったら。もし全落ちだったとして、四中も悪くないから。そしたらおいで。四中、歩いて行けて、授業も行事も部活も税金のお世話になれて、栄養バランスばっちりの給食付き。なにげに最良の選択だったよ」

楠田の表情は優しくて、語る言葉に嘘はなかった。円佳は初めて、この人は温ママではなかったのだと、当たり前のことを受け入れた。

「円佳ちゃん、今日は声かけてくれて、ありがとね。楽しかったー」

帰り道、並んで傘をさして歩きながら貴子が言った。

「わたしも楽しかった」

と円佳は言ったが、それほど楽しい気分ではなかった。翼の様子や、エイチに通い続けるのかどうかを、貴子がいろいろ掘り下げて聞いてきたら嫌だなと思って、目を合わせられなかった。

「わたし、団地の出身なんだよね」

貴子が言った。

「前に楠田さんが、南小は団地の子が多いって、いろいろ悪く言ったじゃない。あれ結構傷ついてたんだ。でも、楠田さんもげんきんな人だなっていうか、いきなり南小推しになってたから笑えた」

「……たしかに」

「人って、知らない世界のことをとりあえず拒否《キョヒ》るのかもね。自分を守るためにさ」

貴子の言い方は少し攻撃的に聞こえた。重たい話になりそうで、円佳は黙る。早く帰りたかった。

「円佳ちゃんがつーちゃんに中学受験をさせたいのは、もしかして、自分が私立中高で人生送ってきて、公立中学校に行かせるのが、不安だから？」

貴子に訊かれた。

見当違いな決めつけに、円佳はびっくりして笑う。

「そんなことないよ。言ってなかったっけ。わたし田舎の公立中学に通ってたのよ。中学受験なんて、全然関係ない世界」

「ふうん。じゃ、ご主人の影響か。ご主人、エイチの前身の塾から中高一貫校の出身って言ってたもんね」

「それは……そうだけど」

たしかにその話は貴子にしてしまっていた。

「円佳ちゃんは、つーちゃんをどういう子に育てたいの？」

貴子の歩くテンポが少し落ちる。

ママ友にそんなことを訊かれるなんて、と屈辱を覚える。

「どういう子って……。分からないわ。なるようになると思うし」

「中学受験に早々見切りをつけたわたしが言うのもアレだけど、ほんと言うと、最近つーちゃんがちょっと心配」

貴子はほとんど足を止めていた。

「心配って……」

細い雨の中、向き合った。貴子が、どう話そうか逡巡《しゅんじゅん》するように少しだけ目を泳がせてから話し出す。

「わたし、円佳ちゃんのこと友達だと思ってるし、つーちゃんのこと好きだから、陰で言っていたくないの。あのね、つーちゃん、今学校でいつも寝てるって。先生に注意されると、ふてくされた態度を取るし、昔はそんなことなかったのに、友だちに『頭悪い』とか、言っちゃうみたい。リレーの選手も、せっかく選ばれたのに、朝練があるって聞いたとたん暗い顔になって、お父さんにやってもいいか訊いてみないとって。『あんなやつじゃなかったのに』って、うちの子もリッキーも、みんな言ってる。つーちゃん、きっと、すごく追い込まれてて今……」

「何が分かるの？」声が震えた。「貴子さんに、何が分かるの」

「ごめんなさい」

貴子は即座に謝った。その素直さが腹立たしくて、円佳は自分を止められなくなった。

「星波を目指せる子ですって、加藤先生に言われたの。初めて受けたテストで、ニシアサ圏ですねって。特別な子だって。そんなこと、エイチの校舎長が、みんなに言うわけないじゃない。あの塾は、営業かけたい子を選ぶんだから、そんなことを言われたら、この子はどこまでも羽ばたいていけるって思うものでしょう？　親だもの、羽ばたいてもらいたいって、思うに決まってるじゃない。後から来た子にどんどん抜かれて、わたしたちのやり方が悪かったって、わたしだって分かってる。翼をどんどん悪くしてるって。いい子だったのに。こんなはずじゃなかったのに。そんなことみんな分かってる。でも、もう百日切っちゃった。あと数か月なの！　あと数か月我慢すれば……合格さえすれば、全部治せるんだから、だから、やっぱり降りられないの！　降りようがないのよ！　過去と切り離して意思決定するべきだっていうのはすごく分かるけど、そんなきれいごとだけじゃないの。だって、もしかしたら、あの時やめなくて良かったって、思える日が来るかもしれないでしょう。その可能性が一％くらいは残ってるかもしれないでしょう。そう思うから、こうしている今だって、ちょっとでも勉強させたいって思ってしまう。学校にいる時間は全部無駄だって思ってしまう。エイチを休ませた時は、もう受験をやめようって心から思えたのに、一日休ませただけで不安になっちゃって、やっぱり行かせれば良かったって後悔してしまったし……」

「円佳ちゃん、待って」

貴子が途中で円佳を止めた。険しい顔をしていた。だけどその目は泣きそうだった。円佳はすでに泣いていた。さっきエンジェルズのテーブルの上でほろほろとあふれさせた涙よりも、ずっと熱くて痛い涙が、頬を静かに濡らしていた。

「ねえ、円佳ちゃん。でも、それじゃ、つーちゃんの気持ちはどうなるの？」

「そんなもの。気持ちは後からついてくるって真治が言ってた。真治……夫も、お父さんや塾の先生に叩かれながら勉強して、本当に苦しくて、第一志望には落ちたし、中学受験にはいい思い出がないって。だけど、今振り返ればあの学校に入れてくれて良かったって感謝してるって。あの学校に入れなかったら、今の大学にも会社にも入れなかったから、あの時に人生を誤らなくて良かったって。翼も大人になったら絶対にそう思うようになるって」

「でも」

「貴子さんが言いたいことは分かるわよ。でも、貴子さんにも誰にも話してないようなありえないことが、うちではたくさん起こっているの！　こうなったのは翼を追い詰めたからだって、わたしが一番、知ってるの！　知っていても、知っていたからって、どうしようもないこともあるのよ！　絶対におかしい、絶対に間違っているって思うのに！　それでも、あと数か月だけ目をつぶって、なんとかすれば、人生のほんの数か月だけだもの、今だけ我慢すればばって」

「だけど円佳ちゃん……」

「入塾テストで落ちたような子の親には分からないわよ！」

気づくと円佳は叫んでいた。

言ってはいけないことを言ってしまったと、すぐに分かった。青ざめる気持ちとうらはらに、自分を止められなかった。

「わたしだって、翼がもっとできなかったらって、思ったわよ！　ニシアサとか！　四天王とか！　もっと、翼が、全然できない子だったら、そんな世界知らずに済んだのにって！　こんな道に進まなくて済んだのにって……！」

なんてことを言ってるんだわたしは、なんて傲慢《ごうまん》で愚かなことを……。頭では分かっているのに、止められなかった。もう、終わりだな。貴子さんとはこれで終わりだ。そう思うと悲しくて悲しくて、自分のせいなのに、胸が痛かった。同時に、ああ、そうだ、そうだったんだという思いが滝のように流れて、こんなことを始める前のわたしに戻りたい。翼がただ生きて笑っていてくれればいいと思っていた頃の自分に戻りたいと思った。初めて受けた全国一斉実力テストで、翼が、ママ、簡単だったよ、と言ったあの時に。翼が学Qで、同級生の誰よりも先のコースに進んだ時に。周りの子より計算が速かった時に、字の多い本を読み始めた時に、幼稚園で作った作品が少し凝って見えた時に。それとも、もっと前に戻らないと、わたしはまた、こうなってしまうんじゃないだろうか。我が子の羽ばたきは、当たり前の空気の中の光の粒を素敵に弾けさせ、円佳の世界をいっそう明るくしてくれた。そして、その光は全て、まごうかたなき本物だった。自分が、本物の光たちを、貪欲に掻き集め、比べたり、凝視したりして、もっともっと増やそうとしたことを思った。光は光のまま、ただ抱きとめてあげれば良かった。

「円佳ちゃん」

その時、円佳は名前を呼ばれ、あたたかく抱きしめられていた。

貴子が傘を投げ出して、円佳を抱きしめていた。

あまりにもひどいことを言ったのに、貴子は怒っていなかった。それどころか、彼女は円佳の肩に頬を寄せて、泣き始めていた。

「辛《つら》いよね。わたしには分かんないくらい、すごくすごく、円佳ちゃん、辛いんだと思う。だけど、わたしも、辛いの。ごめんね、円佳ちゃん。だって、つーちゃんは、翔太の、大事なお友達だから」

貴子の涙を、耳元で感じた。

「幼稚園の時、翔太がうまく喋れなくて、時々つっかえてしまったの覚えてる？　今もまだ少しつっかえちゃうけど、あの頃の翔太は、もっとひどくって、興奮するとうまく喋れなくなっちゃって、それで、そのことをからかう子たちがいたの。その子たちに、みんながつられちゃって、笑ってしまうんだって。でも、つーちゃんだけは、一度も笑わなかったし、からかわなかった。つーちゃんだけはいつも変わらず、遊んでくれたって翔太が言ってた。つーちゃんは、翔太の言うことを、最後まで聞いてくれて、翔太が言えない言葉があると、さりげなく助けてくれて、ただ、ずっと変わらず遊んでくれたって。ねえ、つーちゃんはそういう子なの」

貴子は自分の背中を濡らしながら、円佳に言った。

「だから、お願い。円佳ちゃん、つーちゃんを守って。つーちゃんを守ってあげてね……」

お願いします、と貴子が言った。


全ての中で最も異常だったことは、翼が難関4に落ちたことでも、その日帰宅した真治が翼に殴りかかった時でも、翼に覆いかぶさった自分の上に参考書の山を落とされたことでも、翼が風呂に入らず家を飛び出していったことでも、一一〇番をしてパトロールの警官と一緒に近所を探し回ったことでも、コンビニのトイレに閉じこもっていた翼が店員に諭されて円佳に電話をしてきたことでも、見つかった翼と母子でふたり深夜のエンジェルズであたたかい飲み物を飲んだことでもなく、そうした全てを経てもなお、自分の心の中にまだ、息子に中学受験をさせたいという気持ちが残っていることかもしれなかった。

——ちょっとやってみて、大変だったらやめればいいし。

エイチに入塾させる前、そんなふうに考えていたことを思い出し、円佳は笑いたくなる。

ちょっとやってみたら、もうやめられないことなのよと、あの頃の自分に教えてあげたかった。やめられる人もいるけれど、あなたはそうじゃなかった。ねえ、本当はそのことを、自分でも分かっていたでしょう？　軽く考えていたのは「ふり」に過ぎなくて、自分はこの世界にどっぷりはまってしまう。自分でも予感があったでしょう？

笑いたくなるけれど、その笑いは冷ややかで皮肉で、痛々しくて、結局、円佳は真顔のままでいる。

警察沙汰があってから、円佳と真治は、目を合わせることがなくなった。食事や風呂といった用件だけ伝え、雑談は一切しない夫婦となった。翼の前では多少は話すも、ふたりきりだと何も喋らない。部屋数のせいで寝室を分けられないことだけが辛かった。夜は、背中を向けて、すぐさま寝たふりをした。

あの日、風呂から上がってこない翼の様子を見に行った時、すっと体が冷えたのを覚えている。パジャマがそこに畳まれたままで、翼の携帯電話も置きっぱなしだった。靴とジャンパーが消えていた。

何が起こったのか一瞬、分からなかった。分からなかったのに、直感した。

翼が死のうとしてる。

理解が追いつかないほどの焦燥を覚えた時、人は涙を流さないものらしい。円佳は、翼が死のうとしていると、真治に伝えた。そのまま、探さなくちゃ、と外へ歩き出そうとした円佳を制して、家の状況を見て回った真治の背中に、「あなたのせいよ」と返す自分の声を聞いた。「翼に何かあったら、あなたを許さない」

いや、あなたを殺すと言ったのではなかったか。少し前のことなのに覚えていない。あまりに興奮していたせいか、記憶がまだら模様のようにところどころぼやけている。私の言葉に真治は何か言い返しただろうか。彼の顔も青ざめていて、おろおろと体が揺れていた。少なくとも彼は、すぐ戻ってくるさなどと、タカをくくったりはしなかった。即座に警察に電話をし、息子はこんなことはしない子どもで、初めてのことだから、おそらく大変危険な状況だ、と真剣に伝えてくれた。それはたしかだ。それだけは、覚えている。電話を終えると、探してくる、と真治は言った。あいつ、鍵を持っていないから、家に帰ってきた時に誰かがいないといけない、そう言われ、それもそうだと理解した。円佳は部屋に留まった。

後から聞いた話では、真治は途中で通報を受けたパトロール警官と合流して、手分けをして近所の、子どもが行きそうな場所を探し回ったということだった。

待っていたのは、一時間くらいだったか。耐えられなかった。玄関に「すぐ戻るから待っていて」と、万が一、翼が戻ってきた時のために置き手紙をし、鍵をあけたまま、マンションの外廊下を歩いて、階段を上がり、最上階まで行ってみた。

翼が、飛び降りようとしている。飛び降りたのかもしれない。

心臓に氷を垂らされたように、ひやりとした。

身を乗り出して、真下を見た。夜の植え込みは真っ暗で、底無しの沼のようだった。

のろのろと部屋に戻った。鍵があいたままで、置手紙もそのままだった。

真夜中、日付は変わっていた。家でも父親でもなく、円佳のスマホに、翼は電話をかけてきた。暗記している番号だったのだろう。コンビニ店の方が、ずっとトイレにこもっている小学生に声をかけ、家に電話をするように言ったらしい。

「ママ……」

か細い声を聞いたとたん、円佳は走り出していた。コートも羽織らず、ゴミ出し用の簡易サンダルをつっかけて、店まで走った。全く寒さを感じなかった。コンビニの店主は円佳より少し若い女性だった。この人だったから、翼は警戒を解いて、言うことを聞いて電話をかけてくれたのだ。彼女が天使に思えて、円佳はそこで初めて涙を流した。

翼が生きていた。

それだけでいいと思った。本当に、その瞬間はそう思ったのだ。

それなのに、どうしてなのだろう。円佳には分からない。どうしてその翌週、翼はエイチに行ったのだろう。どうして真治は相変わらず翼の勉強を見ているのだろう。さすがに以前のような荒っぽいことはなくなったにしても、真治は時々いらいらして、貧乏ゆすりをする。その反応に翼は竦み、小刻みにまばたきをしている。

どうしてそのようなことを今日も続けているのだろう。

生きていたのに。

せっかく、生きていてくれたのに。

すんでのところで救ったかもしれない命に対して、どうしてわたしたちは、こんなにも欲深くなれるのだろう。


貴子の言葉は、円佳の心の凍っていた部分にゆっくりと沁《し》みていった。彼女に抱きしめられた日、円佳は翼の本当の気持ちをきちんと聞くことにした。


中学受験、どうしようか？

続けようか？　やめようか？　どちらでもいいんだよ。本当に、どちらを選んでも、いいんだよ。翔太もリッキーも四中に行く。他にも四中に行く子はたくさんいる。今やっている勉強は高校受験の助けになるだろうから、無駄ではなかったし、ここで気持ちを切り替えて別の道を選ぶことで失うものは何もない。

円佳はあらかじめ紙に書いておいたことを読み上げるように、できる限り感情を交えずに翼に話した。

思った通り翼は、「中学受験をしたい」と言った。――ふつう六年生にもなったら、中学受験やめなさいって言っても『やめたくない』ってなるもんじゃない。楠田の言葉を思い出す。子ども心にプライドがあるし、今さら未知の道に進むのは怖い。

「それは本当の、本当の気持ち？　ねえ、つーちゃん、目ぇつむってごらん。それで、まっさらな気持ちで自分の心に訊いてみてごらん。ここまでも大変だったのに、あと数か月、これまで以上に勉強しなくてはならないんだよ。そして、入学試験を受けに行くんだよ。結果によっては『不合格』って言われることもある。そうしたら、すごく悲しいし、辛いかもしれないよ？」

翼がちいさく首を振った。そして、

「でも、やらせてください」

と言った。

「中学受験、やらせてください」

翼はもう一度言った。

円佳はちいさく息をついた。彼は、言わされている。塾に？　真治に？　義父母に？　それとも、わたしに？　いつか楠田が話したコンコルド効果は、子どもの中にもこびりついてしまっているのではないだろうか。ここまでやったから。みんなが遊んでいる時に、塾に行ったのだから。それを周りも皆、見ているのだから。

わたしたちは、あまりにも残酷なレールに、この子をのせてしまったのだ。

「『やめさせる』ってママが言っても、やりたいくらいに強い気持ちなの？」

「うん」

と翼は即答する。

「じゃあ、ママがやめさせる。それなら、つーちゃん、やめられるでしょう？　ママが、もうつーちゃんを、こんなのから、やめさせてあげるよ」

円佳は、初めて自分の言葉と心が一致した気がした。こびりついていた欲が、すーっと消えてゆくのを感じた。翼が、少しでもそこに心を容《い》れたならば、すぐさま退塾の手続きをしよう。そんな凪《な》い

だ心持ちを、今ようやく手に入れられた。そう思った母に向かい、

「でも、そんなことしたら俺、ホームレスになっちゃうよ」

と、息子は不安そうな表情を見せた。

「ホームレス？」

「絶対なりたくないし」

と翼は言った。

「どういうこと？」

「ちゃんと勉強して、ちゃんと仕事しないと、ホームレスになるかもしれないじゃん！」

大真面目な顔で翼は言った。

「そんなことないよ。どうしてそんなふうに思ったの？」

「わかんないけど、昔、そういうテレビを見た」

円佳は、絶句した。そんなテレビを見せた覚えはなかった。あるいは、自分は忘れてしまったのかもしれない。この子が何を見て、何を考えているのか、どういう脈絡で、どういう思考で。母親なのに分からなかった。こんなにも分からない、脆《もろ》くてけなげな心に、自分たちは一方的に何をしてきたのか。

「中学受験をしなくても、ホームレスになんてならないよ。ホームレスなんて……。ねえ、つーちゃん。そんな理由で、これまで勉強してきたの？」

「それだけじゃないよ。俺、中学で、泳ぎたいし」

と言った瞬間、翼の顔に、ちいさな変化が起こったのを円佳は見逃さなかった。

それは本当に可愛らしい、煌《きら》めくような瞬間だった。

泳ぎたいと言った瞬間、翼は少しだけ頬をほころばせ口をすぼめた。照れたのだ。

「そっか。泳ぎたいんだね、つーちゃん」

すっかり水泳をしなくなった今の自分が、まだ泳ぎたいと思っているということを、彼は照れくさく感じたのか。

その表情を見た時、翼の翼はただ健やかにそこにあったのだと円佳は思った。

わたしたちが寄ってたかって引きちぎろうとし、今血塗《ちまみ》れで折れかかっているけれど、まだかろうじて、あるのだ。

「四中でも泳げるよ。前のスイミングクラブに戻ってもいいし」

「いや、できれば新しいところで、一からやりたい。だからさ、最初に行った、パパの学校のプール、底が青くて泳ぎやすいと思ったし。あそこ、部屋の中のプールだから、雨の日でも泳げる。それに、文化祭で踊りみたいなことするの楽しそうだったし、都大会にも出たって言ってたから、結構強い。絶対強い」

「そうだね。政徳中だよね。最初に文化祭に行ったの、政徳だったよね。水泳部以外にもプラモデルのクラブもあるんだよね。『学校のクラブなのに遊びじゃないか』って、つーちゃん言ってたもんね」

「そうそう、あんなの、ほんと遊びだよね」

「放課後に、みんなで、遊びみたいなクラブに集まるのかな。楽しそうだね」

「うん。でも、あと……、今の俺の成績だと完全にやばいんだけど、星波のリンカイも捨てがたい」

星波……。円佳の心はじんわりと涙に濡れる。

言わなくていいよ。目指さなくていいよ。ごめんね、学校名ひとつ出しただけで親が浮かれたり、はしゃいだりしたから、翼は期待に応えようとしてきたんだね。

「そう」

努めて薄い反応を、円佳は返した。しかし翼は続ける。

「前に相沢くんが言ってたけど、星波はリンカイ前に区民プールで水泳練習するんだって。それはふんどしじゃないんだって。練習の時に、タイムを競うんじゃなくて、シャトルランみたいなやり方で、時間内にどこまで泳げるかっていう長さを測るらしくて、そうやると、毎年、体育の授業中ずっと泳ぎ続けて、永遠に泳げるやつが出てきて、『魚類』って言われるんだって。相沢くんのお兄ちゃんの代では『魚類』が七人いたらしいんだけど、俺も絶対『魚類』って言われると思わない？」

聞いているだけで、円佳の目には涙が浮かび、息子の顔が滲んでゆく。その涙が頬へとこぼれ落ちた時、

「ママ？」

と、不思議そうにこちらを見る翼の目と合った。

「やだ、だって、『魚類』なんて言うんだもん。笑ったら、涙出てきちゃった。つーちゃんは絶対『魚類』だね。どこの学校でも『魚類』だね」

「政徳中学に行ったら『魚類』て言い方、俺が流行《はや》らせようかな」

翼の言葉に、円佳はつい笑ってしまう。

「そうだね。どこの学校に行ってもつーちゃんが『魚類』って言い方流行らせればいいね。他にもさ、いいプールのある学校や、強い水泳部のある学校を、ママも探してみるね」

「あと、もう一個言っていいなら、図書室もでかい方がいい」

「図書室……、そっか。つーちゃんは、本が好きだったものね」

懐かしいことを思い出したように、円佳は呟いた。

「じゃあ、プールと図書室の大きな学校、探してみるね」

「うん、お願い！」

翼は屈託のない笑顔を見せた。


翌日は小学校が休みだった。

午前中から自習室に行くと言って、弁当を持って翼は出かけて行った。

ふたりきりになった部屋で、円佳は昨日の夜からずっと考えていたことを、夫に話すことにした。

「真ちゃん。わたしからの、お願いです。今後一切、翼に話しかけないでください。お願いします。この通り」

頭を下げてそう言うと、案の定、真治は眉根を寄せ、「は？」と返した。

円佳は、かぶせるように声を高くした。

「おはようとか、いってらっしゃいとか、ただの挨拶はいいです。翼から話しかけられたり、何かを訊かれたりした時は、父親として、しっかり応じてあげてください。でも、あなたから翼に伝えたり命じたり訊いたりすることは、今後いっさいやめてください」

「いや、それはさすがに無理だろ」

真治は即座に否定した。

円佳はゆっくり息を吸った。そして、

「どうか、お願いします」

と、頭を下げた。

顔をあげると、真治がうっすら苦笑していた。

「急に何言い出すんだよ。ちょっと待ってくれよ。さすがにこの前の家出はびびったけど、あのくらいの歳《とし》だと、そういう反抗をするもんだよ。母親には分からないかもしれないけど、翼はそうやって男になってくんだよ。たいしたもんじゃないか。あいつ、ああ見えて意外に骨があるんだ」

円佳は呆然とする。この人は、本気でそんなふうに考えているんだろうか。それとも、さすがにそうとでも考えないと苦しすぎて、現実を直視できなくなっているのだろうか。

「とにかく、あと少しで入試なんだから……」

「あと少しだからです！」

円佳が叫ぶと、真治は一瞬気圧《けお》された顔をした。それからすぐにまた何か言おうと口を開きかけたが、円佳はもうこれ以上、真治に何も喋らせたくなかった。

「あなただって、本当は気づいているでしょう？　このままじゃ、翼はどこも受からない。受かるわけがない。受からないだけなら仕方ないことだけど、きっとあの子、最後まで本気にならない。今もただ、時間が過ぎるのを待っているだけのように見えるの。真ちゃん。あなただって、今、こうして過ぎている時間が、あの子を少しずつ壊していってること、気づいているでしょう？　わたし、ずっと考えていたの。あの子が、どうしてテストの自己採点で嘘をついたかって。だって、どうせすぐにバレることなのよ。ねえ、あの子、テストが出来なかったことを、わたしたちに言えなくて、たぶん帰りの電車の中で必死に解答を覚えて帰ってきたのよ。心の中で絶望しながら、わたしたちふたりのためだけに、必死に演技をしたのよね。パパに教えてもらったからできたって、その嘘で、たった三日間だけを凌ぐために。それって、どんな気持ちだったんだろうって思わない？　ねえ、あなたがもし会社でとんでもない失敗をしてしまったらどうすると思う？　それを隠すために上司に嘘をついて、でもそれが数日後に必ずバレると分かっていて、たった数日間を凌いだ後、どんな気分で会社に行くと思う？　わたしなら、そんなことをしてしまったら、死にたくなってしまうかも。死にたくなってしまうかもしれないようなことを、わたしたちは、翼に強いたの。十二歳のあの子にね。どうしてそんなことができたかというと、あなたが父親だったから。そしてわたしが母親だったから。父親と母親だから、あの子をそんなふうにすることができたの。あなただけのせいではなく、わたしのせいだってことも分かっている。だって、初めてテストを受けてきた後の、翼の姿を見ていたのはわたしだもの。ちいさな手を汗で湿らせて、一生懸命に問題を解いてきた。あの時の翼は、点数なんかどうでも良くて、問題文に出てきた本を読んでみたいって、真っ先に言った。わたし、その本を探したのよ。あの子と一緒に探したの……」

真治はいつの間にか表情を失っていた。くちびるをうっすらと開けたまま、次の言葉が探せないでいる彼の姿は、途方に暮れた子どものようだった。

真ちゃん、と、声をかけて、まるで母親のように、抱きしめる自分を想像した。だけど、そんなことはしなかった。ただ心の中で、真ちゃん、と呼んだ。真ちゃん、きっとあなたも、そういう子どもだったんでしょう？　と。

真治はそのままゆっくり肩を落とし、視線を落とし、黙った。円佳は俯く真治に話しかける自分を想像した。――真ちゃん、あなた前に言ってたよね、小学生の頃、ずっとお父さんに特訓されていたって。お父さん、あなたの左手にシャーペンをつきつけて、勉強させたこともあるって。答えを間違えると、左の手にシャーペンが食い込んで、すごく痛かったって、言っていたよね。その話を聞いた時、わたし本当はぞっとしたよ。小六の男の子がそんな目に遭うなんて、とても信じられないし、子どもだったあなたはきっと、すごく怖い思いをしたんだろうとかわいそうで、辛かった。だけど、真ちゃんはその話を愉快そうにしたし、塾の先生のノリも、世の中も、そんなものだったんだって言うから、そういうものなのかな、首都圏の中学受験って、そのくらい真剣勝負なのかなって。そのくらいしないと辿《たど》りつけない場所があるのかなって、思おうとした。わざと、そう思おうとしたの。だけど、今はそんなふうに思わない。あなたの左手の親指の付け根、今も芯が残っている。その、黒い黒子《ほくろ》みたいなやつ。これだよって笑いながら言ったけど、あなただって本当は分かってる。お父さんは間違っていたのよ。だから真ちゃん、あなた、お父さんのことを許していないでしょう。あなたはお父さんと目を合わさない。そのくらい、わたしも気づいている。あなたは、わたしたちと一緒でないと帰省しなかったし、中国でも、お父さんに自分の生活や仕事の良いところだけを見せようとしていた。あなたは自分の住まいをお父さんに見せびらかしたかった。それでいて、泊まらせなかった。あなたがお父さんとふたりきりで話しているところを、わたしは一度も見たことがない。

　きっと、あなたのお父さんは、この世の中が絶望的に怖い場所だと思っているんじゃないかなと思う。そう思って生きることは、きついし、楽しくないとも思う。でも、そう思ってしまっていたからこそ、お父さんは、あなたをなんとかして安全な場所に導こうと必死だったのね。お父さんなりに、そしてお母さんなりに、あなたを守ろうと、あなたに力を持たせようと、努力したのでしょう。そして、子どもだったあなたは、お父さんが向かわせた場所が良い場所だと思い込まされた。誰よりも、あなた自身がそう思い込みたかった。辛かった日々を誤りだったと認めることは、耐えがたいものだから。今もまだそう信じていたいから、あなたは翼のために、ふたつの指のどちらかを選ぶよう言った。星波学苑を目指す道と、目指さない道。自分の子に、あたかも世界にはふたつしか道はないかのような目眩《めくら》ましをするくらい、あなたも狭い場所にいる。あなたは、お父さんと同じで、そうすることで翼がこの世界で楽に生きられると信じていたのだと思うけど、実際は、ふたつの指以外にも、きっと翼の景色は三百六十度広がっているのよ。翼は、彼自身の力で、きっとどこまでも羽ばたいて行ける。わたしたち、そろそろ息子を信じましょうよ。ここまでにしましょう。彼の視界を塞ごうとするのはもうやめるのよ。

そんな気持ちを込めて、目の前の夫を見る。不安そうな、子どものような目。彼も途方に暮れているようだった。

「わたしも同じだから」

思わず、そう言った。

「わたしも、あの子の視界を塞ごうとしたの」

小学二年生の翼が初めて受けたテスト。成績帳票を初めて見たあの子の顔を覚えている。まっさらな瞳に映る初めての数字。きっとその背には、どこまでも飛んでいけそうな、透明な翼がついていた。

あの時円佳が、すごかったね、と言えば、テスト結果は、「すごかった」のだ。頑張ったね、と言えば、それは「頑張った」結果だったのだ。

自分があの子に何を言ったのかを覚えている。それが、全ての始まりだったから。

「あなただけのせいじゃないから。だから、わたしも、あなたと同じように翼に接する」

真治の目にうっすらと水の膜が張っていった。彼は黙って頷いた。

わたしたちは未熟だった。そして、愚かだった。他の親が、他の子どもがどうかなんて、もう関係ない。あなたのお父さんのことも、今はもう関係ない。翼のためにわたしたちが変わらなくてはいけない。もう遅いかもしれないけれど、一秒も後回しにしてはいけない。だから、

「わたしたち、もう翼に、何かを言うのはやめましょう。その代わり、翼が話しかけてきてくれたら、ありったけの愛情を込めて返しましょう。翼がわたしたちに求めてきたものは全て与える。わたしたちは、翼が翼でいてくれること以外は求めない。わたしたちはもう、翼から、何も奪っちゃいけない。今あの子はぎりぎりのところで努力している。あとほんの少しわたしたちが触れたら壊れていたかもしれないところに」

折られて踏まれて血を流した翼の翼が見える気がした。

真治にも見えたのかもしれない。

彼は、深く静かな息を吐いた。

「そうだな」

と、言った。

そして……

ここ数年、自分のコートは新調していない。十年以上同じものを着ていることに呆れてしまうが、カシミヤが混合されているこの黒いコートは、持っている中で一番暖かい。流行りすたりのない上品なデザインだから、聖芽園の面接を受けた時も、何年か前の法事にも、そして、翼の入試の付き添いにも、合格発表の場にも着ていける。おそらく来年も再来年も、ずっと、冬にはこのコートを着ていくだろうと円佳は思う。それは全く不幸なことではない。

私立中学を受験できる時点で、経済的には恵まれているほうだと思うけれど、ホームセンターのアルバイトは続けるし、自分を飾るための資金があれば家族のために使うだろう。真治が本社に戻る目《め》処《ど》は立たず、マンションのローンは三十年近く残っている。だが、今はそんなことはどうでもいい。何もかもどうでもいいのだ。ここからの二時間で、翼の行く中学が決まるのだから。

円佳は地下鉄の駅を降りた。

風が真正面から顔に吹きあたり、ちいさく首を竦めた。そんなはずもないのに、周りを歩いている人たちが、自分を見ているような気がしてしまう。あるいは、このあたりの人たち皆が、同じ場所に向かってゆくような。

遠目にも、校舎の周りにうっすらと人だかりができているような気がして、円佳は足が竦みそうになる。そんな様子を気取《けど》らせぬように同じ歩調で歩いていくも、喉がからからに干からびるようだ。

星波学苑の合格発表会場は、土足のまま上がれるようにしつらえられた体育館だった。人だかりのほとんどは、受験生親子ではない。進学塾の先生たちや雑誌や新聞などメディアの腕章をつけた人々、見学に来た小学生親子……テレビカメラも見える。しかし、体育館の中に上がれるのは受験票を持った受験生の親子だけだった。

中に入った時、円佳の手は震えていた。この場所に来る前からずっと歯が嚙み合わない感じがしていたが、今、その震えは全身に来ていた。手袋の手をグーパーして、緊張を止めようとするのだけれど、心臓そのものが細かく震えているので、どうしようもない。

思えばこの震えは、年が明けてから、ずっと心の中にあった。日々、気持ちがガタガタと揺れ動き、この一週間は食べものの味もろくに分からなくて、実際、体重計には乗ってないが数キロ痩せたんじゃないかと思うほどだ。

こんな精神状態になるのはこれまで生きてきて初めてだと思う。自分は高校入試の内申書が良く、大学も推薦だったので、思えば点数だけで線引きされてしまう世界を知らなかった。何年も続けていた勉強の成果が、たった数時間のテストで決まることが、こんなにも残酷な緊張を呼ぶものだと、ずっと知らずにいられたのだ。

体育館の壁一面に、急ごしらえで作ったようなピンク色のカーテンが垂らされていた。そのカーテンの前には、みだりに侵入できないようにポールで柵が作られている。受験生やその保護者たちが柵の前にすでに大勢立っていた。おそらくあのカーテンの向こうに番号が並んでいるのだろう。発表時間まであと五分。あれが開く瞬間を思っただけで、はらはらと心が崩れそうになる。

最初の学校の願書をネット上で送付したのは、十二月の終わりだった。その少し前に、写真屋さんで、願書と一緒に提出する翼の証明写真を撮った。冷たい冬の日に、スーツを着て、ボタンでパチンと留めるネクタイを首に付け、髪を整えて、写真屋さんに行った。そして帰り道、久しぶりにエンジェルズでふたり、パンケーキを食べた。スーツを脱いでシャツになった翼を真正面から見て、「ネクタイがずれてる」と円佳は笑った。手をのばして、付け直してあげると、「くすぐったいよ」と身をよじらせながらも、素直にされるがままになっていて、いつまでなんだろうな、と円佳は思った。いつまでこんなふうに、翼に手をのばすことができるのだろう。

「久しぶりだね」

円佳は言った。

ファミレスで一緒に甘いものを食べるというささやかな時間が、本当に久しぶりだった。空は晴れていて、店の中がいつもより明るく感じられた。

「つーちゃん、クリームついてる」

「え、どこ?」

「口の横」

「あ、これか」

なにげないやりとりが、泣きたくなるほど幸せだった。翼が目の前で笑っている。

だが、パンケーキを食べ終えると、もう時間がなかった。写真屋さんに行く時から、塾のテキストが入ったリュックを背負っていた。今日も明日も、その先も毎日のようにエイチに行かなくてはならない。入試のその直前まで。

「頑張ってね」

と、結局こんな言葉をかける。

重たいリュックを背負った翼は、振り向かずに歩いてゆく。

受験勉強ばかりで運動ができないからか、少し丸くなった背中だった。今はまだ自分より背が低いが、中学に入ったら、抜かれていくのだろう。そんな日が来ることが信じられないけれど、もうすぐ、もうすぐ、と円佳は思う。

自分たちから翼に話しかけないようにしようという真治との約束は、ゆるやかにかたちを変えていた。

始めてみて数日後には、翼が不安定になってしまったのだ。

親が自分に話しかけなくなったことを、彼は見捨てられたように感じたのだった。原因を、自分が勉強ができなくなったからだろうと思い込んだ翼は、その気持ちをうまく説明できないまま、これまでにないくらいに荒れた。ちいさなことに因縁をつけて、暴れて、椅子を蹴飛ばして、それから吠《ほ》えるように泣いた。

その後、家族での話し合いは四度に及んだが、ようやく翼の気持ちが分かった時、円佳は自分の考えの浅はかさ、子どもの心の繊細さを思い知らされた。あの時、真治がちゃんと言葉を選んで、円佳の気持ちと、自分たちが誰よりも何よりも翼を大事に思っていることを伝えられなかったら、翼がどうなってしまったかと思う。

全身に立てた翼の棘《とげ》をそろりそろりひとつずつ抜くようにして、毎日を過ごした。季節はゆっくりと変わり、寒い風が吹くようになった頃、翼のクラスはひとつだけ上がった。

結局、翼が受験することになった学校は五校だった。そのラインナップは、もう翼の算数を見ることはなくなった加藤と円佳と真治の三人で、個人面談の席で最終打ち合わせをして決めた。

加藤の机の上には、首都圏の中学校の偏差値表と、円佳が提出した志望校調査票と、それから翼の直近六回の偏差値が折れ線グラフになっている成績表とが並べられていた。それらに目を落としながら、ひとつずつ確認するように、加藤が話す。

「一月のユーラシア学園中学校は、翼くんなら十分に特待生を狙えるでしょう。この学校は特待生の中から年に数人を交換留学生として海外の提携校に送り出す特待生特典制度もありますね。初年度から提携校の外国人生徒とバディになって、英語でチャットをする時間を設けるなど、新しい教育をしていて、卒業生からも評判がいいんですよ。そして、もちろん屋内プールもばっちり完備されていますす。水泳部は強豪ではないようですが、週四回活動があるというので、しっかりやっているほうでしょう」

付け加えるように、「ご希望の図書室も、充実しています。蔵書六万冊ですから」と、加藤は言った。

「このユーラシアで弾みをつけて、次に羽田《はね だ》南《みなみ》中学校ですね。羽田南、通称ハネミナは進学実績に定評があり、設備や環境も充実していますから、地元では熱望する子も多い難関校です。だからこそ合格すれば自信が持てますし、翼くんならきっと大丈夫です。こちらも屋内プール完備で、なんと水球部もあります。翼くんが水球に興味を持つかどうかは分かりませんが、まあ、あって困ることはないですね。競泳部もなかなかの強豪のようです。というわけで、この二校は、どちらも翼くんにとって良い学校なのですが、実際に通学となると、どうでしょうかね、片道九十分はかかると思うので、せっかく水泳部が充実していても、勉強と部活動を両立するのはなかなか大変かもしれません。ですから、進学先というよりは、やはり本命受験に向けて入試を事前に経験するため、という意味合いも強い入試となりますね。

そして本命の二月校ですが、翼くんの第一志望校は政徳中学ということですね。過去問も一周終えて、今二周目と。なるほど、良い学校を選ばれました。政徳は伝統校で、おっしゃっていた通り、中高一貫の上位進学校の中では、水泳の名門として名も通っています。水泳部はＯＢの繋がりも深いようですよ。それに、ここ数年はＩＣＴ教育にも力をいれるようになって、ますます人気が上がってきています。図書室についても、言うことない学校です。校舎の最上階にあって、窓から富士山まで見渡せる。おまけに去年だったかな、生徒の発案で横になって本が読めるゴロゴロルームが作られました。こんな空間を用意してある学校は他に知りませんよ。本好きな翼くんなら休み時間のたびに通うんじゃないですか」

「ほう、今はそんなことになっているのか」

真治が誇らしげな息をついた。翼が好きなだけ本を読めることを思って、円佳の心も弾んだ。

「翼くんの場合は、一次試験は偏差値的には適正校ですから、心配することはありません。ただ、万が一、二次、三次、と試験が延びてしまった時は、倍率なども上がってきて、精神的にもね、若干厳しくなってきますから、なんとか一次で取れるように、最後まで気を抜かないで対策していきましょう。

そして、おさえの学校として、えーと、聖芽園大学附属中学校の三次試験ということですね、翼くんがここの附属幼稚園のご出身ということで。ずっと女子校だったんですが、共学化したばかりでしたね。プールが、屋外なのが気になるところですが、水泳部はあるようですね。来年入学の子たちが共学化第三期生ということで、これから人気も偏差値も急上昇していくでしょう。といっても翼くんの直近六回の平均偏差値は、聖芽園の八十％合格予想偏差値より7ポイント以上高いですから、体調を崩さずに試験を受けられればしっかり取れると思います」

四天王クラスの子たちが狙うような有名校にだけ詳しいかと思いきや、加藤は中堅校や都外の学校にまで精通しており、すらすらと説明した。ユーラシア学園中学に交換留学の特待生特典があるという情報など、円佳は知らなかった。

「最後に……」

と、ひと息ついてから、加藤は真治と円佳を見て、

「これは……」

と訊ねた。

「はい」

と、円佳は頷いた。

「星波学苑を受けたい、と」

「はい」

「なるほど」

志望校調査票の第五志望を記入する欄に、円佳は「星波学苑（チャレンジ）」と記入して出していた。

「今の翼の成績では、届かないことは承知しております。ですが、この志望校調査票は、翼と話し合いながら書きました。その時に、あの子が、星波って書いたらだめかな？　って訊きました。それで『受けたいの？』と訊いたら、『受けたい』って言いました」

「彼が言ったんですね」

「はい。なんだか、お友達から聞いた『リンカイ』ですか……。海で泳ぐ行事にひどく心惹《ひ》かれておりまして」

言い訳するように、円佳が言うと、

「では受け方を検討しましょう」

あっさり加藤は請け負った。

「受け方、ですか？」

小首をかしげる円佳の疑問にかぶせるように、

「いや、無理でしょう」

と、真治がかぶせた。余計なことは何も言わないように約束していたのに夫が勝手に横から口を挟んだので、円佳は苛立《いらだ》ったが、彼なりに謙遜のポーズを取りたかったのかもしれない。若干機嫌が良さそうなのは、出身校の政徳中学を、加藤が知らずに褒めたからだろうか。

「偏差値が、10も上の学校に受かるわけがない」

苦笑して言う真治に、

「そんなこと言っちゃあいけません」

加藤が、やわらかい声で、そっと注意した。

「受験について確認したかったのは、彼の意思なのかどうか、ということだけですよ。本人の受験です。彼の意思を尊重したうえで、あらゆる結果を想定した対応は大人がしなくてはいけない、それが『受け方を考える』ということです。

子どもは、最後の瞬間まで、伸び続けます。チャンスが全くないということは、ないんですよ。お聞きかもしれませんが、翼くんには週に数問、ちょっとした難問を出して、それを解いてきてもらっています。彼は最初のうちは持ってこなかったけれど、ここ数週は、かなり頑張って取り組んでいるようで、毎回ちゃんと持ってきています。中には星波の予想問題の数値替えなんかも混ぜ込んでいますが、粘り強く解いています」

「翼が……」

知らなかった。クラスの担当ではなくなった加藤が翼と、そんな、文通のような繋がりを保っていたなんて、円佳は全く知らなかった。翼はそんなことをひと言も言わなかった。

「ここ数週」と言われてみれば、たしかに翼の顔つきは、最近穏やかである。突然人が変わったように勉強をし始めたというわけでもないが、以前のように勉強の合間に何度も席を立っては飲み物を飲んだり、床に寝そべったり、といった無為なこともしなくなった。少し休むと、自分のペースで勉強を再開する。たしかに算数のプリントのようなものに向かっていた。あれが加藤からの「お手紙」だったのだろうか。

思えば加藤は、翼が手を染めた不正行為について、円佳に報告してくれたのだ。

あの時は頭がパニックになって何も考えられなかったのだが、少し頭を冷やしてからいろいろと調べた。塾の先生が保護者に子どもの不正行為を報告するというのは勇気と覚悟が要ることだったと思った。
あの時円佳は、ずっと封印していた中学受験専用の掲示板へ久しぶりに接続し、「カンニング」や「点数改竄」といった言葉を検索したのだった。すると、子どもが他の生徒にそうした行為を「された」という被害の声や、子どもが他の生徒の不正を「見た」という告発の声が多く見つかったのである。
その中でただ一人、自分の子がカンニングを「した」という主婦の投稿を見つけた。それは六年ほど前の投稿だったが、そのくらい遡るまで、「した」話は出てこなかったのだ。

〈……妹の鞄《かばん》の中からちいさなメモを見つけました。よく見たら、数字がびっしり書いてあって、直感で『カンニングペーパー』だと分かりました。うちは年子の兄が同じ塾に通っていたのですが、同じテストを受けることを知っていて、前もって答えを仕込んでいたのです。それを聞いた時は、膝から崩れそうになりました。お帰り問題だったので、解けないと帰れないからということだったので、それならば娘にこんなことをさせたのは半分塾にも責任があると思って問い合わせたのですが、驚いたことに先生は娘がずっと前からカンニングしていたのを知っていたようなんです。注意したこともあるというのです。これには本当にショックでした。どうして私に言ってくれなかったのでしょう。信じられません……〉

これに対する返信は、ほぼ全てが書き手の主婦を非難するものだった。

〈そうやって塾の先生のせいにするような母親であるあなたがお嬢さんをそこまで追い詰めたのでしょうね〉
〈塾に抗議する前に、自分の娘をしつけろ〉
〈昔、塾講のバイトしてましたが、カンニングは見て見ぬふりが鉄則でしたよ。顧客との間にわざわざ波風立てるようなこと言う必要ないので〉
〈カンニングするような子はどうせろくな結果出せないんだからお客様状態で気持ちよく卒業してもらえばいいってだけです。たとえ全滅でも知ったこっちゃない人生です〉……

厳しい回答は、そのまま自分に向けられたもののように感じられ、円佳の心は締めつけられた。と同時に、加藤が自分に話してくれたことを思った。

あの時、自分は何も知らなかったのだ。加藤は見て見ぬふりをすることもできた。しかし、翼に注意をし、そればかりでなく、円佳にベストチームを勧めた。「わざわざ波風立てるようなこと」を言ってくれたのだ。勿論ベストチームの営業のためでもあったのかもしれないが、本当に翼を案じてくれていたからではないかと今は思う。案じて……そして、信じてくれたのではないかと思う。実力通りのクラスまで落ちたことで、親子のプライドはがたがたに崩れ去り、えげつないやりとりも繰り返されたが、とはいえ何も知らないままエスワンに留まっていたら、それはそれでどうなっただろう。加藤のおかげで、少なくとも「踏み留まった」と言えるのかもしれなかった。

「では、星波を受験する場合のことですが……」

一月に最低ひとつの合格を取ることを目指しましょうと、加藤は提案した。

年に一日しかない星波の受験日と、政徳に最も入学しやすいとされる一次試験日は重なっている。

一月に合格をもらえたら、政徳中学の一次試験を欠席し、その日は星波に向かう。政徳中学は二次試験に出願する。一月に合格をもらえなければ、星波を諦め、その日は政徳中学の一次試験を受ける。

その後、加藤が翼とも話し合いをし、その戦略が最終決定となった。

円佳は、チャート式の受験地図を作った。受験校の最寄り駅、所要時間、出願締め切り日、入試日、発表日、入学金延納締め切り日時といった細かい情報を記入して壁に貼りつけ、写メに撮ってスマホでも確認できるようにした。

——あらゆる結果を想定した対応は大人がしなくてはいけない。

自分にできることは後方支援のみだ、と円佳は心に言い聞かせた。


だが、翼の一月入試は、順調には進まなかった。

翼がユーラシア学園中学の特待生になれなかった上、成績からして問題なく合格するだろうと思われた羽田南中学に不合格だったのだ。

あらゆる結果を想定した対応は大人が……。

しかしその想定の中の、ほとんど考えていなかった結果が出てしまったのだ。

ユーラシア学園は翼の持ち偏差値からしたら「安全校」と言われており、ハプニングさえなければ特待生合格するはずだったのだ。ところが、当日の朝、翼はひどいバス酔いで、顔色が悪いまま、試験に臨んだ。結果も結果だが、たとえ特待生合格できたとしても、往復四時間近くかかるユーラシア学園に、しかも酔いやすいバスを乗り継いで通学することは、厳しすぎるのではないか。そう思うなり、ユーラシア学園の合格が、砂のようにはらはらと指の隙間から零れ落ちてゆく。通えそうもないのなら、進学先を確保したことにはならない。

そう思っていた矢先、ネット上で羽田南中学の入試結果通達ボタンを押して、「残念ながら不合格となりました」という文字を見た。この時の円佳の衝撃はユーラシア以上に大きく、本当に心臓が凍るかと思うほどだった。

円佳以上に、翼はショックを受けたようだった。小学校から帰宅してネットで結果を見た彼は青い顔をし、押し黙った。ユーラシア学園の特待生を逃したことにはそれほど落胆していなかったが、羽田南の入試では手ごたえがあったらしい。押し黙ったまま翼は、自分の部屋に閉じこもった。

加藤はしかし、翼の力不足というよりは、巡り合わせが悪かったと説いた。ユーラシア学園は体調悪化が招いたハプニングであるし、羽田南は今年は予想外の高倍率だった上、文系科目の易化《いか》による高得点争いになったため、翼には不利だったというのだ。

そんなことを聞いても円佳の不安は消えない。そこから今日までの三週間、まさに地獄の日々だった。胃に穴でも開いたのかと思うほど、腹の奥がしくしくと痛んだ。真治も真治でやたらインフルエンザの感染対策などに神経質になり、おろおろと歩き回ってはため息をついていた。夫婦ふたりして牢獄《ろうごく》に入れられたような重たい気分のまま、それでもなんとか仕事や家事といった日常をひとつずつ進めてゆくしかなかった。

一方で、翼の顔つきは明らかに変わった。

羽田南の結果を知った日、押し黙って自室にこもった翼を心配してそっと見に行くと、机に向かって落ちた学校の入学試験を解き直していた。てっきりふて寝していると思った円佳は、静かにドアを閉めた。

息子が受験勉強を始めた。

これまでずっとずっとずっと彼は勉強をしていたはずなのに、今、この子が初めてそういうことをしたように、円佳には見えた。その姿はいじらしく、しかし、気楽に声をかけてはいけないくらいに遠く、逞《たくま》しいものに見えた。

残された日々は少なかった。その一分一秒を、惜しむように、翼は勉強に取り組んだ。エイチから帰ってきた時は、頭の中が沸騰していたかのように、熱い顔をしていた。自分でタイマーをセットし、時間を計って、全力で問題を解き、答え合わせをして、間違えていた箇所を確認し、ノートにまとめていた。円佳が口を挟む余地もなく、彼は時間と、そして自分と戦っていた。

やっと、誰かのためでなく、自分のために勉強することができたのだ。

そう思った時、眺めに眺め続けてきた偏差値表の学校名や数字が、初めてどこかに溶けてゆく気がした。


一昨日《おととい》、曇天の空の下、翼は星波学苑の校舎を訪れ入学試験を受けた。

いつの間にか少し背がのびて、その日の翼は、もう、母の手を握ろうとはしなかった。少し前を歩いていた彼が軽く振り向いて、「行ってくる」と告げ、それからひとりで校舎へと入っていく姿を見た時、胸がいっぱいになった。周りでは拝むように手を合わせている母親もいた。送り出しただけなのに、涙を流している父親もいた。異様なくらいに静かな興奮の中で、保護者たちは校舎に挑んでゆく我が子の背を見送っていた。

どうしても受験したいと、最後まで息子が言い続けた学校だった。

親子で何度も話し合った。本当に通いたいと思っている学校なのか、それとももしかして親のために受けるのかと率直に思いを訊いたが、「自分のためだ」と翼は言った。こんなに長い時間塾に通ったのだから、と言った。落ちたら諦められるけれど、受験しなかったら諦めることもできない、自分の力を試してみたいんだ、と。

星波に落ちて、難易度が上がる政徳の二次試験も三次試験もうまくいかなかったらどうするのか。全滅したらどうするのか。

そう思う一方、心のどこかで、そうなったらなったでよいのではないかと円佳は思った。

そんなふうに思えたのは初めてのことだった。それは、息子が受験勉強を始めた小学校二年生の終わりから、長い時間をかけて初めて手に入れた、静寂のような心持ちだった。誰の受験でもなく、息子本人の受験なのだ。

そのことに、もっと早く、気づければ良かった。遅すぎたけれど、終わった後でなかっただけ、まだよかった。どのような結果を迎えても、翼は翼だ。何も変わらない。

その日、星波の入学試験を終えた翼の表情は清々しかった。

「出し切った」と言った。意外なことに「算数ができた」とも。

その夜、真治が、「星波の算数、ここ二十年で最も易化したらしいぞ」と教えてくれた。どうやら、ネットで記事にもなるほどに、算数が簡単だったらしい。「えっ」と円佳の心は逸《はや》り、中学受験掲示板を覗きたい衝動をおさえるのが必死だった。すんでのところで、スマホを開くのを止めた。羽田南に落ちた日から、あれを見てしまうことを完全に断つと決めていた。あそこには、役立つ情報も、あたたかい励ましも、きっと載っているけれど、今の自分はそれを見ないほうがいい。外側のあれやこれやに目を向けず、ただ翼だけを見ていたい。翼を無事に入試会場に送り届けるためにできること以外は考えないようにしようと心に決めていた。

進学塾の講師が実際に試験問題を解いた感想を述べているそのネット記事を真治が読み上げた。算数易化、国語難化、の情報に、夫婦は顔を見合わせた。算数が苦手な翼も、易問《いもん》だけならば、できる子と、それほど差がつかないかもしれない。そして翼は、国語なら、星波受験生とも戦える。これは奇跡ではないか。奇跡の年に当たったのだ。

もしかしたら……もしかしたら……。

歓喜の妄想の後で、羽田南の時の絶望が蘇《よみがえ》り、その後でまた、ちいさく芽生えた期待に頰がくすぐられる。一昨日も昨日も、よく眠れていないし、ちゃんと食べることもできていない。こんな日々が続いたら死んでしまうと思うくらい、円佳の心は揺さぶられ続けている。

一方、翼は淡々と試験会場に足を運び続けている。

星波を受験した翌日、翼は政徳二次を受験した。その翌日の今日、今この瞬間も、翼は入試を受けている。今日は聖芽園附属中の二次試験を受験している。そのまま居残って聖芽園附属中の午後入試も受験する予定だ。今や、午後入試だけでなく、夕方の一科目入試や、小学校からの報告書と得意なものをひとつプレゼンテーションするという形式の入試や、オンライン遠隔入試といった、様々な選抜方式が採用されている。四連続という強行スケジュールで試験と戦う翼は、場合によっては、明日の政徳三次試験にも足を運び、明後日《あさって》の聖芽園附属中の六次試験まで受けなければいけない。

なんということをしているんだろう。スケジュール帳の、ここ数日間だけのちいさな枠にびっしりと書き込まれた文字を見て、円佳は歎息《たんそく》をもらす。

日にちと時間を煮詰めたように、ここまで凝縮された試練は、子どもだからこそ立ち向かえるものなのではないかとすら思う。大人は、起こったことを後悔し、先のことを恐れ、きっと、こんな苛酷なことには挑めない。子どもたちはすごい。すごすぎる。まだ十数年しか生きていない、あんなちいさな体で……。昨日の政徳入試への送り出しの時も、円佳は、翼のみならず、翼と同じように塾のバッグを背や肩に下げ、ぞくぞくと校舎に入っていく小学生の姿に胸を打たれ、しばらく呆然と立ち尽くしてしまったのだった。

奇《く》しくも、発表まで二日かかる星波と、翌日発表の政徳の、合格発表時間が重なっていた。そのため、今、真治が政徳中におり、昨日受けた試験の合格発表を待っている。

星波の体育館の壁面には、まだピンクのカーテンがかけられていた。円佳は、胃の奥から苦いものがせりあがってくるような痛みを感じる。

それは、気分などでなく、ほんものの吐き気だった。口元に手をやり、うっと堪《こら》える。

自分の高校受験や、大学の指定校推薦の選抜結果を告げられる時も、就職活動の時にも、ここまで苦しくはなかった。自分が選ばれないことの百倍も千倍も、子どもを選んでもらえないことが辛いとは。こんなに辛いことだとは、知らなかった。

きっと、皆、知らなかったと思うのだ。小学低学年の時、全国一斉実力テストの待ち時間に、他人の子どもの受験結果を噂していた人たちがいた。あの人たちが軽やかに、涼やかに、あんなふうに子どもの合否を噂話にできたのは、この感情にまだ出会っていなかったからだと思う。これを一度知ってしまったら――。ああ、そういえば、お兄ちゃんの時の解答を写してカンニングペーパーを作ったという女の子はどうなったのだろう。忘れていた掲示板の投稿がなぜか突然思い出される。あの親子も中学受験とその結果を潜《くぐ》り抜けたのだろうか。そして今はもう高校生なのか……と、かすかに芽生えた感慨は、こみ上げる吐き気の前に消えてゆく。どきどきしすぎて、胃の奥のものがせりあがってくるこの感じ。ここにいる多数の保護者たちも皆、味わっているのだろうか。

ふいに職員らしき数名が現れた。彼らはそそくさと歩いてくると、いきなり目の前のピンクのカーテンに手をかけた。

何の前置きもなかったが、保護者たちは静まった。円佳も、息が止まりそうになったが、めくられたカーテンの向こうは、ただの壁だった。あたりからくすくすっとちいさな笑いが漏れる。円佳も拍子抜けし、つい苦笑した。

だがすぐにアナウンスが流れ、ざわめきは一瞬で止まる。

「ただいまより、星波学苑中学校の、今年度合格者番号を発表します」

ああ、ついに。

「合格者は事務室前で手続きがありますのでお越しください」

と、その手続きができるかできないかが運命の分かれ道だというのに、感情の読み取れない事務的な声で告げられる。

体育館の奥から、パネルを持った職員たちが現れた。

固唾《かたず》をのんで見守る円佳たち保護者の前で職員がパネルを壁に掛けてゆく。

ずらりと番号が、いくつもの数字が、今、円佳の瞳いっぱいに広がった。

どこかで歓声が沸き起こる。もう見つけたのかと焦る。隣の人がすっと人陰に隠れるようにして立ち去る。「あった」後ろで子どもの声がする。「やったぁ！　あったぁ！」誰かが泣き出す。シャッターの音。記念撮影。あちらでも。こちらでも。

円佳は、間違いのないようにしっかり見届けてから、周りの背中をかきわけて、体育館の隅でスマホを取り出した。

ああ、意外に平気なものだ。そう思った。

ドラマのように、顔色を変えたり、泣き出したり、などということはなく、表情筋ひとつ動かさずにその場を離れることができた。

なかった。

息子の番号はなかった。

スマホを取り出していたのだが、そのスマホで何をしようと思ったのか、一瞬分からなかった。夫に連絡をしなくては。思い出し、自分が思うよりも混乱していることに気づいて、ちいさく首を振る。何をしているのだ。しっかりしなければ。わたしがしっかりしなくてどうする。あの子は「出し切った」と言ったのだ。子どもが自分の受験をし、その結果を親が見届けること。そこには結果より大切なものがあるはずだ。

今、真治が別の会場で政徳中学校の合格発表を待っている。

見届けたら、お互いに伝え合うと約束していた。

スマホを開けて、番号がなかったことを彼に報告しようと思った時、先にＬＩＮＥが来ていたことに気づいて、それを見た。

あった

いきなり目に飛び込んできた真治からのひと言。そのひと言で、あたりの物音が一気に遠ざかる。

すぐに真治に電話をした。

星波学苑の結果を、彼は訊かなかった。すでに、政徳中学校の合格発表掲示板の前で、号泣しているようだった。

「……あった！　あったよ！　翼の番号が……」

興奮のあまり息切れすらしている夫の声を聞きながら、円佳はゆっくりとまばたきをした。

すぐには言葉を返せなかった。

ただ、祈るように、こう思った。

わたしたちは、わたしたちからあの子の翼を守れたのだろうか、と。

その時、円佳の心に、「泳ぎたい」と告げた息子の表情が浮かんだ。

照れた目と、すぼめたくちびるが。

瞬間、視界は滲んだ。止めようもなく、涙が頬を伝っていた。

この作品は書下ろしです。

朝比奈あすか（あさひな・あすか）

1976年東京都生まれ。2000年、大伯母の戦争経験を記録したノンフィクション『光さす故郷へ』発表。2006年「憂鬱なハスビーン」で第49回群像新人文学賞を受賞して小説家デビュー。ほかに『彼女のしあわせ』『不自由な絆』『人間タワー』『人生のピース』『君たちは今が世界（すべて）』など。子どもの生きづらさに寄り添う作品は中学校の試験問題に出題されることが多く、国語入試頻出作家と呼ばれる。

翼《つばさ》の翼《つばさ》

2021年 9 月30日　初版 1 刷発行
2021年11月10日　　　4 刷発行

著　者　朝比奈《あさひな》あすか
発行者　鈴木広和
発行所　株式会社 光文社
〒112-8011　東京都文京区音羽1-16-6
電話　編　集　部　03-5395-8254
　　　書籍販売部　03-5395-8116
　　　業　務　部　03-5395-8125
URL　光　文　社　https://www.kobunsha.com/

組　版　萩原印刷
印刷所　新藤慶昌堂
製本所　榎本製本

落丁・乱丁本は業務部へご連絡くだされば、お取り替えいたします。

ISBN978-4-334-91428-8

10代にもおすすめ 光文社文庫

彼女のしあわせ　朝比奈あすか

本当に欲しいものは手に入らない。それが人生なんです。三人姉妹と母親、それぞれの傷を抱えて生きる四人の女性たちを包み込む物語。

13歳のシーズン　あさのあつこ

中学に入学した、性格も家庭環境も違う四人が引かれあい、互いを仲間だと認めるようになる。困難や壁を乗り越え成長する青春小説。

サクラ咲く　辻村深月

本好きで気弱な中学一年生のマチは、顔の見えない相手との便せん越しの交流が始まる。青春をみずみずしく描き出す三編の作品集。

春や春　森谷明子

国語教師と対立した茜は俳句甲子園出場を目指すことに。ひたむきな情熱と十七音で多彩な表現を創り出す俳句の魅力に満ちた青春小説。

10代にもおすすめ 光文社文庫

スコーレNo.4
宮下奈都

自分は平凡だと思ってい
んな彼女も、中学、高校、大
職を通して4つのスコーレ(学
出会い成長していく女性の必読

つぼみ
宮下奈都

定職に就けない弟と案じる姉、母を亡くして色を失った父と僕と妹。屈託を抱える登場人物たちが辿りついた居場所。六つのこれからの物語。

未来の手紙
椰月美智子

いじめを受ける五年生のぼくは、未来のぼくへ手紙を出す。一年ごとの明るい目標を書いた手紙が毎年ぼくの元へ届けられる。珠玉の短編集。

緑のなかで
椰月美智子

家から遠く離れた北の大地の大学三年生となった啓太。寮に入り、学生生活を謳歌する中、母親の失踪を知らされる。青年の成長と苦悩を描く。

る麻子。そ
、学、就
校）と
書。